W0249989

OCEAN CITY

R.T. ACRON

OCEAN CITY

CHAQUE SECONDE COMPTE

TRADUIT DE L'ALLEMAND
PAR VÉRONIQUE MINDER

hachette
ROMANS

Illustration de couverture : Maximilian Meinzold

Traduit de l'allemand par Véronique Minder

L'édition originale de cet ouvrage a paru chez DTV, sous le titre :

OCEAN CITY: JEDE SEKUNDE ZÄHLT

Cet ouvrage a été proposé à l'éditeur français
par l'agence EDITIO DIALOG, Lille.

© 2018 dtv Verlagsgesellschaft mbH & Co. KG,
Munich/Germany, pour le texte.
© Hachette Livre, 2020, pour la traduction française.
Hachette Livre, 58 rue Jean Bleuzen, 92170 Vanves.

1

Il y avait du danger dans l'air. Les contrôleurs de temps marchaient droit sur eux. Une action ciblée ? *Pourquoi ?* À cause du carton à dessin qu'il serrait sous le bras ? Non, ces types-là ne s'intéressaient pas aux affaires de classe d'un lycéen de Clark Kellington High School, seulement aux décodeurs que lui et Crockie portaient au poignet : les contrôles de temps étaient très fréquents sur la Cité flottante.

Jackson descendait l'avenue Maui avec Crockie. Jusque-là, tout avait été normal. Cette matinée, leur retard prévisible en cours qui leur vaudrait un regard mauvais de la part de Heather Blue, la concierge en uniforme et responsable du check-point du lycée, et l'incontournable débit de secondes ou de minutes (selon l'étendue de leur retard). D'un clic sur leurs décodeurs, Blue effectuerait ce prélèvement sur leurs comptes de temps.

Crockie aussi avait constaté la manœuvre inquiétante des contrôleurs. Son éternel sourire, pour une fois crispé, illustrait sa panique.

Crockie était contrôlé comme personne. Normal. Freaky Crockie portait des dreadlocks. Dénouées et en bataille, elles rappelaient un balai à franges. Nouées en pelote au sommet du crâne, elles lui donnaient des airs de guerrier samouraï, d'autant qu'il avait les yeux noirs en amande. Son look ne passait pas inaperçu dans le très élitiste Clark Kellington High. Pour les parents d'élèves, enseignants et contrôleurs de temps, Crockie incarnait la provocation et l'esprit de contestation. Mais, après avoir eu un grave accident dans son enfance, son meilleur ami se fichait bien d'avoir une coupe et une attitude réglementaires.

En bref, Crockie était un ado tout mou qui souriait en permanence pour conjurer de terribles angoisses et traînait les pieds. Sur son dos, l'uniforme du lycée en polyester issu de PET recyclé et inusable ne ressemblait à rien.

Lorsque Jackson, Crockie et Henk allaient faire des courses, ils étaient toujours interpellés par un « Vos décodeurs, s'il vous plaît » une fois leurs achats payés et leurs comptes de temps débités au point-trafic à la sortie des magasins. Non seulement Crockie avait la tête d'un type à la limite du découvert de temps, mais il avait l'affront de zoner dans les parcs propres de la Cité et, pire, de nouer des conversations chronophages, donc inutiles et suspectes !

Ce n'était pas interdit, seulement ça dérangeait. Sur Ocean City, les gens ne pouvaient pas se permettre de perdre leur temps. Ni de courir après. La mesure et la régularité étaient la norme.

Jackson évalua de nouveau la situation d'un regard furtif. *Sérieux, ça ne ressemblait pas à un contrôle de routine.*

L'avenue Maui était bouclée, le métro, verrouillé par des grilles, et l'entrée du parc Timeline, devant le corps principal du bâtiment où se trouvait le QG des Agences de Temps, fermée. Les contrôleurs se dispersaient pour se poster stratégiquement à tous les accès. Pourquoi ce déploiement ? Tant de précautions ? Il se passait quelque chose d'anormal. Sans compter que ces gars étaient super musclés, si bien que les coutures de leurs uniformes semblaient prêtes à sauter. Ils affichaient un visage de marbre. Glacial et martial.

Ils poursuivaient un objectif précis. Lequel ? Pourquoi ?

Jackson, inquiet, accéléra le pas. Ça se présentait mal, du coup ils allaient arriver super en retard au lycée.

— Vite, on s'arrache, souffla-t-il à Crockie.

— C'est bon, c'est parti.

Crockie le poussa dans une ruelle étroite qui menait au canal, la dernière issue libre. Ils coururent. C'était gênant, parce que, dans la Cité, seuls couraient les désespérés dont les comptes de temps étaient dans le rouge. Tant pis. Il y avait urgence. Jackson, qui regardait derrière lui, ne vit pas le vieil homme, un balayeur, surgir d'une arrière-cour. Il lui rentra dedans.

— Outch !

L'intrus tenait une tasse dont le contenu, du café, gicla et l'éclaboussa.

— Désolé ! s'écria Jackson, essoufflé.

Il reprenait sa course quand les yeux vairons de l'inconnu retinrent son attention. Celui de gauche était bleu ciel et l'autre, marron clair. Il remarqua aussi sa cicatrice sur la joue gauche. Le vieux le dévisagea à son tour, grommela et s'éloigna. Pendant 1 nanoseconde, Jackson resta stupide et comme hypnotisé.

— Dépêche ! cria Crockie loin devant lui.

Jackson se ressaisit et obtempéra. Quatre larges marches conduisaient au canal. Les blocs épais qui servaient de digue affleuraient à la surface de l'eau et permettaient d'accéder à la rue Clark Kellington, puis à leur lycée. C'était le raccourci des élèves retardataires, ainsi trahis par leurs pieds mouillés.

Une voix les rattrapa :

— Stop !

Jackson se figea. Du coin de l'œil, il remarqua que Crockie retirait son décodeur et le fourrait dans son pantalon. *T'es malade ou quoi ?* l'invectiva-t-il en pensée. L'irradiation pouvait avoir des conséquences génétiques, marquer le front de ses futurs enfants d'un code temporel.

— Qu'est-ce que tu fabriques ?

— Fais-moi confiance, Jackie.

Crockie avait retrouvé son sourire faussement désinvolte.

Jackson avait envie de lui tordre le cou. Crockie prenait la situation à la rigolade, il provoquait les contrôleurs au lieu d'obéir, ce qui leur aurait permis de franchir le check-point du lycée avec un retard raisonnable.

— C'est quoi ce bordel ? souffla Jackson, voyant six costauds s'approcher.

Six pour deux lycéens ? *Armés ?* Ce n'étaient pas des contrôleurs de temps. Ces mecs-là, c'était du lourd. Des agents de l'Agence de la Sécurité nationale, en clair des services secrets.

— Fais pas dans ton froc, Jackie, chuchota Crockie. Il ne t'arrivera rien. N'oublie pas que ta môman est la masseuse de Lydia Tremont.

Jackson garda le silence. Crockie considérait ses parents comme des lèche-bottes. Faux. Ils s'étaient « adaptés ». Son père n'appréciait pas que Henk et lui traînent avec Crockie. « Les heures sont précieuses, Jackson Crowler ! Les minutes et les secondes aussi ! Développe un rapport sain, mesuré et raisonnable au temps ! » répétait volontiers Herb Crowler. C'était sa faute, aussi. Il n'aurait jamais dû se vanter et raconter à Crockie et Henk que sa mère massait Lydia Tremont, la Secrétaire générale de la Banque centrale, la femme la plus puissante de la Cité. Crockie le lui ressortait à tout bout de champ. Il insinuait par la même occasion que ses parents avaient obtenu un bon cadeau d'une valeur de 2 semaines pour passer des vacances sur l'île Cheruba grâce à Lydia Tremont. Faux ! Les Crowler avaient gagné ce séjour lors de la grande tombola de fin d'année. Crockie le savait parfaitement. Enfin, le déménagement des Crowler dans un lotissement plus confortable n'était pas non plus dû à la toute-puissance de Lydia Tremont et à ses constants problèmes de cervicales. Son père avait obtenu ce privilège exclusif en travaillant d'arrache-pied pendant des décennies, d'abord dans les exploitations de gestion des déchets et ensuite dans les unités locales d'approvisionnement en eau douce. « Nous nous donnons à cent pour cent pour épargner et capitaliser la moindre seconde gratuite ! Ainsi doit-il en être ! » aimait à dire Herb Crowler.

Ça n'était pas la faute de Jackson si les emplois à Ocean City étaient hiérarchisés ! Qui occupait un poste important avec efficacité avait droit à un crédit de secondes et de minutes gratuites plus élevé que celui des autres. Normal et justifié, pas vrai ?

Bon, pas question de rêvasser, parce que ça allait barder. Il suffisait de regarder Crockie et le chef des costauds bien campé sur ses jambes. Derrière lui, deux de ses hommes bloquaient la ruelle.

— Décodeurs, lâcha le chef d'un ton sec.

Jackson coinça son précieux carton à dessin entre ses genoux. Il était doué pour les arts, mais il n'appréciait pas l'académisme des cours de M. Gobbins. Il préférait sa fantaisie et son imagination ainsi que les délires graphiques de Henk et Crockie. Parmi des esquisses destinées au cours de Gobbins se trouvaient, dans le carton, des croquis sur feuilles de papier minéral qui pouvaient lui causer de gros pépins. Pas de simples caricatures pour se moquer des profs : des plans d'une précision mathématique.

Jackson releva sa manche pour montrer son décodeur fermé au poignet, comme l'exigeait la loi. L'appareil devait être positionné sur la puce électronique sous-cutanée implantée sur chaque enfant résident lors de la Cérémonie. Mais le contrôleur l'effleura du regard. Il ne s'intéressait qu'à Crockie. Celui-ci se tortillait comme un gamin qui avait envie de pisser.

— Désolé, j'ai oublié de le remettre après ma douche. Je vous préviens, on est super à la bourre, marmonna-t-il.

Il tendit son poignet, évidemment nu.

— Nom ?

Le chef écarta les pans de son blouson pour sortir son scanner laser mobile. Jackson entrevit son gilet pare-balles noir frappé du sigle Z rouge foncé. Le symbole de la Section Z.

Jackson sentit ses jambes flageoler. La Section Z, le « service secret des services secrets », était redoutée. Personne n'en réchappait pour raconter ce qui s'y passait, et c'est ce qui alimentait la terreur.

Jackson paniqua. *Pourquoi Crockie ne sort pas son décodeur ?* Ça lui vaudrait, allez, un avertissement ou au maximum une amende de quelques minutes. À la base, soit on portait son décodeur, soit on le laissait à la station de connexion pendant la nuit.

Jackson, soudain traversé par une intuition fulgurante, se figea. *Et si Crockie avait mis notre plan à exécution sans nous prévenir, Henk et moi ?* Dans ce cas, il comprenait mieux les réticences de son ami.

— Merde, Crockie ! souffla Jackson.

— Tu risques un important débit de temps sur ton compte si tu n'obtempères pas, reprit le contrôleur. Ton nom ?

— On dégage !

Crockie lui attrapa le bras et l'entraîna. Jackson, surpris, trébucha. Le carton à dessin tomba.

— Les plans ! haleta Jackson.

Mais Crockie continua de courir vers le canal.

— Dépêche ! cria-t-il.

Quelque chose ricocha à la surface de l'eau. Des éclaboussures en jaillirent.

— Ils tirent !

OK, refuser de montrer son décodeur était sanctionné. Mais de là à *faire feu sans sommation* ? Sur deux lycéens inoffensifs ? Ça ne rigolait pas, à la Section Z.

Jackson avait la nausée. Il était prêt à faire volte-face, à se rendre mains en l'air. Pas Crockie.

— Écoute, Jackie, lui dit ce dernier, haletant, la situation est *super* grave…

Jackson leva les yeux au ciel. Crockie et son art pour formuler des évidences !

Seulement, pour insister à ce point…

— Tu ne l'as tout de même pas *allumé* ? *Connecté* ? gémit-il tandis qu'ils atteignaient le canal.

— Si. Désolé, Jackie… Et ça déchire ! Mais, je te jure, ils ne nous coinceront pas.

— C'est pourtant ce qu'ils viennent de faire !

— Je dois juste retourner à la boîte une dernière fois. À cause de Henk, coupa Crockie. Parce que j'ai…

Un autre coup de feu éclata et l'interrompit. Jackson, touché, tressaillit et baissa les yeux sur son pantalon, perforé par le coup de feu au niveau de la cuisse. *Touché*. Il saignait.

Crockie, blessé lui aussi, aspira l'air comme un nageur en détresse.

— Jack…

Ce fut tout, car il trébucha et tomba dans le canal comme une pierre.

— Crockie !

Jackson se pencha, tendit le bras pour le rattraper. Déjà l'eau rougeoyait.

Crockie était un super sportif. Un freak, un original avec des idées hallucinantes et une imagination géniale, seulement Freaky Crockie ne savait pas nager.

Le vieil homme en salopette verte ramassa le carton à dessin abandonné et sourit. Sans blague, ces trucs fermés par une boucle de tissu noir, rouge foncé ou bleu existaient encore ? On les utilisait dans les lycées d'Ocean City ?

Il retira sa casquette, se la passa sur le front et recoiffa de la main gauche sa chevelure fournie malgré l'âge, puis remit son couvre-chef. Il plaça le carton derrière le sac-poubelle de son chariot de ramassage d'ordures, balaya un peu et s'éloigna. Lorsque les coups de feu éclatèrent, il avait déjà disparu. Une fois qu'il fut à l'ombre du Oneworld Building, il s'assit sur un muret, sortit un grand mouchoir pour essuyer les éclaboussures de café sur sa salopette, après quoi il ouvrit le carton et en évalua le contenu.

Ce qu'il découvrit lui plut beaucoup.

Le dessinateur avait du talent. Caricatures au fusain d'individus qu'il n'appréciait guère, esquisses et études anatomiques ainsi qu'un autoportrait très réussi à la peinture acrylique. Cheveux bruns, yeux bleu foncé, regard intelligent et éveillé. Lors de leur collision, il avait perçu cette insatiable curiosité et vivacité de l'esprit.

Il aperçut les plans en dernier.

Précieux. À garder.

Souriant, il remit le carton à dessin sur son chariot.

— Ils en ont dans la caboche, ces gamins, murmura-t-il en ajustant de nouveau sa casquette. Et de la suite dans les idées.

Personne ne s'intéressait à lui. Personne non plus ne remarqua sa disparition soudaine. Les agents du nettoyage des rues, ça va, ça vient. Un peu comme des ombres. Ils sont transparents. Donc invisibles. Passer inaperçu, c'est inestimable, conclut le vieil homme sans cesser de sourire.

2

Crockie est mort.

Crockie. Est. Mort.

Mort.

M. O. R. T.

Un refrain funèbre qui roulait dans sa tête pendant qu'il fuyait.

Jackson franchit les blocs sur le canal d'un bond et courut d'un trait jusqu'à Kellington High. Arrivé là, au lieu de continuer tout droit et de se présenter au check-point de Heather Blue dans sa capsule en fibre de verre, il tourna, prit l'un des escaliers de secours pour monter sur le toit du lycée, végétalisé comme la plupart des toits d'Ocean City. Il se cacha derrière les buissons de genêts.

Il revit le drame. Il aurait pu sauter dans le canal. Il ne l'avait pas fait. Pas à cause de sa blessure. Il s'en fichait, ce n'était qu'une égratignure : la balle l'avait effleuré et n'avait pas atteint l'artère fémorale. Mais parce que Crockie avait immédiatement coulé à pic et vite disparu dans les eaux troubles. De plus, il savait que les gars de la Section Z allaient débouler. Il n'avait eu qu'une solution : filer pour sauver sa peau. Toujours courant, il avait regardé derrière lui et vu l'un des agents plonger. Puis un deuxième.

Il reprenait son souffle et ses esprits, désormais aux premières loges pour assister aux recherches. Les types, pourtant des athlètes super entraînés, étaient arrivés trop tard.

C'était fini.

Jackson, en état de sidération, vit les agents des services secrets sortir le corps de Crockie du canal, les ambulanciers l'étendre sur une civière qui disparut dans l'ambulance. Il vit une doctoresse parler avec le chef de la Section Z, hocher la tête avant de prendre congé pour monter dans l'ambulance tandis que le chef faisait signe à un de ses hommes de prendre place à l'arrière. *Pour surveiller le corps sans vie de Crockie ? Quelle bande de malades !*

Jackson entendait son souffle trop rapide. Son cœur battait avec violence, ses poumons brûlaient. Il était sous le choc, OK, mais il n'avait jamais été un bon sprinter. Il avait l'endurance, pas la vitesse. Il était trop loin pour entendre ce que disaient les types des services secrets. Dommage. Ça l'aurait vraiment intéressé, d'autant que certains s'attardaient sur les lieux. *Pourquoi ?* Ils se demandaient où il était passé ? Si c'était nécessaire de poursuivre leur traque pour mettre la main sur lui ? *Pour quelle raison au juste ?* Il avait montré son décodeur, il avait été contrôlé. De ce côté-là, il était en règle. *Personne ne peut savoir que j'ai un lien direct avec le transpondeur,* se répéta Jackson pour se calmer.

Du moins, tant qu'on n'aura pas retrouvé mon carton à dessin…

Lequel contenait les plans du transpondeur, le Graal pour certains qui, s'ils en avaient connu l'existence, auraient été prêts à tuer père et mère pour s'en emparer. *Le conditionnel ?* Plus maintenant. *Parce que ces types-là* avaient *tué Crockie à cause du transpondeur.*

Son nom était écrit en toutes lettres et en capitales d'imprimerie sur le carton à dessin : JACKSON CROWLER. Il devait le retrouver avant les gars de l'Agence de la Sécurité nationale.

Mais avant, patience. Toujours terré derrière les buissons de genêts, Jackson attendit que les derniers agents des services secrets et les ambulances s'éloignent pour dévaler l'escalier de secours et s'approcher du canal. Revenu là où les types de la Section Z avaient tiré sur lui et sur Crockie, Jackson sentit ses genoux déjà cotonneux se dérober sous lui. Pour la énième fois, il revit la scène depuis le début et dans un horrible ralenti.

Crockie courant. Les coups de feu ricochant à la surface de l'eau. Son pantalon déchiré. Sa blessure et le sang. La chute de Crockie. La fin.

Jackson pressa les poings contre ses orbites. Des éclairs jaillirent sous ses paupières. Ça lui fit si mal qu'il baissa les mains. *Chiale pas.* Pas maintenant. Ni plus tard. *Bouge. Arrache-toi.*

Toujours sous le choc, il marcha droit devant lui. Il reconstitua les derniers instants, avant que Crockie… Il revit le vieil homme aux yeux vairons, sa combinaison verte des balayeurs de rues, leur collision et le gobelet de café, les giclures. L'action ciblée des agents de la Section Z. Crockie l'entraînant. Lui qui se prenait les jambes dans son carton à dessin. Et chancelait avant de le suivre. Sans penser à ramasser son précieux carton.

Jackson regarda sous un banc, fouilla dans la poubelle à côté. *Rien.*

Il alla d'une entrée d'immeuble à une autre, faisant des crochets dans les petites rues latérales, les yeux obstinément rivés au sol. Les passants devaient se dire qu'il avait perdu la raison. Personne ne zigzaguait ni ne sillonnait la Cité de la sorte, du moins, pas sans un chèque cadeau avec un montant de temps avantageux. Jackson se fichait de ce que les gens pensaient. Il n'avait que son carton à dessin en tête. *Il faut que je le retrouve.* Celui-ci ne devait surtout pas tomber entre les mains de la Section Z. *Sinon ce serait la catastrophe.*

Oppressante. Il n'y avait pas d'autre mot pour qualifier l'atmosphère dans le véhicule vapo de patrouille de l'unité spéciale d'intervention. Ambrose di Gallo épongeait sans cesse la sueur sur son crâne rasé en essuyant les jérémiades de Lydia Tremont. Ça durait depuis 14 minutes et 33 secondes. *Interminable.* Le visage de Tremont sur l'écran du téléport était déformé par sa colère autant que par la mauvaise résolution de l'image. Les fréquences protégées de la police avaient une connexion lente et très instable.

Cette idiote ignorait que la vitesse d'action et de réaction était le facteur-clé dans une enquête. Il fallait agir et réagir dans les premières minutes, car d'heure en heure, les chances de retrouver petits et grands criminels s'amenuisaient : ils prenaient une longueur d'avance sur la police et l'Agence de la Sécurité nationale. Autrement dit, les services secrets et leur antenne ultrasecrète, la Section Z.

Ambrose méprisait les caractériels, les pleurnicheurs et les colériques. Qu'ils tempêtent ou vocifèrent, ça lui était égal. Lui, ça le calmait. L'enquêteur le plus efficace d'Ocean City avait du sang-froid à revendre.

— Je vous confie cette mission, di Gallo ! conclut enfin la Secrétaire générale de la Banque centrale.

Merci, ô grande prêtresse des comptes d'Ocean City Inc., ironisa di Gallo en pensée.

— C'est vous le meilleur pour les affaires d'État !

Heureux de te l'entendre dire.

— Une affaire d'État ? répliqua-t-il. Il s'agit seulement d'un lycéen qui a volé un peu de temps. Il n'avait peut-être pas envie de faire ses devoirs ?

Ambrose di Gallo était étonné par l'importance que l'exécutif d'Ocean City accordait à ce banal fait divers. Lydia Tremont n'était pas son supérieur direct, même si, à la base, elle supervisait tout et tout le monde dans la Cité. Son influence s'étendait, disait-on, jusqu'au légendaire et plutôt discret président de la Cité, Clark Kellington, qui était aussi le principal actionnaire d'Ocean City Inc.

Pourquoi la Secrétaire générale avait-elle d'abord ordonné l'intervention de la Section Z ? Di Gallo n'en appréciait pas les agents. Il les soupçonnait d'utiliser à leurs propres fins les unités de police sans jamais coopérer ou leur révéler leurs indices et informations. Leurs interrogatoires réputés musclés dérapaient souvent et ne correspondaient pas aux méthodes à l'ancienne de di Gallo.

La voix de Lydia Tremont de nouveau s'éleva. Plus aiguë :

— Je me fiche qu'il s'agisse d'un lycéen ou d'un empereur de Chine ! Ce n'est pas à vous que je vais expliquer que les comptes de temps sont la base d'une coexistence pacifique et réussie. Tout notre système économique est basé sur le temps ! Nos citoyens travaillent pour obtenir du temps libre ! Nous les payons en heures, secondes et minutes. Je ne permettrai pas que des pirates pillent les réserves de la Banque centrale ! Si jamais ce vol est découvert, cela va provoquer une vague de panique incontrôlable. Vous comprenez, di Gallo, ou je dois vous faire un dessin ? Trouvez la faille ! C'est votre mission. *La faille !* Et rebouchez la ! Arrêtez les coupables. Éliminez ce gang ! Jusqu'à son dernier membre ! Dernière précision : vous avez pleins pouvoirs !

Soudain, la connexion s'interrompit. *Merci aux fréquences instables*, songea l'enquêteur, soulagé. Il s'extirpa du vapo de patrouille en ahanant. Il devait faire plus de sport. D'urgence.

Les policiers en uniforme attendaient. Ils étaient tendus.

— C'était Lydia Tremont ? *Lydia Tremont ?* Sans blague ! s'exclama un petit rouquin, nouveau venu dans son équipe.

Ambrose di Gallo opina.

— Oui, la Secrétaire générale de la Banque centrale elle-même, dans toute sa splendeur.

— Et vous vous moquez d'elle ? reprit le rouquin, impressionné.

Di Gallo l'ignora. Il obéirait aux ordres de Lydia Tremont, il réussirait sa mission. *Comme toujours.* S'il n'y avait rien dans les données des décodeurs ou les comptes de temps des suspects, il trouverait en interrogeant les voisins, amis et parents ou même en méditant dans ses toilettes. C'est de cette façon qu'il avait résolu sa dernière affaire. *Oui, exactement, les fesses sur la lunette de ses W.-C. !*

— Voilà l'adresse qui nous intéresse. Conduisez-moi chez les Fleming, ordonna-t-il au rouquin. Ces dames et messieurs de la Section Z sont déjà en route : nous remettrons de l'ordre dans le désordre qu'ils causeront sur les lieux.

Son carton à dessin avait bel et bien disparu. Emporté par le vent ? Jeté dans le canal par un inconnu ? Ou encore… *pire.*

Vaut mieux pas y penser.

Jackson consulta sa montre. Les cours avaient commencé depuis 3 heures. Son absence allait lui coûter cher. *Tant pis.* Pour Crockie, il paierait de son temps. L'idée de devoir annoncer sa mort au lycée lui donnait la nausée. Soulevé par un spasme, il se pencha sur la poubelle que le vieux du nettoyage avait vidée tout à l'heure.

— Tu as besoin d'aide ? demanda une passante. Tu veux que j'appelle les urgences ?

— Non… balbutia Jackson. C'est rien. Seulement un sandwich au… au thon… pas digéré…

La passante ne perdit pas plus de temps avec lui et s'éloigna sur ses talons hauts. Jackson fit quelques pas chancelants. Au moins, ses jambes étaient en état de fonctionner. *Super.* Bientôt, il se mit à courir.

Crockie est mort. Crockie a allumé le transpondeur et l'a connecté au réseau de la Cité. En cachette.

Bon, et maintenant ?

Réfléchis !

Mis à part le plan dans son carton à dessin, qu'est-ce qui pouvait le trahir ? Crockie avait évoqué Henk avant de tomber dans le canal. *Pourquoi ?* Henk était coincé au lycée et devait s'étonner que Crockie et lui soient absents en même temps. Au fait, Crockie avait-il caché des éléments compromettants chez lui ?

Donc, la priorité, c'est aller fouiller sa chambre.

Jackson marchait au rythme de ses pensées. Vite, mais pas trop afin de ne pas attirer l'attention. Il connaissait par cœur les itinéraires pour se rendre chez Crockie. Crockie, Henk et lui les empruntaient tour à tour en sortant du lycée. Crockie adorait flâner. Traîner. *Jeter du temps par la fenêtre.* Gaspiller, c'était son luxe.

Malgré son impatience, Jackson alla d'un pas mesuré jusqu'à l'immeuble des Fleming. Là, il sonna au portail du bas. Il avait le code, mais il voulait s'assurer qu'il n'y avait personne dans l'appartement. Il redoutait d'affronter les parents de Crockie. Il se sentait coupable. *Si Crockie est mort, c'est ma faute...* Qui avait eu l'idée de pirater du temps ? Qui avait eu l'idée du transpondeur ? En avait conçu, dessiné les plans, les vues éclatées et tout ?

Moi, moi et encore moi.

C'est aussi lui qui avait donné à Crockie l'idée de créditer du temps sur les comptes de ses parents. Il s'en souvenait, ça s'était passé récemment : « Pirater la Banque centrale, manipuler les comptes de temps, c'est possible. Chaque système a sa faille. Il suffit de la trouver et de l'utiliser avec profit ! »

Ces mots résonnaient dans sa tête. Il avait lancé un défi. Crockie aimait les défis par-dessus tout.

Crockie avait trouvé la faille. Facile pour un freak qui en avait dans la caboche et avait de la suite dans les idées. Tiens, c'est ce qu'on leur avait dit, un jour, à lui, Crockie et Henk. *Qui, au fait ?* C'est bête, Jackson avait oublié. Dommage. Car le ton qui avait sous-tendu ces mots le frappait, soudain. *Une mise en garde ? Pas loin. Presque une prédiction. Oui, oui, c'était ça.* Jackson ne le comprenait que maintenant, alors qu'il était trop tard.

Les idées, c'est vrai, Crockie et lui en avaient à la pelle. Mais il était le plus raisonnable des deux. Crockie était un électron libre.

Ils avaient 8 ans quand ils avaient fait connaissance dans le cabinet de sa mère – Amelia Crowler était physiothérapeute. Après un grave accident, Crockie avait dû patienter 1 an avant de faire cinq pas sans se ramasser. Grâce à sa mère. Et à lui. Chaque jour, il avait consacré à son ami un peu de son temps et partagé ses pensées pessimistes ; à l'époque, tout le monde prédisait à Crockie qu'il ne remarcherait jamais.

Crockie n'en avait pas l'air, comme ça, mais il mettait de la poésie et du rythme dans la vie. Il avait beau traîner les pieds, il avait toujours une longueur d'avance sur les autres. Grosso modo, il avait une illumination au bon moment. C'était du grand art. *Oui, c'était Crockie.* « Sois très présent auprès de ton ami, lui avait dit Amelia Crowler autrefois. Il faut absolument éviter qu'il ne chute de nouveau. »

Jackson avait fait super attention. À Crockie, à Henk et, bon, au reste. *Sauf tout à l'heure au bord de cette saloperie de canal. Il suffit d'une seule fois... Non, il* avait suffi *d'une fois. Tu étais avec Crockie, et tu n'as rien fait.* Rien. Les comptes de temps, c'était la base du système économique d'Ocean City. On ne plaisantait pas avec ça. *Tu le savais parfaitement, pas vrai ? Ça ne t'a pas empêché de jouer avec le feu ! Bravo.*

L'aventure avait commencé par un souhait de Crockie : créditer le compte de ses parents de quelques heures afin qu'ils fêtent décemment leur anniversaire de mariage. Depuis l'accident de Crockie, le compte des Fleming était dans le rouge : ils manquaient cruellement d'un bon crédit de temps qui leur aurait permis de s'offrir quelques plaisirs et des loisirs.

Jackson, Henk et Crockie avaient donc cherché comment pirater la Banque centrale, comme on disait, QG des Agences de Temps, puis passé les possibilités en revue. C'était une idée folle, car irréalisable. Avec plein d'inconnues. Par exemple, comment couvrir leur trace en 1 nanoseconde, même pas. Crockie avait envisagé de se faire passer pour un employé d'une Agence de Temps, et Henk, de devenir stagiaire dans l'une des sous-agences de son district.

Du grand n'importe quoi !

Puis était venue l'idée de fabriquer un transpondeur : un appareil ou filiale virtuelle d'une Agence de Temps. Pas de client. Pas de consultant. Ni conseillers ni produits ou crédits. Simple. Génial.

Fabriquer le transpondeur avait été palpitant. Pendant des jours, tous trois avaient travaillé dans l'atelier du kiosque de Rufus Gainsbourgh. Ils y avaient trouvé les pièces nécessaires pour leur futur transpondeur dans les vieux ordinateurs et consoles de jeux au rebut. Jackson adorait cet endroit poussiéreux, toujours baigné par une odeur et une lumière de rouille.

Rufus Gainsbourgh y avait rassemblé un nombre hallucinant de vieilleries : appareils de toutes séries et de tous types, mémoires et unités de stockage des XXe et XXIe siècles, composants microélectroniques en cobalt, nickel, cuivre et zinc, etc., de la petite quincaillerie et des pièces de rechange et autres déchets informatiques ou pièces détachées. Un ensemble qui résumait l'histoire de l'électronique et de l'informatique depuis ses origines. Cet atelier, logé dans l'arrière-boutique, était pour Jackson un endroit idéal, le plus paisible et le plus sacré d'Ocean City !

Les rayonnages montaient jusqu'au plafond. À gauche, un modeste établi à tiroirs adossé à un mur renfermait les outils utiles. *Indispensables.* À droite, un canapé avachi et un fauteuil fatigué, parfaits pour se vautrer ou faire travailler sa matière grise. Jackson et Henk soudaient les composants du transpondeur sur l'établi de Rufus Gainsbourgh tandis que Crockie faisait le clown : il se déguisait en robot avec des bouts de ferraille et en imitait la démarche et les gestes saccadés. Les trois restaient dans l'atelier jusqu'à ce que le vieux Gainsbourgh les mette à la porte, l'heure étant venue de fermer le kiosque. C'est là qu'ils avaient conçu le transpondeur et commencé sa fabrication.

Crockie avait franchi la dernière étape. Seul. En connectant leur appareil au réseau de sa propre initiative. Vraiment, il l'avait fait ? Jackson se posait sans cesse la question. Avec, chaque fois, la même réponse.

Sûrement.

Ça ne l'étonnait pas, son meilleur ami était un électron libre. Rien à voir avec Henk. Ou avec lui. Crockie, c'était Freaky Crockie.

Crockie est mort.

Il avait sonné au bas de son immeuble et il attendait. Il se disait que ses parents n'étaient pas chez eux quand la porte s'ouvrit avec un déclic. Jackson la poussa, prit l'ascenseur et appuya sur le bouton du septième étage.

Mme Fleming était sortie sur le palier avec son mari. *Ah bon ?* Nerveux et inquiets. Comme s'ils savaient que quelque chose n'allait pas. *Ils savaient déjà, pour Crockie ?*

— Jackson ! Que se passe-t-il ? Où est Crockie ? s'enquit Mme Fleming d'une voix trop aiguë.

M. Fleming fit signe à Jackson d'entrer.

— Qu'est-ce que vous faites chez vous à cette heure de la journée ? interrogea Jackson.

Question idiote.

— Ce sont les ordres… répondit M. Fleming. On nous a ordonné de rentrer et de ne pas bouger.

Jackson déglutit.

— Mort… articula-t-il.

Il se tut. Il avait la gorge trop serrée pour continuer.

— Qui est mort ? demanda Mme Fleming d'une voix douce et frémissante.

— Crockie. Crockie, il est mort.

La mère de Crockie, sous le choc, se mit à trembler frénétiquement. Son mari devint blanc comme un linge et secoua la tête.

— Que s'est-il passé ? balbutia-t-il.

— On lui a tiré dessus.

— Tiré dessus… répéta M. Fleming. Sur Crockie ? *Notre* Crockie ?

— Il est tombé dans le canal, ajouta Jackson, conscient de sa propre incrédulité.

C'était absurde ! Irréel. *Surréel.* Comme si c'était arrivé dans une autre réalité. Un monde parallèle. *Ridicule !* Ça avait eu lieu tout à l'heure, sous ses yeux. Et maintenant, il était devant les Fleming. Immobile. Et il sentait, *physiquement*, le poids et le passage du temps.

Tous les habitants d'Ocean City sans exception avaient la notion d'un temps lié à l'économie : le temps était une monnaie, un moyen de paiement, un instrument d'échange contre des biens ou des services. Sur Ocean City, on désapprenait, on ignorait ou on méprisait la valeur sentimentale ou psychologique du temps ; il ne s'étirait pas, ne se suspendait ni ne se morcelait, pas plus qu'il ne s'effritait.

Le système de mesure utilisé était le système sexagésimal, sur la base de 60 : l'heure était donc découpée en minutes et la minute en secondes. 60 minutes ou 3 600 secondes dans 1 heure, 60 secondes dans 1 minute.

Pour la première fois de sa vie, Jackson avait la sensation que 1 minute ne durait pas 60 secondes mais au moins une éternité. Ce sentiment étrange persista jusqu'à ce que la sonnette retentisse, un son accompagné par le martèlement impatient d'un poing sur le battant.

— Agence de la Sécurité nationale, ouvrez !

Les services secrets. Ou pire, la Section Z ? Déjà !

— Je ne sais pas ce qu'ils veulent, mais je vous en supplie, ne dites pas que je suis là, murmura Jackson, qui courut se cacher sur le balcon.

Il s'accroupit derrière les camélias, la passion de Mme Fleming, et prêta l'oreille. Une femme qui se présenta comme étant l'agent Mechthild Schmidt raconta qu'un accident tragique avait coûté la vie à leur fils Crockie. Les décodeurs des Fleming furent ensuite lus par scanner laser mobile. Pourquoi ? Il n'y avait aucune raison de consulter leur compte, sauf si les agents des services secrets soupçonnaient que du temps avait été…

Savaient-ils déjà *comment* c'était arrivé ?

— Simple routine. C'est pour le rapport, expliqua un homme. Couple Fleming, crédit actuel : 6 semaines, annonça-t-il à ses collègues.

6 semaines de solde créditeur pour le père et pour la mère de Crockie. Soit 42 jours. Ou 1 008 heures. Plus de 60 000 minutes. Pour le citoyen moyen d'Ocean City, c'était beaucoup. Pour les Fleming, des gens honnêtes et paisibles, toujours dans le rouge au point que leurs plus proches parents hériteraient de leurs dettes et ne pourraient jamais obtenir de temps libre, c'était une vraie fortune.

— Veuillez nous suivre, ordonna l'homme.

Mme Fleming éclata en sanglots.

— Qu'est-il arrivé à notre fils ?

M. Fleming s'efforça de rassurer sa femme :

— Calme-toi. C'est un malentendu, Melissa. Ça va s'éclaircir.

Melissa Fleming poursuivit d'une voix agitée :

— Vous savez, on a aussi été étonnés par ce crédit de temps inattendu envoyé par Soin & Oint sur nos comptes. Et d'ailleurs, on avait l'intention de prendre rendez-vous avec le Conseiller de Temps Personnel Khaled Omar, à notre agence. Nous n'aurions pas dépensé tout ce temps sans avoir réglé la situation avec lui. C'est la vérité. Vous pouvez le vérifier.

— Nous le ferons, madame Fleming. Suivez-nous, maintenant.

Jackson entendit des pas s'éloigner, la porte d'entrée claquer. Le silence retomba. Il attendit avant de se lever et de risquer un regard dans la rue par-dessus la rampe du balcon.

Les Fleming sortaient, encadrés et maintenus par deux gars des services secrets. L'un ouvrit la portière d'un fourgon hydro. La femme, l'agent Schmidt, monta sur le siège du conducteur. L'hydro partit.

Peu après, trois vapos banalisés arrivèrent. Des policiers en uniforme munis de valises en descendirent. Un jeune policier roux bondit comme un écureuil vers la portière passager, qu'il ouvrit à la volée, servile. Un homme de couleur, obèse et chauve, en sortit. Il était en sueur. Son crâne brillait. Il leva les yeux. Jackson aussitôt recula.

Les camélias derrière lesquels il s'était caché ne lui offriraient bientôt plus aucune protection. L'équipe opérationnelle allait en effet mettre l'appartement des Fleming sens dessus dessous. Le balcon y compris. Et, surtout, la chambre de Crockie. À la recherche d'indices qui les conduiraient au transpondeur. Et à lui, Jackson Crowler.

Il devait agir vite et filer avant l'irruption, imminente, de la police. Il courut dans la chambre de Crockie et plongea dans le chaos qu'il y avait créé. *Freaky biotope de Freaky Crockie !*

Malgré l'urgence, Jackson se concentra avant de passer à l'action. *Bon, par où commencer ?* La police ne devait rien trouver, pas le plus petit morceau d'un vieux câble en cuivre, la moindre résistance, copeau de soudure ou vis.

Il n'avait pas le temps.

De nouveau, cette sensation du temps qui accélérait.

Il avait à peine une chance sur cent de faire le ménage avant l'arrivée des policiers.

3

Temps.

Jamais Jackson n'avait autant détesté le temps qu'à la minute où il se tenait immobile au milieu de la chambre en désordre de Crockie.

5 ans plus tôt, peu après avoir reçu son décodeur, il était allé au supermarché s'acheter un paquet de chewing-gums biodégradables. Il était super fier : c'était sa première transaction sur son compte. Ça lui avait coûté la modique somme de 15 secondes. Il s'était senti important lorsqu'il avait passé son bracelet dans le scanner du point-trafic. Il était devenu un homme, un adulte, presque un Associé à part entière de la Cité ! Il avait enfin son propre temps à disposition. Son décodeur ! Quelle liberté !

Le temps était une monnaie d'échange, OK, mais c'était aussi la durée de vie. Rien à voir avec de l'économie. Non négociable. Ni monnayable ni échangeable.

La durée de vie de Crockie s'était achevée. 14 années.

Ce temps-là s'est enfui. Perdu pour toujours.

De Freaky Crockie il ne restait que son crédit de temps sur son décodeur à la seconde où il avait péri dans le canal.

Combien de minutes Crockie avait-il piratées et créditées sur son compte ? 1 semaine ? Donc 10 080 minutes ? Comme tous les habitants d'Ocean City, Jackson jonglait avec le système sexagésimal : 7 jours = 168 heures = 10 080 minutes.

Concentre-toi, pensa-t-il. *Chiale pas. Tiens bon. Pense à Henk. Aux conséquences pour vous deux. Bouge ! Vite !*

Jackson tourna sur lui-même. Sa propre chambre servait aux incontournables discussions avec ses parents, celle de Crockie ressemblait à une zone de guerre. Le désordre y était hallucinant.

Comment s'y retrouvait-il dans un foutoir pareil ?

Le bazar habituel de Crockie s'amoncelait sur le bureau : chaussettes orphelines, lampe cassée, basket, documents sur papier synthétique – imprimés, bandes dessinées, montagne d'articles non triés sur la pêche du plastique, bouquin sur l'histoire du métro et magazines sur mille sujets auxquels Crockie s'intéressait. Parfois un manuel scolaire. Souvent recouvert de poussière.

Il y avait ce que Crockie avait glané en flânant. Des objets sans valeur. Par exemple la sculpture en pierre d'un gros bonhomme chauve assis dans une position bizarre, jambes croisées, pied droit sur la cuisse gauche, pied gauche sur la cuisse droite, qui souriait paisiblement et largement comme s'il avait découvert le secret de l'éternité. Crockie lui avait expliqué qui c'était. Jackson l'avait oublié. Sur ses mains, qui reposaient sur ses genoux, se trouvait un objet auquel Crockie tenait comme à la prunelle de ses yeux : une montre-bracelet très ancienne, qui datait d'avant la Première Guerre mondiale (une affreuse tragédie qui avait dévasté l'Europe). Crockie affirmait que cette montre avait appartenu à l'un de ses ancêtres. Elle ne fonctionnait plus, parce qu'un fragment de grenade en avait cassé le boîtier. Ce qui avait sauvé la vie de son propriétaire.

Sans réfléchir, Jackson la fourra dans son sac à dos. Crockie n'en aurait plus l'utilité, il voulait avoir un souvenir de lui. Et cette montre avait compté pour lui.

Henk, Crockie et lui avaient passé un accord : ne jamais bricoler à domicile, ne jamais laisser traîner d'informations sensibles ou de la matière première (hyper précieuse à Ocean City), pour ne pas éveiller des soupçons et donner des indices sur leur activité interdite : la fabrication d'un appareil pirate de temps. Crockie avait dû achever dans sa chambre ce qu'ils avaient commencé dans le kiosque du vieux Rufus.

Sur la petite table de nuit, même fouillis. Surtout, un carnet. Jackson le feuilleta à la hâte, assez mal à l'aise. Son ami ne le lui avait jamais montré, n'en avait jamais parlé. C'était son secret. Il y avait écrit des vers et des histoires. *Sans blague, Crockie était un poète ? Première nouvelle !* Pourtant, Crockie était son meilleur ami. Mais qui n'a pas ses secrets ? Jackson se promit d'y rechercher d'éventuelles références au transpondeur. *Plus tard.* Il le coinça dans sa ceinture.

Il ouvrit l'armoire de Crockie. Étonnamment bien rangée.

Le bourdonnement de l'ascenseur l'arracha à son exploration. L'unité spéciale d'intervention arrivait. Vite, il souleva la pile de sous-vêtements. Rien. Il ouvrit les tiroirs, d'abord soucieux de ne pas déranger les affaires de Crockie. *Oh et puis quelle importance ?* Jackson jeta les caleçons les uns après les autres sur le sol. *Combien en possédait-il ?* Rouges, verts, jaunes ou bleus et toujours à carreaux. Les sous-vêtements s'entassaient derrière lui. S'y ajoutèrent les T-shirts, les uniformes scolaires de Kellington High et les tenues de sport. Il prêta l'oreille aux bruits de pas sur le palier, devant la porte des Fleming.

Une voix masculine lui parvint :

— J'y crois pas ! Les services secrets embarquent le couple Fleming et codent la porte de l'appartement comme s'ils allaient revenir !

— C'est le règlement, espèce d'idiot ! lui répondit-on. Tout doit avoir l'apparence d'une procédure dans les formes. Ouvre vite afin que personne ne s'en aperçoive. Moi, je ne veux pas d'ennuis.

Crockie avait donné à Jackson le PIN de son appartement à l'époque où il était encore en fauteuil roulant et parce qu'il venait lui rendre visite chaque jour. Combien de temps avant que la police en craque le code ?

Jackson tira le tiroir du bas, qui lui parut surélevé.

— Yes, murmura-t-il.

Sacré Crockie ! Le tiroir avait un double fond. Le genre de truc que les prestidigitateurs utilisaient autrefois.

Jackson tira, força. Ça résista, ça craqua, il s'obstina. Enfin, il découvrit ce que contenait le compartiment secret. Des pièces détachées de la vieille console de jeux de Henk. Ce truc avait été leur chance : les composants de leur transpondeur s'intégraient parfaitement dans son boîtier et se greffaient sur la carte mère poussiéreuse. Jackson se souvenait encore de leurs hourras.

Il mit le ventilateur, les vis, de vieux fils conducteurs en cuivre et le microcontrôleur dans son sac à dos. Puis il se figea en entendant ces mots :

— Il y a quelqu'un dans l'appartement !

Jackson se faufila dans le couloir. *Trop tard.* Les policiers entraient.

Il se réfugia dans la salle de bains. Il ouvrit le vasistas derrière les toilettes, monta sur la cuvette des W.-C. pour le franchir, prit appui sur le rebord et s'adossa au mur de l'immeuble.

De nouveau, des voix :

— D'abord, la chambre du garçon. Mais ne touchez à rien ! Je dois auparavant me faire une idée de la situation.

— C'est sûr, quelqu'un est passé avant nous, patron ! Il y a un sacré bordel dans la piaule du gamin !

Le cœur de Jackson battait violemment. Il était piégé sur son rebord au septième étage de l'immeuble des Fleming. Il voyait sur sa gauche leur balcon, plus ou moins accessible. C'était a priori sa seule issue, car l'immeuble, l'un des plus anciens d'Ocean City, n'avait pas d'échelle d'incendie. Il avait été construit avec des thermoblocs de deuxième génération. Laids, mais avec un avantage de taille pour lui : les joints de dilatation qui les séparaient et étaient destinés à l'équilibrage thermique et hygrométrique étaient assez larges, si bien que ces bâtiments étaient faciles d'accès pour un cambrioleur. Un grimpeur habile pouvait en escalader sans mal les façades. Ou les descendre. Jackson avait ces deux possibilités. OK, pas de problème. Il s'y connaissait depuis qu'il s'entraînait intensivement pour la prochaine compétition de parkour.

En bas, les trois vapos banalisés de l'équipe opérationnelle. En haut, la liberté. Jackson préférait ne pas imaginer ce qui se passerait si, de la rue, on le repérait en mouvement sur la façade ou si les policiers sortaient sur le balcon des Fleming.

Vite. Bouge de là.

— Personne dans l'appartement ! entendit-il crier de l'intérieur.

OK, c'est maintenant ou jamais, pensa Jackson. Il plaça le pied sur la rambarde du balcon, glissa l'autre dans l'espace entre les thermoblocs. Il tint bon.

Ne regarde pas vers le bas.

Il plaça ses mains aux joints du mur, s'arrima, plaqua un pied dans une fissure et grimpa. Étape par étape. Prise après prise. *Direction le toit.*

De nouveau une voix :

— Vérifier le balcon !

Jackson accéléra et atteignit le bord du toit. Arrivé là, il jeta un dernier coup d'œil vers le bas. Deux policiers examinaient les pots de fleurs et les meubles de jardin des Fleming. Par chance, ils ne levèrent pas la tête. Jackson se hissa dans un ultime effort et roula sur la surface plane. À bout de souffle, il inspira lentement par le nez et expira par la bouche, comme il l'avait appris pendant les cours de maître Chang, son prof de culture physique et exercices spirituels. *Merci, Chang.*

Jackson rampa vers le milieu du toit pour assurer sa sécurité. Personne ne pouvait plus le voir ou l'entendre de chez les Fleming ni de la rue. Il sortit le carnet de Crockie, le feuilleta jusqu'à la dernière page. Crockie avait une écriture impossible. Il avait gribouillé une phrase, une citation plutôt, que les habitants d'Ocean City connaissaient par cœur. Bizarre. Pourquoi ? Pour introduire quoi ? Un poème ?

Vous avez l'heure, nous avons le temps.

Jackson imagina Crockie déclamant cette formule bien connue. Il en eut les larmes aux yeux. *Les derniers mots de Crockie. Une espèce de testament.* Il eut l'impression de sentir son ami tout proche.

Cette citation était tirée du discours de la Cérémonie de l'implant, destinée sans exception à tous les jeunes résidents d'Ocean City âgés de 9 ans, et qui inaugurait officiellement leur entrée dans la grande famille, l'immense association fraternelle de la Cité. Jackson se souvenait encore de sa propre Cérémonie. Et cette phrase, en réalité un proverbe touareg, avait été prononcée un siècle plus tôt par un Africain : elle exprimait l'idée selon laquelle seul le temps non mesuré avait une valeur réelle. En gros, l'infini contenu dans 1 seule minute…

Quelle absurdité ! précisait le discours d'intronisation. Du sentimentalisme inutile ! Le temps était une monnaie d'échange. Tout le reste, c'était du blabla, de la paresse, du parasitisme, de l'égoïsme, de l'indifférence ou de la dérobade ! Des attitudes qui avaient autrefois été à l'origine des conflits, des guerres et qui, finalement, avaient causé la chute des États de la planète et la submersion presque totale des continents.

Crockie, lui, pensait qu'au contraire le discours officiel était absurde. Pour lui, le meilleur de la vie, c'était de donner à son temps « une couleur personnelle, celle de l'instant », comme il disait.

Jackson remit le carnet dans son sac à dos. Il observa Ocean City à travers ses larmes. Du toit, il avait une vue magnifique sur cette structure flottante géante où il était né et où il avait grandi. La Cité flottait et dérivait librement sur les océans et les mers qui désormais recouvraient presque tout le globe. Les moteurs sous les gigantesques et puissants blocs de nage maintenaient cette île monumentale à flot, assuraient sa flottaison et, simultanément, la stabilisaient. Mouvement et équilibre étaient parfaitement appariés, les habitants ne percevaient le roulis que lors de très gros orages et tempêtes.

La Cité avait été agrandie module après module, district par district. D'abord selon les plans de Clark Kellington I, puis les idées de son fils et héritier Clark Kellington II, qui en avait quadruplé la superficie. Le fils de ce dernier, le troisième Clark de la lignée, était considéré comme un immense sage en même temps qu'un brillant dirigeant. Il ne s'intéressait guère à son expansion, mais plutôt à son amélioration : un bon accès aux services de sécurité de base, comme la santé et l'éducation, leur gratuité et, surtout, la protection de l'environnement et le recyclage, obligatoire, des matières premières. Tels étaient ses priorités et engagements.

Clark Kellington III vivait retiré. Crockie le surnommait « l'homme invisible », car il doutait de son existence. Il doutait surtout qu'une femme aussi arrogante que Lydia Tremont laisse un vieillard, même sage, lui donner des instructions ou des conseils !

Ici, sous le soleil de midi, et surplombant les avenues, rues et ruelles qui séparaient les immeubles, Jackson comprenait pourquoi Crockie adorait faire du slackline, marcher sur une sangle d'un toit à l'autre, de préférence de la tour Millenium à la maternité rouge et à la Tour, où se trouvait la Centrale de temps. Si haut, il devait avoir la sensation de voler sur la mer… D'être libre comme ces mouettes qui suivaient la Cité dans sa dérive permanente sur les mers et les océans de la planète bleue.

Crockie avait 8 ans lorsqu'il avait fait du funambulisme sur le garde-corps du toit-terrasse de l'école primaire, exploit qui s'était terminé par une chute de sept mètres. C'était un miracle qu'il ait survécu. Cela ne l'avait pas empêché de garder le goût des hauteurs et des vertiges.

De la liberté.

Jackson essuya ses larmes. Il devait quitter son refuge en douce et détruire les restes de la vieille console de jeux. Et surtout, avertir Henk de la situation.

Il chercha une issue de secours. En vain. Il ne vit qu'un édicule destiné à l'ascenseur. *Pas question de l'utiliser.* L'immeuble voisin en revanche l'intéressa. Il était un peu plus haut que celui des Fleming. Pas de beaucoup, même pas un mètre. Jackson grimpa dessus et, de loin, repéra les deux anses de l'échelle d'évacuation incendie à l'autre extrémité.

Il courut vers elles.

À Ocean City, Jackson ne connaissait personne qui menait une vie aussi tranquille que Rufus Gainsbourgh. Ce vieux monsieur aux cheveux noirs plaqués, aux sourcils broussailleux et à l'incroyable moustache était le gérant du minuscule kiosque.

La grande passion de Rufus, c'était le petit business strictement interdit à Ocean City. Il collectionnait des jeux vidéo anciens et des bricoles qui ne rendaient pas la vie plus facile mais qui permettait de s'évader du quotidien et de bien se divertir. C'était déjà pas mal. Rufus ne prenait pas les règlements au sérieux. Bizarrement, ça ne paraissait pas lui causer de tort. Rufus agissait sous le couvert de la vente de journaux, friandises et boissons. Les contrôleurs de temps se laissaient abuser par ce camouflage quand ils venaient dans les parages.

Tous les soirs à la tombée de la nuit, le vieil homme recevait des accros de jeux vidéo vintage, mais de vraies légendes des XXe et XXIe siècles, dans son kiosque. Rufus leur fournissait, en secret, les composants informatiques et pièces de rechange nécessaires – vis, connecteurs, barrettes mémoire, cartes mères, câbles, entretoises, amortisseurs, etc. – pour réparer et bidouiller des ordinateurs et consoles de jeux des siècles derniers désormais prohibés, car terriblement consommateurs de matières premières, désormais rares, et chronophages.

En règle générale, Rufus gardait ses distances avec ses clients ; cependant, il avait fait une exception pour Jackson, Crockie et Henk. Quelques années plus tôt, alors qu'ils venaient de commencer leur scolarité à Kellington High, il s'était intéressé à eux : « Vous me rappelez un garçon que j'ai connu autrefois, leur avait-il confié. Une tête brûlée ! Un rebelle à sa façon ! »

Il leur avait fait un clin d'œil. Presque invisible sous ses sourcils incroyablement touffus.

Ce garçon-là, c'était Rufus en personne, avait deviné Jackson. Au fil des années, le vieux les avait laissés occuper son atelier installé dans son arrière-boutique et plein de bric-à-brac. Parfait pour fabriquer leur transpondeur. Ils n'avaient pas révélé leur secret à Rufus, mais ils lui avaient demandé des conseils. Rufus leur en avait donné sans poser de questions. Le fauteuil qui sentait le moisi, le canapé et le bazar sur les rayonnages, tout était si encombré et poussiéreux que Rufus lui-même devait avoir oublié ce qui s'y trouvait.

Jackson entra dans le kiosque. Le vieux, comme toujours à son comptoir, n'eut pas l'air surpris à sa vue.

— Bonjour, monsieur Gainsbourgh. Il faut que j'aille chercher un truc en vitesse dans l'atelier, d'accord ?

— Tu ne devrais pas être au lycée ? marmonna Rufus Gainsbourgh dans sa moustache.

— C'est que… Enfin, il est arrivé quelque chose… commença Jackson avec hésitation. Écoutez, je vais faire vite, je suis pressé. C'est bon, je peux y aller ? insista-t-il. Je vous promets, je reviens tout de suite.

Gainsbourgh hocha la tête.

— D'accord, mais je ne veux pas d'ennuis chez moi, Jackson, tu m'entends ? grommela-t-il.

Jackson opina. Il fut rapide. Il souleva le coussin du siège gauche du canapé. De gros flocons de poussière voletèrent. *C'est bien ce que je pensais, personne n'a jamais regardé là-dessous.* Il sortit les restes de la vieille console de son sac à dos et les cacha sous ce coussin. Puis il s'assit dessus, s'y enfonça profondément. Enfin, il prit de vieux câbles en cuivre au hasard sur l'étagère et revint dans le kiosque.

— As-tu trouvé ce dont tu avais besoin ? lui demanda Rufus.

— Oui, ça.

Il brandit les câbles.

— Je peux les emporter ? C'est pour un truc que je dois essayer.

— Ah, un test ? Espérons que ce n'est pas une tentative qui nous transformera en chair à requins ! Allez, c'est bon. File, maintenant. Et fais attention à toi !

— Merci. À plus tard !

— Attention, attention, Jackson Crowler… entendit-il le vieil homme dire alors qu'il sortait. Prudence…

4

Le métro était le moyen le plus pratique et le moins cher pour se rendre au lycée ; deux stations pour le prix ridicule de 30 secondes chacune. À pied, c'était plus long. Mais Jackson hésita.

Si les agents des services secrets étaient à ses trousses, ceux-ci le retrouveraient sitôt qu'il débiterait 60 secondes au point-trafic. Marcher, ça ne lui faisait pas peur et c'était plus sûr. De plus, en dépit de sa blessure, déjà oubliée, il était en pleine forme physique.

Grâce à maître Chang, songea Jackson, reconnaissant. Si un jour on lui avait dit qu'il éprouverait autant de gratitude envers son prof de culture physique et exercices spirituels de Kellington High qui, pourtant, ne ménageait pas ses élèves, il aurait été le premier surpris. « Amis des sports et de l'effort, nous vivons dans une société citado-insulaire sur une planète à moitié noyée ! Réjouissons-nous d'avoir un sol ferme sous nos pieds et bougeons ! » répétait Chang. Le professeur était célèbre pour ses sentences originales, ses leçons de morale et sa sévérité envers les paresseux. « Ton lycée, tes parents et Ocean City gèrent ton temps ! Toi, tu n'as qu'à entretenir ta forme ! Un esprit plein d'entrain dans un corps bien entraîné ! C'est le secret ! »

Qui avait des réticences à participer à sa grand-messe hebdomadaire avait droit à un exposé sur l'activité physique, qui contribuait à développer les réseaux de vaisseaux sanguins présents à l'intérieur du crâne et étaient essentiels au bon fonctionnement des neurones, le cerveau ayant besoin d'être nourri et le sang lui apportant la nourriture nécessaire. Et Chang de continuer à disserter sur l'anatomie du cerveau, la neurologie et les neurosciences, etc. C'était vraiment son dada.

Jackson prit la route, allant vite, sans exagération pour éviter de se faire remarquer. Malgré sa prudence, il s'attira des regards outragés et des commentaires scandalisés :

— Ces jeunes, quelle honte ! Ils n'ont aucune décence !

— Vous ne pourriez pas marcher avec pondération comme tout être civilisé, jeune homme !

— Mal profiter de son temps, si ce n'est pas malheureux !

Jackson les ignora. Il contourna l'avenue Maui et le parc Timeline, toujours très fréquentés, pour entrer dans le lycée par-derrière afin d'éviter Heather Blue et son redoutable lecteur électronique. Elle lui reprocherait son retard, plutôt absence in-qua-li-fia-ble, et débiterait de son compte une quantité astronomique de minutes. Il escalada le treillis au pied duquel quelques plantes fanaient, courut sur le toit du gymnase et redescendit à son autre extrémité par le tuyau de descente d'eau pluviale. Il atteignit la piste d'athlétisme devant le gymnase. Les portes en étaient toujours ouvertes. Il put entrer dans le vestiaire et, de là, dans le lycée.

Des lycéennes sortirent de la cafétéria en riant. Jackson recula quand il entendit M. Gobbins, le prof de dessin, traîner les pieds dans le couloir circulaire. *Pas question de se faire piquer après une trajectoire sans embûches.* Lorsque la voie fut libre, il prit l'ascenseur pour descendre dans le « sous-marin », le surnom du département d'océanographie. À ce moment de la journée, Henk y suivait son cours préféré : l'océanographie.

Cette passion exclusive pour l'océan n'était pas étonnante pour qui connaissait Henk et sa famille. Henk affirmait que les Vermeulen, armateurs et marchands au XVIIe siècle, avaient fait fortune dans la Compagnie néerlandaise des Indes orientales. « Nous autres, les Vermeulen, nous appartenons à la mer ! » lui avait un jour confié Henk fièrement. Les Néerlandais avaient été forcés de renoncer à vivre aux Pays-Bas, submergés après un troisième tsunami dévastateur. Victimes de l'élévation du niveau de la mer, ils avaient été déclarés réfugiés climatiques. Les ancêtres de Henk avaient été les premiers à participer à la construction d'Ocean City.

Henk savait depuis l'enfance qu'il jouerait un rôle important pour l'avenir de la Cité. Comme en étaient persuadés les élèves de Kellington High, tous initiés aux six domaines de connaissance ou les « Six Piliers » d'Ocean City. L'océanographie, l'ingénierie, la production d'eau potable ou dessalement de l'eau de mer, la recherche climatique, la technologie énergétique, la gestion durable des matières premières et le recyclage des déchets – plastiques en particulier.

Jackson obtenait des résultats médiocres dans ces matières. Il ne savait pas s'il devait s'en affliger. Finalement, il ne savait pas encore ce qu'il voulait faire plus tard. Il était bon en dessin, en gym et dans une matière qui, en général, prêtait à sourire : « Philosophie Qi-Gong et Psychologie » ou Phy-Qi-Psy pour faire court. « Tu vas te retrouver dans un bunker de psychiatrie à écouter les délires et excuses misérables des paresseux ! » plaisantait férocement Henk.

Jackson n'avait pas envie de devenir psychothérapeute. À Ocean City, les gens qui souffraient de problèmes mentaux ou psychologiques et se trouvaient en incapacité de travailler étaient soupçonnés de feindre pour obtenir du temps à l'œil et se la couler douce. Les psys n'avaient pas bonne réputation.

Crockie, lui, voyait le côté pratique de la situation : « T'inquiète, Jackie, les psys ont toujours des nanas super à leur bras. Les psys sont de belles personnes, mon vieux. Avec une largeur d'âme. Tu piges la vie et les gens rien qu'en écoutant. C'est pas fatigant. Les filles adorent quand on les laisse parler. Je te jure, ça les fait craquer. »

Jackson n'avait qu'un désir : partir en expédition en mer. Sur l'un des bateaux de la Flotte de la pêche du plastique, même si, jusqu'à présent, il était moyen en recyclage des plastiques. Pour aller dans les zones pélagiques, il devait se surpasser, car les gros durs de la pêche du plastique n'embauchaient pas de psy. Garanti.

Atteindre son objectif serait dur. Le cours de gestion durable des matières premières était difficile. On apprenait comment, à partir des restes compactés rejetés par les stations d'épuration des eaux usées, fabriquer des bardeaux de toiture. Un gestionnaire en matières premières devait utiliser tout ce qui lui tombait sous la main. C'était souvent n'importe quoi. C'était toujours dégoûtant. Tant pis.

Le département d'océanographie de Kellington High était une légende. Non seulement sa salle principale et son auditorium étaient sous-marins, mais ils avaient l'apparence de capsules rectangulaires avec sol dallé en verre et dôme vitré afin de permettre aux élèves d'observer l'océan et son infini à leur aise. Selon la météo et la position d'Ocean City, on pouvait admirer baleines et requins. Svetlana Kasmarowna, la prof d'océanographie, maniait le télescope sous-marin avec dextérité, et avait déjà identifié et nommé la cinquantième nouvelle espèce de poisson. Parfois, on ne voyait qu'une multitude de vieux câbles hors d'usage ou les hélices des hydroliennes qui stabilisaient la Cité.

Jackson regarda par la porte d'une des capsules. Les élèves rassemblés écoutaient leur prof. Henk le vit. Jackson lui fit signe de s'approcher. Henk secoua la tête négativement.

Jackson leva les yeux au ciel. *Henk et sa rigueur.* Il y avait des choses plus importantes que ces stupides forêts d'algues et de méduses. Il prit une feuille de papier synthétique dans son sac à dos, y traça un C. Lorsque Henk regarda de nouveau, Jackson mit le tranchant de sa main au niveau de sa gorge et forma ces mots sur ses lèvres :

« Crockie est mort. »

Henk fronça les sourcils, mais resta immobile. C'est seulement lorsque Jackson désigna son décodeur que Henk comprit qu'il devait s'agir du transpondeur. Il demanda l'autorisation de sortir et s'approcha. Jackson s'accroupit. Svetlana Kasmarowna était sympa, mais, selon le règlement de Kellington High, la présence d'un élève seul au niveau sous-marin de l'océanographie devait systématiquement être signalée à Heather Blue ou à l'administration scolaire. Jackson n'avait pas envie d'affronter l'une ou l'autre.

Henk prit son air le plus innocent et, rejetant en arrière sa mèche blonde d'une main décontractée, quitta la capsule.

— J'ai dit que je devais aller pisser, chuchota-t-il à Jackson.

Tous deux coururent jusqu'aux toilettes des garçons. Portes bleu clair. Murs bruns. Sol vert. Cuvettes des W.-C. vertes. À l'époque de la construction, c'était déjà moderne, mais laid.

— Qu'est-ce qui se passe ? demanda Henk. C'est quoi, le problème avec Crockie ? Pourquoi vous n'étiez pas en cours ce matin ?

Jackson déglutit et prononça les trois mots fatidiques :

— Crockie est mort.

Henk, sous le choc, s'adossa au mur marron et se dégagea le visage. Sur son teint clair constellé d'un million de taches de rousseur surgit cette rougeur qu'il détestait, signe d'un bon coup de soleil ou d'une trop forte émotion, en particulier quand Esther, une fille de leur classe, le regardait.

Jackson lui raconta ce qui s'était passé. Les coups de feu, la chute dans le canal, la noyade de Crockie. Henk, incrédule, écarquillait les yeux. Mais, dès que son ami parla du transpondeur, il se ressaisit. Concentré, il écouta. Jackson relata l'arrestation des Fleming et la découverte des composants inutilisés de la vieille console de jeux dans le compartiment secret.

— J'espère que tu ne les as pas sur toi ? intervint Henk d'une voix sifflante. Tu n'as pas apporté cette merde au lycée, au moins ?

— Mais non, qu'est-ce que tu crois ! J'ai planqué la marchandise chez Gainsbourgh. C'est en sécurité, là-bas. Même le vieux ne la trouvera pas, je te jure.

Henk serra les poings. Jackson comprenait sa frustration.

— Moi aussi, j'en veux à ces contrôleurs, Henk. Mais nous devons…

— Ils n'ont fait que leur boulot, coupa Henk entre ses dents. Freaky Crockie ! Mais pourquoi a-t-il allumé et connecté notre transpondeur sans nous le dire ? Il pirate du temps en douce, et en plus il se fait piquer ? Tout ça avec mon matos !

Henk se tut quelques secondes puis reprit, inquiet et furieux :

— Le boîtier ! La carte mère ! J'espère qu'il a retiré le sceau identifiant avant de s'en servir !

Jackson prit une profonde inspiration. Il comprenait l'insinuation de Henk. Il avait déjà eu cette pensée et l'avait écartée. *Crockie n'avait tout de même pas osé… ?* C'est vrai, ils n'avaient pas encore ôté du boîtier le sceau identifiant qui marquait tout le matériel informatique de la Cité. Avec cette empreinte, impossible de se débarrasser illégalement de ses déchets informatiques et électroniques, qu'il fallait obligatoirement réinjecter dans le circuit des matières premières.

Tant qu'ils bossaient sur le transpondeur, la réparation de la console de jeux de Henk leur servait d'alibi, au cas où leurs parents ou Rufus Gainsbourgh les interrogeraient. Des jeunes qui essayaient de faire fonctionner du matériel obsolète du siècle dernier ? C'était une explication plausible à leur passion, inoffensive, du bricolage.

Si Crockie avait laissé le sceau identifiant sur le boîtier du transpondeur, en repérer le propriétaire serait facile. N'importe quel technicien de la Cité retrouverait Henk en moins de 1 minute.

— Tu as le sceau identifiant ? insista Henk. Tu sais où il est ? Crockie t'en a parlé ?

Il posa les mains sur ses épaules. Jackson secoua la tête.

— Non ! Je ne l'ai pas. Et non, Crockie n'a rien dit. Ça s'est passé si vite... Je ne sais plus. Peut-être qu'il a parlé de toi ? Je crois... je sais plus.

Henk lâcha Jackson.

— Ah, et merde !

Il donna un coup de pied en arrière, ruant comme un cheval. La porte des toilettes heurta le mur avec violence.

— Quel crétin, ce Crockie !

— Il est mort, Henk. Crockie est *mort*... chuchota Jackson, le fixant, stupéfait.

Il ne comprenait pas la réaction de Henk.

— C'était notre ami. Pas un crétin.

Henk ne se calma pas.

— Tu ne comprends pas dans quelle situation il nous a mis ? S'il a laissé le sceau identifiant sur le boîtier, c'est moi qui vais être dans le collimateur de la police et des services secrets ! On est *foutus* ! FOU-TUS, je te dis !

Jackson resta silencieux. Il ne savait pas quoi dire. OK, Henk avait raison, mais c'était tout ce qui lui venait à l'esprit en apprenant la mort de Crockie ?

— Où l'a-t-il connecté ? Où est ce maudit transpondeur ? s'exclama Henk à mi-voix. Nous n'avions pas encore trouvé d'accès au réseau ! Comment il a fait, cet imbécile ?

Jackson soupira.

— Si je le savais, j'aurais déjà récupéré le bidule et je l'aurais balancé dans la mer.

Henk hocha la tête et fixa le sol, puis regarda Jackson droit dans les yeux.

— Tu es sûr que le transpondeur a fonctionné ? Enfin, je veux dire : tu as vu le crédit de temps sur le compte de Crockie ? Celui des Fleming ? Peut-être que les services secrets le recherchaient pour autre chose ?

— Je me demande quoi. Pour quelle autre raison Crockie aurait caché son décodeur et décampé en voyant les agents de la Section Z ?

— Et les mecs, ils sont après toi aussi ? coupa Henk.

Jackson haussa les épaules.

— Aucune idée…

Henk consulta sa montre.

— Écoute, je dois y retourner. Sinon, Kasmarowna va envoyer quelqu'un me chercher.

Et, la main sur la poignée de la porte, il conclut :

— Attends-moi ici. Il faut que je réfléchisse. Il faut qu'on sache s'ils sont après toi.

Jackson acquiesça. Mais il aurait préféré une autre planque que les toilettes des garçons dans le sous-marin.

Lorsque Henk sortit de cours, 30 minutes plus tard, il lui fit part de son plan. Une idée folle.

— D'abord, tu dois enregistrer ton arrivée au lycée. Tu risques au maximum 1 heure d'amende. Mais, au moins, tu seras localisé.

Jackson garda le silence. Henk avait raison. Impossible d'éviter indéfiniment le lecteur électronique de Heather Blue et son regard sévère. Bien sûr, Blue allait lui demander des explications. Il croyait déjà l'entendre : « Alors, Crowler ? Pourquoi je ne vous ai pas vu au check-point ce matin ? » Qu'est-ce qu'il lui répondrait ?

C'est en arrivant à sa hauteur que Jackson trouva une excuse géniale et parfaite. Carrément universelle. Même Heather Blue s'adoucirait – enfin, si elle avait un cœur. *Pas sûr.*

Postée devant son édicule, Heather Blue, la concierge en chef de Kellington High, effleura Henk du regard mais fixa Jackson d'un air mauvais.

— Que faites-vous là, Crowler ?

Elle consulta son écran et secoua la tête.

— Votre arrivée n'a pas été enregistrée ce matin, mais vous vous baladez dans l'enceinte du lycée comme si de rien n'était et vous vous pointez la bouche en cœur seulement maintenant ? Comment êtes-vous entré ?

Jackson prit son air le plus innocent.

— Désolé, miss Blue, mais j'ai franchi l'entrée comme un zombie. C'est à cause de la Cérémonie de ma petite sœur. C'est après-demain, vous savez bien. Depuis quelques jours, chez nous, c'est de la folie ! Ma mère est obsédée par ses centres de table, j'ai dû faire des mini-bouquets pendant la moitié de la nuit. J'étais en retard, je me suis glissé dans le lycée ni vu ni connu. Un vrai somnambule, je vous jure ! Je suis sincèrement désolé !

Heather Blue gonfla la poitrine. Jackson regarda avec inquiétude son chemisier cintré, de peur que des boutons en sautent, et recula malgré lui d'un pas. Miss Blue expira. L'expression de son regard changea et devint plus chaleureuse. Jackson contint son soulagement. Ça avait marché. La redoutable Heather Blue avait été sensible à son mensonge.

— La Cérémonie ? répéta Heather Blue.

Elle sourit.

— Eh bien. Je me souviens encore de la mienne… Je me tenais si droite ! Et j'avais des nattes. Mon père était tellement fier de moi…

Elle fronça les sourcils.

— Et mon frère, ce petit sagouin, il s'est moqué de ma robe. Ensuite, il m'a volé les pastilles de temps de mes cartes cadeaux.

Elle posa sur Jackson un regard amical.

— Toi, tu te comportes en grand frère responsable ! dit-elle, le tutoyant. C'est bien, Crowler. Comment s'appelle ta sœur ?

— Céline. Elle est folle de joie. Vous imaginez.

— On l'a tous été, Crowler.

Heather Blue gloussa, mais reprit vite son sérieux.

— Allez, donne-moi ton décodeur.

Elle lui adressa un clin d'œil.

— Logiquement, je devrais t'infliger une amende de 120 minutes pour ce qui reste une faute et un retard scandaleux, lâcha-t-elle dans un murmure. Mais bon…

Elle riva les yeux sur ceux de Jackson.

— Pour Céline, ça passera pour cette fois ! Pas un mot, vous deux. Compris ?

Henk et Jackson hochèrent la tête. Heather Blue regarda autour d'elle et reprit d'une voix plus forte :

— Je pense qu'il y a une erreur dans le système. Je vais la corriger.

Et, en deux clics rapides, Heather Blue l'enregistra. Jackson n'en revenait pas. Il avait eu du bol.

— Merci, souffla-t-il.

Heather Blue fit mine de ne pas entendre.

— Maintenant, filez !

5

De soulagement, Jackson sentit la sueur l'inonder sitôt qu'ils s'éloignèrent du check-point. Il avait eu chaud. Blue était réputée pour son sixième sens. C'est sans doute pour cette raison qu'elle était devenue concierge en chef du lycée le plus important d'Ocean City.

Miss Blue avait le nez absolu : elle *sentait* quand un élève séchait les cours pour jouer sur sa console de jeux. Elle *sentait* quand une lycéenne du niveau supérieur rencontrait en cachette un apprenti de l'équipe de construction responsable de l'entretien et de la maintenance.

Jackson savait qu'en évoquant la Cérémonie il toucherait Heather Blue. Il avait réussi, mais il avait eu de la chance. Peut-être que Blue avait déjà répandu son quota de terreur pour la journée et décidé de jouir autrement de son immense pouvoir ? En se montrant clémente et complice de délinquants ?

— C'est pas possible de transpirer autant, Jackson, souffla Henk d'une voix sifflante.

Jackson allait répliquer : il se contint. *C'est pas possible d'être aussi énervant avec tes remarques débiles, Henk. Mais qu'est-ce que tu crois, mon pote ? Que ça m'amuse d'être stressé à ce point ? Au bord de la crise ?* Jackson aurait aimé savoir ce que Henk aurait fait à sa place, quand lui et Crockie avaient été pris en chasse et que Crockie était tombé dans le canal.

— Et ne marche pas si vite, ajouta Henk sur le même ton. Sérieux, vu ton état, je me demande comment Big Mama Heather n'a pas senti ta culpabilité, parce qu'elle *pue* à un kilomètre à la ronde, je te jure !

Depuis ce matin, Jackson avait tellement transpiré dans son uniforme scolaire que les larges auréoles humides ne décoraient plus seulement ses aisselles. Il avait passé sa journée à courir dans les rues ou sur les toits, grimper, dévaler des façades ou des échelles d'incendie.

— Je vais prendre des affaires dans mon casier, annonça Jackson, essayant de garder son calme.

À quoi bon s'énerver contre Henk ? Jackson avait toujours détesté les fréquentes disputes qui éclataient entre Crockie et celui-ci. Pas question de se prendre le relais et de poursuivre cette tradition éprouvante.

Henk se figea.

— Le casier ! s'écria-t-il ensuite en se frappant le front. Mais oui !

Jackson le dévisagea sans comprendre.

— Et si Crockie avait caché le transpondeur dans son casier ?

N'importe quoi. Jackson secoua la tête.

— Crockie n'aurait jamais osé. Il savait qu'au moindre problème le lycée serait dans le collimateur de la police et des services secrets ! De plus, on n'a pas accès à l'armoire électronique du lycée sans Heather Blue, alors stop. Moi, je vais chercher mes affaires de sport. Elles sont sèches et ne puent pas la transpiration. J'ai 2 heures de culture physique et exercices spirituels avec Chang, et je te jure que je vais en profiter à fond ! Ça me fera du bien !

Ils n'étaient pas recherchés, c'était rassurant. Dans le cas contraire, la police ou les services secrets seraient déjà venus les arrêter à Kellington High. En même temps, Jackson se demandait si les Vermeulen ne bénéficiaient pas d'un traitement de faveur. Selon le Contrat social en vigueur dans la Cité, tous les habitants étaient égaux. Mais certains l'étaient clairement plus que d'autres.

Dans l'escalier, Henk tourna à gauche pour prendre l'ascenseur et descendre dans le sous-marin du département d'océanographie. Puis il fit volte-face, dévisagea Jackson, bomba le torse et carra les épaules. Henk était beaucoup plus grand que lui, mais il adoptait cette posture quand il voulait se gonfler d'importance.

— On doit garder notre calme ! lâcha-t-il.

— C'est ce que je fais depuis ce matin, riposta Jackson. Depuis 7 h 27 exactement, quand mon meilleur ami… je veux dire, *notre* meilleur ami a été tué.

— Ce n'est pas ce que je voulais dire.

Les épaules de Henk s'affaissèrent. Il resta immobile, bas ballants, consterné et emprunté.

— Attendons de voir la suite, reprit-il. Après-demain, c'est la Cérémonie. D'ici là, je te jure qu'on est tranquilles : il ne se passera rien. C'est quand même la plus grande fête de l'année ! Tout le monde veut être heureux, recevoir des cadeaux et faire la fête.

Jackson acquiesça. Les Vermeulen et les Crowler y participeraient cette année. Arjen, le frère de Henk, venait d'avoir 9 ans. Céline, sa sœur, les aurait bientôt, mais tous les enfants de son année seraient promus : de Kids, ils deviendraient Starters de niveau 1. C'était la première étape pour devenir Associé à part entière de la Cité.

— Ça fait des semaines qu'Arjen ne parle que de son futur décodeur.

Jackson sourit.

— Des *semaines* ? Céline n'a que ça à la bouche depuis des mois !

Henk lui tendit son poing fermé.

— Tope-là, mon pote !

Jackson obtempéra.

— Pas de risque, pas de plaisir… lâcha Henk. Et au bout du compte ?

— « Paix, plaisir, pancakes » ! renchérit Jackson.

C'était l'un des dictons préférés de Crockie.

Henk disparut dans l'ascenseur, qui se mit en marche et descendit dans un murmure feutré. Jackson prit l'escalier pour monter jusqu'au troisième étage. Dans le couloir principal, les casiers des lycéens du niveau intermédiaire s'alignaient sur les murs de gauche et de droite. Tous numérotés dans leur ordre de progression. Verrouillés et sécurisés par le décodeur de leur propriétaire.

De loin, Jackson vit la porte d'un casier ouverte, sur la gauche et à trois numéros du sien. *L'ancien casier de Crockie*. Bizarre ? Crockie ne l'utilisait plus depuis l'année précédente. À cette époque, il suivait un cours de recyclage et faisait partie d'un groupe qui devait synthétiser un infâme bouillon de culture corrosif à l'odeur épouvantablement pestilentielle. Il fallait en isoler les composés organiques C3 avec des colorants de polyesters. Crockie en avait prélevé une mini-fiole par jeu, parce que quelques gouttes suffisaient pour interrompre un cours et l'accès à la salle de classe pendant au minimum 1 semaine : une seule éclaboussure de cette mixture immonde faisait en effet fuir élèves et professeurs, tant l'odeur était insupportable.

Mais la fiole avait fui dans son casier. Crockie l'avait donc fermé hermétiquement et avait pris possession d'un des vieux casiers dans le couloir des élèves de dernière année.

Quelqu'un cherchait quelque chose dans ce casier sans savoir qu'il faisait erreur. 1 an plus tard, celui-ci empestait encore les composés organiques C3. Jackson en referma la porte pour que des effluves ne se répandent pas dans le couloir.

Il regarda autour de lui. Personne. Dans 4 minutes, il y aurait une pause.

Jackson ouvrit son propre casier, retira l'uniforme du lycée et enfila sa tenue de sport, puis courut dans la salle de cours de maître Chang, aussi appelée par les lycéens « chambre des tortures ».

Ambrose di Gallo n'avait jamais mis les pieds dans la Tour ronde où se trouvait le siège du QG des Agences de Temps. Il venait rarement dans ce quartier qui abritait le cœur historique d'Ocean City. C'est à cet endroit que tout avait commencé : la Tour s'élevait sur le premier module construit par Clark Kellington I.

Un jeune homme le reçut dans le grand hall.

— James O'Reilly. Je suis l'assistant personnel de Mme Tremont.

Costume sur mesure, coupe de cheveux impeccable, décodeur au poignet qui n'était pas issu d'une production en série, mais un modèle exclusif et unique, O'Reilly était une vraie gravure de mode. *Pas mal. Peut-être devrais-je moi aussi devenir assistant personnel et travailler dans la maison ?* pensa Ambrose avec ironie et mépris.

L'assistant personnel de Tremont le conduisit dans une immense salle de conférence.

— C'est ici que le Conseil des aînés se réunit habituellement, le renseigna O'Reilly, sans doute pour l'impressionner.

Il sortit, le laissant seul. La lourde porte en chêne retomba sans un bruit derrière lui. L'attente commençait. Ambrose di Gallo soupira. Lydia Tremont voulait le faire poireauter ? Il s'en doutait, il s'en fichait.

Il observa la salle de conférence où convergeaient tous les fils du réseau de temps. Ambrose di Gallo sourit. Car ici se trouvait concentré le véritable pouvoir d'Ocean City. Là se réunissait le Conseil des aînés d'Ocean City Inc., les onze propriétaires des « Implants d'or ». Ces derniers disposaient d'un crédit de temps illimité, par conséquent ils étaient « intemporels » et incorruptibles. Ils étaient nommés à vie pour assurer un minimum de participation. Si l'étage exécutif de la Cité avait quelque chose ou quelqu'un à redouter, c'était le Conseil des aînés.

— Le temps domine le monde… murmura le policier pour lui-même.

Démonstration en était faite ici. Les lambris, l'antique et immense table de conférence, les fauteuils à haut dossier étaient en bois. Désormais, plus personne n'en utilisait. *Trop rare. Précieux.*

Le plus impressionnant, c'était l'immense image en face de lui, derrière le fauteuil massif de la Secrétaire générale de la Banque centrale : la vue en coupe de la Cité qui illustrait jusqu'à quelle profondeur de l'océan plongeaient ses fondations. C'était la condition de sa stabilité, et de l'expansion de l'espace nécessaire à sa population sans cesse croissante.

Lors de sa création, ses concepteurs voulaient que la Cité reste reliée à l'un des continents (si réduits qu'on les réunissait désormais sous le terme global de « Continent ») par un système de ponts. Personne n'avait jamais pensé que les plans audacieux du concepteur et actionnaire principal de la Cité, Clark Kellington I, deviendraient un jour réalité : Ocean City était la première Cité flottante en dérive perpétuelle sur les mers et les océans. Aujourd'hui, plus de quinze millions d'habitants occupaient sa superficie, qui totalisait six mille kilomètres carrés. Cette mégapole était complètement indépendante de la politique générale continentale et d'États de non-droit, groupes ou religions qui s'y livraient des guerres incessantes.

La croissance d'Ocean City, même si elle avait été réalisée au fil de plusieurs décennies, avait atteint ses limites depuis peu, en particulier sur le plan technique. Officiellement, personne n'en parlait. Ambrose dit Gallo n'était au courant de la situation que parce que son service participait activement à la planification des concepts de sécurité pour la protection civile et la prévention des risques, désastres et catastrophes. Et aussi parce que son boss était à lui seul un désastre ambulant, une catastrophe en termes de respect de la confidentialité et de la non-divulgation. Un type incapable de garder des infos sensibles ou un secret.

Les conduits d'alimentation de la Cité posaient un problème à eux seuls parce qu'ils étaient en mauvais état. Plus on se rapprochait du centre historique, plus ceux-ci s'effritaient. C'était en grande partie à cause d'une technologie désormais obsolète, malgré une durée de vie prévue de 100 ans minimum. Le processus de vieillissement avait été accéléré par la forte teneur en sel de l'air marin ainsi que par les vibrations infimes mais constantes de la Cité en dérive.

Ambrose regarda de près la photo en coupe de la Cité. Il se rendit compte qu'il s'agissait en fait d'un dessin, si précis et si réaliste que, de loin, il était facile de le confondre avec une photographie.

Lydia Tremont l'arracha à sa contemplation silencieuse.

— Impressionnante. Impressionnante !

Sa voix devenait plus perçante à mesure qu'elle s'approchait. Non seulement Lydia Tremont avait une voix désagréable mais il lui arrivait parfois de marteler ses mots ou d'en détacher chaque syllabe, si bien qu'elle donnait à ses interlocuteurs le sentiment qu'ils étaient sourdingues et de parfaits imbéciles.

Toi, en revanche, tu ne m'impressionnes pas, pensa Ambrose sans daigner se retourner.

— Une belle performance que nos aïeuls ont accomplie là, dit-il seulement.

Il aurait aimé dire « aï-euls » pour imiter Tremont et ainsi insinuer : « Pas comme vous, madame. Parce que vous n'écrirez pas une page de l'histoire d'Ocean City. »

Les talons de Tremont claquèrent sur le parquet.

— Pas seulement. Je vous rappelle que c'est une femme qui a mis au point le système locomoteur indépendant de la Cité et donc parachevé son autonomie ! Nous le devons donc aussi à nos Aï-eules. Mais ne perdons pas de temps avec du sentimentalisme et du passéisme. Le présent est bien assez passionnant, n'est-ce pas ?

Le ton faussement enjoué de la Secrétaire générale n'en laissait pas moins transparaître sa mauvaise humeur. Elle se laissa tomber dans le grand fauteuil au bout de la table de conférence sans lui proposer de prendre place. Ambrose di Gallo s'assit et sortit un bloc à spirales en lambeaux de la poche de l'imperméable qu'il portait par tous les temps.

Il s'éclaircit la gorge et commença :

— Nous avons…

Tremont l'interrompit, se montrant à la hauteur de sa réputation. Elle était la Secrétaire générale de la Banque centrale, pas vrai ? générale. Pas secrétaire.

— Attendez !

Elle se pencha vers un interphone et appuya sur un bouton.

— O'Reilly ?!

Ne recevant pas de réponse immédiate, elle pressa de nouveau sur le bouton à plusieurs reprises.

— O'Reilly !?

Un voyant vert s'alluma. Une voix s'éleva :

— Oui, madame ?

— Prenez-moi un rendez-vous avec Amelia Crowler aujourd'hui. Massage fango. Le programme complet.

Ambrose écoutait avec attention.

— Crowler ? répéta O'Reilly.

— Oui, Crowler ! Au centre de physiothérapie…

Involontairement, elle posa les doigts sur sa nuque, la malaxa avec un soupir douloureux.

— Cette femme a des mains miraculeuses. Je ne peux que vous la recommander.

Tiens donc, Crowler ? pensa Ambrose. Il feuilleta ses notes et y retrouva le nom de Jackson Crowler. Quand il leva les yeux, il remarqua que le voyant vert à côté du microphone restait allumé. L'assistant personnel de Tremont était bien curieux.

— D'abord, une précision, di Gallo : cette conversation est confidentielle. Vous. Moi. C'est tout. C'est clair ?

Tremont le fixait. Le policier sourit.

— Bien sûr, madame. À mon vif regret, je n'ai pas grand-chose à vous apprendre.

Lydia Tremont gémit.

— Les recherches dans l'appartement des Fleming ont été un échec total parce qu'on nous y a précédés, reprit Ambrose di Gallo. La chambre de ce Crockie n'était pas seulement la porcherie habituelle d'un adolescent ; elle avait aussi été fouillée.

— Génial, siffla Tremont. Ce Cockie Flamingue a donc des complices.

— Crockie Fleming. Peut-être. Nous n'avons pour l'instant aucun indice. Nous n'avons rien découvert non plus dans son casier au lycée, sauf que ce garçon avait un faible pour les composés C3 isolés. Un truc qui empeste, c'est une horreur.

— Professeurs, amis, parents ? coupa Tremont, impatiente.

— Les parents sont interrogés très activement par la Section Z. J'espère obtenir des résultats de ce côté. L'obstination du couple Fleming à rendre cette affaire inoffensive et insignifiante ne facilite pas l'enquête.

— La description de votre poste ne précise pas que la tâche sera facile, di Gallo, fit remarquer Tremont.

— J'aimerais pourtant savoir ce qu'on reproche au garçon, répliqua-t-il.

Il hésita un peu avant de décocher une flèche à Tremont :

— Lorsque les agents de la Section Z font feu sur un mineur et provoquent sa mort, il est d'usage d'ouvrir une enquête judiciaire…

— Pas question !

De nouveau, Tremont posa les mains sur sa nuque douloureuse. Ce qui ne l'empêcha pas de sourire froidement.

— Les causes de ce décès seront connues demain.

— Je vous rappelle que je ne reçois pas mes instructions du QG des Agences de Temps, poursuivit Ambrose di Gallo.

Tremont se leva et dit d'une voix doucereuse mais résolue :

— Pour qui vous vous prenez, di Gallo ? Tout le monde sur Ocean City reçoit des instructions de la personne qui siège ici. Sur ce fauteuil. Moi. Enquêtez sur les professeurs, amis, tous les individus en contact avec ce Crackie Flimeng. Un par un. Avec discrétion. J'attends les résultats dé-fi-ni-tifs de votre enquête ! Vite. Par vous. En personne.

— Si tel est votre désir.

Tremont claqua des talons vers une porte latérale et sortit.

— Vous aurez mes conclusions. Comptez là-dessus, marmonna Ambrose di Gallo.

Il appuya sur le bouton à côté du microphone.

— L'entretien est terminé, monsieur O'Reilly, dit-il aimablement. Vous pouvez vous remettre au travail.

Le voyant vert s'éteignit.

Jackson n'avait jamais été aussi heureux d'être harcelé par son professeur pendant l'entraînement à la course d'obstacles. Chang le préparait pour la compétition parkour de la Cité à laquelle participeraient les autres lycées. Personne à Kellington High ne doutait de sa victoire.

Jackson avait pensé que ce sport était une pure invention de maître Chang, réputé pour sa riche imagination. Mais Chang ne s'était pas paré de lauriers qui ne lui revenaient pas. Et souvent il revenait sur l'historique du parkour.

— Le parkour, ou free running, est une discipline sportive très ancienne. Ses débuts remontent à la France du XXe siècle, ce qui ne vous dira pas grand-chose, leur rappela Chang avec son sourire aux quinze garçons et filles du niveau intermédiaire assis autour de lui dans le gymnase.

Esther, qui avait réussi en quelques secondes à transformer la pâleur de Henk en une bouée d'avertissement rouge vif, leva le doigt. Les élèves tournèrent les yeux vers elle.

— Mademoiselle-je-sais-tout la ramène de nouveau, chuchota Yussuf, ce qui lui valut un regard maléfique de Chang.

C'était impressionnant, car ses yeux en amande s'étrécissaient jusqu'à devenir deux fentes minces comme des traits de crayon à papier.

— Oui, Esther ?

Il était le seul professeur à appeler ses élèves par leur prénom.

L'insupportable Esther déploya son savoir, nomma les inventeurs du parkour, s'étendit sur la force, la compétence et le courage, l'altruisme et le rapport à l'espace public. Les autres levèrent les yeux au ciel, l'agitation devint générale.

— Jackson ?

La voix de Chang l'arracha à ses pensées.

— Euh ? Oui ?

— Je vous ai posé une question.

Ah bon ? Jackson n'avait rien entendu. Alors il improvisa :

— Le parkour appartient, comme le golf et le streetball, aux sports urbains publics pratiqués dans un environnement fabriqué par l'homme...

— Merci, ça suffit, l'interrompit Chang. Je vous ai seulement demandé si vous vouliez diriger le groupe A.

— Diriger... euh, oui, bien sûr.

Jackson était abasourdi. C'était une première. En général, Chang désignait Yussuf, Magnus, parfois Loraine ou Bibi. Mais lui ? OK, il était heureux. D'un autre côté, aujourd'hui ça tombait mal car il se sentait exténué.

— On va dehors ? demanda Jackson.

— Vous dormez depuis le début de mon cours ? interrogea Chang. Bravo, Jackson, ça fait plaisir.

Il pointa l'index vers la gauche, où un grand panneau avec la lettre A indiquait l'espace extérieur.

Jackson se leva et passa devant Chang. Le professeur fronça le nez avec une grimace.

— Si je peux me permettre, Jackson, à votre âge, on prend aussi une douche *avant* le cours d'EPS.

6

Jackson ne prit pas de douche après son cours. Pas envie de chahuter comme d'habitude dans les vestiaires des garçons : bagarres à grands coups de serviette mouillée, blagues à deux balles comme nouer les jambes d'un pantalon ou cacher des vêtements, non merci. C'est le genre de choses qui faisait se tordre de rire Yussuf et Magnus.

Sur le chemin de la cité Parkfield, ses angoisses, qu'il avait écartées pendant l'entraînement de parkour, revinrent l'obséder. Il s'était passé tellement de choses en même pas 24 heures qu'il avait encore du mal à y croire.

C'était une journée qui avait commencé normalement. Il avait retrouvé Crockie au parc Timeline pour revoir les croquis contenus dans son carton à dessin. Ce n'était pas toujours facile de convenir d'un rendez-vous depuis que lui et sa famille avaient déménagé loin dans la cité Parkfield.

La journée tirait à sa fin. Sa vie avait basculé. Son carton à dessin avait disparu. Crockie aussi.

Pas disparu, mort, corrigea Jackson en pensée.

Les stations de la ligne Fleur se succédaient devant la vitre du train express. Jackson avait pris le métro. Qu'il soit filé ou non par la police, il s'en fichait, c'était sa routine quotidienne. Il passa les stations Rose, Tulipe et Tournesol, indifférent aux motifs de fleurs sur les murs. Il descendit à Jonquille, prit la ligne Couleur. Difficile de la manquer : les carreaux cramoisis de la station Rouge mobilisaient le regard et l'attention. De là, il marcha jusque chez lui.

Ça bouillonnait dans sa tête.

Cette histoire était loin d'être terminée. Sa seule certitude : les autorités n'avaient pas encore fait les rapprochements qui s'imposaient et n'avaient donc pas conclu que les deux meilleurs amis de Crockie étaient aussi ses complices.

Ça viendrait.

Il écarta cette pensée.

Au portail de la cité Parkfield, Jackson fut accueilli par Ramil. Le gardien toucha sa casquette du bout du doigt en guise de salut. 2 ans plus tôt, les Crowler s'étaient vu attribuer un petit appartement au vingt-septième étage de la cité Parkfield : une faveur pour récompenser Herb Crowler de ses 25 années de bons et loyaux services de sécurité sans un jour d'arrêt maladie dans les unités locales d'approvisionnement en eau douce de la Cité. Sinon, les Crowler n'auraient jamais eu les moyens de se loger dans l'un des meilleurs quartiers d'Ocean City. Au titre des commodités et avantages des lieux, il y avait Ramil et ses collègues, qui, dans une capsule vitrée, enregistraient les entrées et sorties avec beaucoup d'affabilité.

— Salut, Ramil ! lança Jackson en agitant la main.

— Salut, Jackson, répondit Ramil.

Comment Ramil réussissait-il à se souvenir des noms de tous les habitants de la cité Parkfield ? Mystère.

— Ça roule ?

— Ça marche tant que je la retiens ! s'exclama Ramil en serrant des deux mains sa chaise comme si elle cherchait à lui échapper.

Il éclata de rire.

— Ta mère vient de rentrer. Moi, j'ai hâte d'être à ce soir. Je déteste assurer cette tranche horaire.

Un commando des services secrets n'avait donc pas assailli le vingt-septième étage de la tour Parkfield, mais Jackson mourait d'envie de tâter le terrain. Il hésita devant Ramil, qui se replongeait dans le sudoku à la dernière page de l'*Ocean City Evening Post*, et se jeta à l'eau.

— Quoi de neuf ? demanda-t-il, pointant de l'index l'édition du soir du principal journal de la Cité.

— Une invasion d'extraterrestres. Tremont a été prise la main dans le sac dans le supermarché : elle volait, la garce. Dernier scoop : bière gratuite pour la population.

Ramil sourit.

— C'est de l'humour, bien sûr. Que pourrait-il donc se passer dans une ville aussi impeccable et ennuyeuse à mourir ?

— Rien… Tu as raison.

— Tu en fais une drôle de tête, Jackson. Tu es blanc comme un linge ? Ça va ?

— On a essayé de nous empoisonner à la cantine, plaisanta Jackson avec effort. Tu liras ça demain dans le journal.

Il s'éloigna à la hâte et prit l'ascenseur jusqu'au vingt-septième étage. Il ouvrit la porte de l'appartement et entendit la voix de Céline, qui prononçait une phrase qu'il connaissait par cœur :

— « ... de ma propre initiative le droit de me gouverner et puis aussi... heu, le pouvoir de régner, sur le temps, comme les membres d'Ocean City, non, non, de la communauté, l'ont auparavant... »

Céline s'interrompit.

— Maaamaannnn, je n'y arriverai jamais !

Céline apprenait la Promesse. Pour son grand jour.

Sa Cérémonie. Après-demain.

Céline sortit de sa chambre, une pièce de la taille d'un placard à balais.

— Jaaaccksssonnnnn ! Il faut que tu m'aides...

Elle sprinta pour se jeter dans ses bras, noua ses jambes autour de sa taille et le serra à l'étouffer.

— Oh là làààà ! s'exclama Jackson, mimant le choc avec exagération. Dans 2 jours, ce sera fini, car une fille avec...

Il lui fit un clin d'œil complice.

— ... tu sais quoi au poignet doit se comporter comme une grande dame !

Céline éclata de rire.

— Tu ne te comportes pas comme un vrai monsieur et pourtant tu as ton décodeur depuis 5 ans ! Moi, je peux en avoir un noir ou vert. Maman a dit oui. Je n'en veux pas un rose. Comme Lucy, Carina, Georgia, Elli. Moi je...

Elle continua à parler avec entrain.

— Va répéter la Promesse, l'interrompit Jackson. J'arrive tout de suite. Je te la ferai réciter.

Il la poussa dans sa chambre. Céline résista, puis se résigna, mais passa la tête par l'entrebâillement.

— Tu as intérêt à te doucher d'abord, sinon je te vaporise avec mon sent-bon Jayjay-Jellyfish.

Elle claqua la porte.

Jayjay-Jellyfish ou la punition ultime. Jayjay était une méduse aux yeux écarquillés dans un visage rose illuminé par un sourire aussi radieux que le soleil au zénith. *Totalement flippant.* Toutes les petites filles de 3 ou 4 ans étaient folles de Jayjay. Céline en avait bientôt 9. La bonne nouvelle, c'est qu'elle voulait un « décodeur de garçon », pas un décodeur aux couleurs acidulées avec paillettes façon Jayjay-Jellyfish.

L'excitation et le babillage de Céline le rassurèrent tout à fait : c'était le signe que ni les services secrets ni les unités spéciales d'intervention de la police n'avaient fait irruption dans l'appartement et la vie de sa famille. Dans le cas contraire, l'ambiance à la maison aurait été différente. Jackson redevint optimiste. *Henk avait peut-être raison, en fin de compte ?* Ils n'étaient pas dans la ligne de mire de la police, de l'Agence de la Sécurité nationale et de sa Section Z.

Sa mère sortit de la cuisine, un sourire aux lèvres. Jackson s'étonnait toujours de l'incroyable ressemblance entre cette dernière et sa sœur. Mêmes yeux bleu clair, l'iris entouré de noir se détachant du blanc de l'œil, ce qui leur donnait parfois un regard interrogateur intense et difficile à soutenir. D'épais cheveux bruns dont il avait hérité. Une fossette au menton.

Sa mère portait sa tenue de travail, pantalon de sport, baskets et polo avec le logo du centre de physiothérapie. Cet ensemble orange en polyester recyclé soulignait sa jolie silhouette. Jackson s'était déjà battu avec un lycéen du niveau supérieur qui avait fait des remarques salaces sur la plastique d'Amelia Crowler. En secret, il était fier qu'elle soit aussi jolie.

— Je suis contente que tu sois rentré ! lui dit sa mère. On a encore beaucoup à faire… Découper les marque-tables par exemple. Ton père va s'occuper des boissons, et moi, je dois sortir les couverts… Bon, bref, rien n'est prêt. Cet après-midi, j'ai été contactée par l'assistant personnel de Lydia Tremont. Du coup, mon emploi du temps a été chamboulé. Je l'ai massée pendant 1 heure, mais ses muscles sont restés durs comme de la pierre. C'est incroyable d'être aussi nouée. Cette femme a besoin de vacances !

Elle leva les yeux au ciel, s'amusant de sa plaisanterie. Pour Tremont, le mot « vacances » était dénué de sens. C'était de notoriété publique, on en riait. Pourtant, elle ne manquait pas de temps. Vu le poste qu'elle occupait, elle bénéficiait de crédits illimités et son compte était bien approvisionné. Remplir des fonctions aussi élevées donnait droit à de sérieux avantages. La Secrétaire générale de la Banque centrale était si riche qu'elle faisait même don de sa prime annuelle au service social Soin & Oint.

Jackson n'avait pas envie de parler de Lydia Tremont, encore moins d'y penser, mais la curiosité fut la plus forte.

De nouveau, tâter le terrain.

— Quoi de neuf, sinon ? Quels scandales et ragots dans le monde des riches, beaux et puissants ?

Ainsi sa mère appelait-elle les nantis de l'exécutif de la Cité. Depuis que Lydia Tremont vantait les talents d'Amelia Crowler, ceux-ci faisaient la queue devant son cabinet au centre de physiothérapie.

— Nous avons d'autres problèmes… insinua sa mère.

Et, d'une voix plus basse, elle enchaîna :

— Par exemple, les cadeaux destinés à Céline : ils ne sont pas encore emballés.

— Je prends une douche et je m'en occupe, dit Jackson.

— Non. D'abord les cadeaux. Ils traînent dans le salon alors que ce sont des surprises. Céline peut les voir à tout moment.

— OK, grommela Jackson.

Il entra dans le salon et batailla rageusement avec le papier polyéthylène haute densité à paillettes Jayjay et des bolducs en plastique multicolores. *Ça le défoulait.*

— Que se passe-t-il, Jackson ? demanda sa mère, intriguée. Un problème ? Quelque chose ne va pas ?

Elle était restée là, à l'observer ?

Jackson sentit les larmes monter à ses yeux. Il réussit par miracle à parler posément :

— Rien. Enfin, si, je me suis foulé la cheville. J'ai été responsable de l'entraînement de parkour aujourd'hui.

— C'est fantastique, Jackson ! s'exclama sa mère avec un sourire fier. Tu me montreras ton pied après ta douche.

Il termina d'emballer les cadeaux et les rangeait dans le placard derrière le sofa quand la voix de Céline s'éleva :

— Jaaackson !

— J'arrive !

Déjà Céline déboulait dans le salon.

— Qu'est-ce que tu fais ?

Elle ne lui laissa pas le temps de répondre, ni ne résista lorsque Jackson la poussa dans le couloir.

— C'est comme ça que je serai habillée pour ma Cérémonie !

Céline tourna sur elle-même. La jupe de soie blanc de neige gonflait comme une barbe à papa. Les manches amples ne recouvraient pas le poignet, pour que les décodeurs puissent être placés vite et sans peine. De fines broderies ornées de minuscules perles scintillaient sous la lumière du couloir.

— C'est maman qui les a cousues ! Et aussi les nœuds. Tante Sophie va me donner le bandeau assorti. Maintenant, ma robe ressemble à une pièce unique d'Igor & Shark, comme celle de Jenny. Et ça n'a MÊME pas coûté 100 minutes. Trop beau, hein ?

— Tu as l'air d'une princesse. Si tu n'étais pas ma sœur, je demanderais ta main !

Céline le frappa avec le réticule qu'Amelia Crowler avait inauguré à sa propre Cérémonie. Dedans se trouvaient des mouchoirs lavables et réutilisables, destinés aux petits malheurs et drames lorsque la Cérémonie de l'implant ne se déroulait pas comme prévu et que le poignet était blessé. Des gouttes de sang sur les robes et les jolis costumes blancs, ça faisait mauvais effet. Il fallait prévoir.

— Il est strictement interdit de tenir la main de sa sœur pendant la semaine d'avant la Cérémonie, s'écria Céline, l'air offensé.

— Tant pis, dit Jackson. On va bosser la Promesse. Je m'en souviens encore mot pour mot.

Il enchaîna avec dignité :

— « Je donne librement à Ocean City Inc. le droit de me gouverner et le pouvoir de décider de moi et de mon temps, comme tous les membres de la communauté l'ont promis avant moi. Je suis conscient que seule la communauté est capable de me protéger contre les ennemis de l'extérieur et contre l'injustice de l'intérieur. »

Quelques heures plus tard, pendant que Céline était au lit avec un grand classique de la Cité à la couverture aux couleurs vives : *Notre Cité, notre liberté. De Starter et pré-Partenaire à Associé à part entière*, Jackson prit enfin une longue douche qu'il apprécia.

Il aurait dû être plus économe avec « l'or bleu », comme certains appelaient l'eau douce à Ocean City. Mais il avait vraiment besoin de détente. Si la douche ne lui faisait pas oublier les événements de la journée, au moins elle l'en lavait et le délassait.

Il se coucha, tira sur lui la couette dont les motifs, des voitures de course, l'embarrassaient. Dire qu'il en mourait d'envie 3 ans plus tôt... Sa mère l'avait récemment achetée à prix d'or dans l'un des Retroshops, mais il n'avait pas osé lui dire que ce n'était plus de son âge.

Il remonta sa couette jusqu'au menton. Juste avant de s'endormir, il réfléchit à ce qui l'avait troublé tout au long de la journée : le comportement de Henk.

Sa réaction à la mort de Crockie. C'est seulement quand il avait appris que son sceau identifiant était peut-être resté sur le boîtier que Henk avait exprimé une émotion. La colère contre Crockie. Il n'était pas triste, il lui en voulait.

Ça lui était égal que Crockie ait été tué.

7

Quand Frida Ingaaden, la directrice de Kellington High, entra dans la classe le lendemain matin, Jackson sentit son ventre se serrer. *Ça y est, la police a fait les déductions qui s'imposaient et a retrouvé ma trace.* Henk, devant lui, frottait nerveusement ses paumes sur le pantalon de son uniforme scolaire.

Ingaaden prenait ses responsabilités très au sérieux. Aucun autre pédagogue de la Cité ne travaillait aussi dur : elle dirigeait l'un des plus prestigieux lycées d'Ocean City, engageait les meilleurs professeurs, organisait des concours et enseignait. Elle assistait aux consultations d'orientation hebdomadaires et s'entretenait avec les élèves de dernière année. En général, les directeurs de lycée déléguaient cette corvée à des enseignants de confiance. Pas Frida Ingaaden. « Clark Kellington High n'est pas un établissement ordinaire et ne mérite donc ni élèves ordinaires ni professeurs ordinaires ! » répétait-elle.

La directrice de Kellington High était dévouée à ses élèves et ne les perdait pas de vue après l'obtention de leur diplôme. C'est pour cette raison qu'une scolarité à Kellington High garantissait une carrière dans la Cité. Les exigences d'Ingaaden étaient simples : loyauté, assiduité, zèle et ténacité. Qui rendait un travail bâclé ou en retard devait se préparer à un sermon.

Elle hocha la tête à l'intention de M. Babafemi. Le prof de maths et d'idéolangue caressa sa barbe blanche, s'assit docilement derrière son bureau et baissa les yeux. Ingaaden se posta devant lui. Elle laissa son regard errer dans les rangées, s'attarda sur Jackson.

Me regardez pas comme ça, sinon je vais pleurer, pensa Jackson.

— Je dois vous faire part d'une triste nouvelle... commença Ingaaden.

Elle se tut, prit une profonde inspiration, déglutit et acheva :

— L'élève Fleming... Votre cher camarade et ami Crockie est mort hier.

Un murmure parcourut la classe. Certains se tournèrent vers Henk et Jackson. Ce dernier détourna les yeux.

D'un froncement de sourcils, Frida Ingaaden imposa le silence.

— Crockie Fleming, comme certains parmi vous le savent, avait une santé défaillante depuis un grave accident survenu dans son enfance.

Elle remonta la rangée, se dirigea vers Henk, qui rentra la tête dans les épaules. Jackson fixait ses mains croisées et crispées. Il prenait conscience de l'énormité des derniers mots d'Ingaaden.

Une santé défaillante ? N'importe quoi ! Crockie allait super bien après des années de convalescence ! Et les élèves « avec une santé défaillante » ne restaient pas longtemps à Kellington High.

— Crockie Fleming ne s'est jamais rétabli, poursuivit Ingaaden, très chagrinée. Toute sa structure osseuse, son appareil cardio-vasculaire, enfin, je vous épargne les détails…

Ingaaden s'approcha encore. Jackson leva les yeux. Henk tourna la tête dans sa direction. L'air interrogateur comme lui, songea Jackson.

— Et hier, le passé l'a rattrapé. Il est mort subitement. Séquelles. Conséquences tardives… Un AVC. Ses parents l'ont découvert ce matin.

Jackson tressaillit.

AVC ? Mort dans son lit ?

Henk tapa des pieds et se retourna vers Jackson, qu'il regarda avec étonnement. Jackson sentait la sueur perler à son front. Henk était livide. *« C'est quoi, bordel ? »* articula-t-il silencieusement. Jackson se passa la main sur le front et haussa imperceptiblement les épaules.

— Je sais, c'est un choc pour vous tous, continua la directrice. Ma porte est ouverte si besoin est.

Jackson posa ses paumes sur la table, prêt à se propulser, se lever et intervenir. Henk le devança.

— Il… Je veux dire… Crockie ne donnait pas l'impression que… lâcha-t-il d'une voix rauque.

— C'est vrai ! renchérit Ingaaden avec vivacité. C'est une surprise pour nous tous ! Mais Crockie et ses parents ne voulaient aucun traitement de faveur ! Enfin, vous comprenez. Crockie Fleming voulait être défini par ses seules performances, non par son état de santé précaire.

Crockie ? Défini par ses performances ? Sa santé précaire ?

De mieux en mieux ! Ça ne ressemblait pas à Crockie ! *Il se fichait d'être performant ! Surtout après son accident ! Sa philosophie, c'était la liberté de rendre le temps élastique.*

Ingaaden toussota.

— La vie continue. Je suis sûre que sa famille souhaite que les projets qu'il a entrepris dans cet établissement soient achevés. Nous sommes donc heureux de lui avoir déjà trouvé un remplaçant !

Ingaaden revint vers la porte de la salle et l'ouvrit.

Jackson n'en croyait pas ses oreilles. Il était sous le choc. Il déglutit avec peine. *OK, occuper les places vacantes, c'est normal.* Même si, à Kellington High, elles étaient rares et chères. *Mais si vite ?* Il fallait des semaines pour trouver un remplaçant avec le profil requis.

Pourtant Ingaaden a réussi à remplacer Crockie du jour au lendemain !

— Clermont, voulez-vous entrer, s'il vous plaît ? lança Ingaaden.

Rien ni personne ne pouvait se substituer à Crockie, ni aujourd'hui, ni demain, ni dans 6 mois.

Une fille rentra. *OK, une remplaçante.*

— Louise Clermont a les meilleures qualifications pour faire de grandes choses pour ce lycée et, un jour, pour la Cité ! expliqua Ingaaden.

Jackson sentit des larmes de rage et de tristesse lui monter aux yeux.

— Salut, souffla la nouvelle à la classe avec un geste timide.

Jackson essuya rapidement ses joues. L'intruse était petite, mince et athlétique. Impeccable dans l'uniforme de Kellington High. Teint cacao lisse. Elle avait discipliné sa chevelure bouclée avec un foulard multicolore.

T'inquiète, on va vite te demander de le retirer, songea Jackson, hargneux. Seuls étaient autorisés les bandeaux bleus assortis à l'uniforme. Pas d'autre couleur. Interdit.

Jackson décida de la détester. *Cette fille pour succéder à Crockie ?* Impossible. Impensable. C'était une nerd. Le genre intello et pas marrante. Était-elle, comme Henk, originaire d'une des familles fondatrices de la Cité ? Une privilégiée ? De surcroît pistonnée pour se faire admettre à Kellington High sans passer le test d'admission, très difficile, même pour les bosseurs ? Peu importe. Il la trouvait nulle. Insupportable.

Ingaaden continua :

— Ne vous inquiétez pas, Clermont. Nous allons développer un programme de formation et d'apprentissage pour une mise à niveau.

Clermont hocha la tête.

— Pendant quelques mois, jusqu'à la fin de l'année scolaire, vous reprendrez les projets de Crockie Fleming et les mènerez à bien.

Nouveau signe de tête.

— Très joli, murmura la nouvelle.

Joli ? Espèce de débile.

Crockie avait été gommé. Effacé. Mort. Parti. Remplacé. Soi-disant décédé suite aux prétendues séquelles tardives d'un ancien accident. *C'est un cauchemar.*

Tandis que la directrice échangeait quelques mots avec le professeur Babafemi, qui avait assisté, paisible, à la scène, Henk se pencha en arrière et chuchota :

— Surtout, pas un mot, Jackson ! On en parle plus tard !

— Clermont, votre place est là-bas, à côté de Jackson Crowler, ce garçon à la mine sinistre.

Ingaaden leur sourit, à lui et Henk.

— Vermeulen, Crowler, vous pouvez me suivre, je vous prie ?

Elle hocha la tête à l'attention du professeur Babafemi.

— Merci, professeur, je vous renvoie vos deux élèves au plus vite.

Jackson et Henk sortirent dans le couloir derrière Ingaaden.

— Vermeulen, Crowler, je comprends que la situation est éprouvante. Crockie Fleming était votre ami. Mais j'espère que vous accueillerez Louise Clermont à bras ouverts ! Crowler, vous allez travailler avec elle sur les projets de Crockie. Aidez-la si nécessaire. Je suis certaine qu'elle remplira sa mission à la perfection. Clermont succède à Fleming, donc Heather Blue va décoder son casier et le réinitialiser pour que Clermont puisse y accéder. Miss Blue va gérer cette situation difficile avec son aisance habituelle.

— Ah oui ? lâcha Jackson.

Henk lui donna un coup de pied. Ingaaden ne le remarqua pas.

— Fleming n'aurait pas voulu que ses projets restent inachevés… Notre Crockie, si peu conventionnel, aurait souhaité qu'on donne sa chance à un autre, n'est-ce pas ?

Jackson regarda ses pieds. *La ferme !* D'abord, il y avait eu ce mensonge au sujet de la maladie. Crockie mort dans son lit ? *La vérité, on lui a tiré dessus, m'dame. Il a été abattu comme un chien, et son corps sans vie a été repêché par les services secrets.* Rien à voir avec son ancien accident. Et maintenant, cette fille. À la place de Crockie. *Cette Louise machin truc, on n'en veut pas. Qu'elle dégage !*

La directrice lui adressa un regard peiné.

— Je sais, Jackson, personne au monde ne peut remplacer un ami.

Jackson retint un sanglot. Henk posa une main sur son épaule.

— Donnez une chance à Louise Clermont, Crowler, conclut Frida Ingaaden. Vous me le promettez ? Crowler ? Vous aussi, Vermeulen ?

Henk hocha la tête.

— Bien sûr, madame Ingaaden.

Jackson imita Henk. Pas le choix. Mais il n'en ferait rien. *Que Clermont se débrouille !*

Il retourna en classe avec Henk, et s'assit à côté de la nouvelle.

— Salut. Moi, c'est Lou, lui chuchota-t-elle.

Jackson l'ignora. Il regarda droit devant et fit mine d'être intéressé par les propos du professeur Babafemi : celui-ci parlait d'un certain Euclide d'Alexandrie qui avait mis en place la théorie sur les nombres premiers.

Le vieil homme tourna l'anneau d'or à son doigt avec un sourire satisfait. Le soleil se levait. Le soleil se couchait. C'était comme ça depuis la nuit des temps. Les gens s'agitaient, d'heure en heure, sur des semaines et des mois, d'une année sur l'autre. Ça lui rappelait la vie, autrefois. Les mille petits rouages et les minuscules humains de la Cité. Une vraie fourmilière. Quelle belle organisation !

JACKSON CROWLER. Ce nom était écrit sur le carton à dessin posé devant lui, sur son bureau en bois tropical précieux. Il l'ouvrit et observa à nouveau son contenu. Astucieux, ces lycéens. Surtout Jackson Crowler. Mais Henk aussi avait du potentiel.

Ils étaient encore meilleurs que ce qu'il pensait, se dit-il, pianotant sur la table.

Réussir à connecter un appareil pirate au réseau de la Cité. Impossible ! Mais… *À cœur vaillant rien d'impossible !* La génération de son grand-père avait levé les bras au ciel face à l'éventualité, farfelue, de mettre une mégapole sur flotteurs et la laisser dériver sur les mers et les océans. Cette idée folle avait été lancée, l'avenir l'avait concrétisée.

Il s'était permis de donner un petit conseil à Crockie sur l'endroit où cacher son appareil. Le vrai plaisir n'avait commencé qu'après : quand la Cité avait rassemblé ses forces et effectifs pour traquer le garçon. Ses prédictions s'étaient réalisées.

Jusqu'à présent, tout s'était déroulé comme prévu.

Le vieil homme eut envie d'une tasse de son thé vert favori. Il s'occuperait du couple Fleming plus tard. Seulement pour s'assurer que tout était en ordre. *Ne rien laisser au hasard.* Lâcher juste assez de lest aux agents de la Section Z pour les mettre sur des pistes et en même temps les égarer.

Pendant que son eau chauffait, il se rendit dans sa cachette par une porte dérobée. Les perruques étaient alignées, peignées, comme prêtes pour une parade. Les barbes et les sourcils factices assortis et très soignés étaient à portée de main dans les tiroirs. En passant, il caressa l'une des perruques gris argenté. Lui, à près de 90 ans, il avait une chevelure de jeune homme. Noire et abondante.

Il possédait aussi un nombre considérable d'oreilles et de nez, verrues et cicatrices postiches. Et, bien sûr, des lentilles de contact. Il s'étonnait de la facilité avec laquelle on pouvait tromper les gens rien qu'en changeant la couleur de ses yeux ou de ses cheveux. Au début, il se grimait en y mettant le temps ; il avait désormais maîtrisé quelques petits trucs et astuces pour se métamorphoser en un tournemain.

L'uniforme des bénévoles pour les grands événements était prêt dans l'armoire. Il en aimait le jaune soleil. Le programme de bénévolat avait été une idée de feu son épouse. *Soin & Oint : soigner le corps et oindre l'esprit, c'est bien le moins pour vous faire du bien !* Cela lui faisait toujours penser à elle. En même temps, ça réveillait la douleur.

Elle était morte beaucoup trop tôt et, peu après, leur fille. Cette dernière aurait été la première femme à tenir entre ses mains le destin d'Ocean City Inc. Oui, Clarice aurait été parfaite pour diriger la Cité…

Les années s'étaient écoulées. Il ne s'était jamais remarié, il n'avait plus d'héritier. Personne ne reprendrait ses parts de la Cité. *Du moins, personne de son nom.*

Il se rendit compte qu'il jouait toujours avec l'anneau d'or à son doigt, marque distinctive de ses ancêtres dont on héritait, dans le cercle de sa famille, par la naissance ou le mariage. Sa femme avait emporté le sien dans sa tombe, et sa fille…

Il refoula ses pensées et sa tristesse. Pas question de regarder vers le passé et de devenir sentimental. Il prit place devant sa grande coiffeuse professionnelle, se nettoya le visage, le poudra et posa une cicatrice postiche sur sa joue gauche. *Parfait.* Il prit l'étui contenant les lentilles de contact.

Le moment était venu d'alimenter la curiosité et la panique de Jackson et de Henk.

Faire monter la pression. Rien de tel qu'une bonne décharge d'adrénaline !

Pour cela, il avait son plan.

— On fait profil bas, dit Henk pendant qu'ils se rendaient au cours suivant. Quoi qu'il se passe, tu m'entends : PROFIL BAS.

— Mais enfin, ils affirment que Crockie…

— Ils peuvent dire et faire ce qu'ils veulent, Jackson ! Moi, ça m'est égal tant qu'ils ne nous soupçonnent pas. Ou tu préfères entrer dans le bureau d'Ingaaden et dire : « M'dame, ce que vous nous avez dit tout à l'heure en classe, c'était des conneries ! Moi, j'ai ma version des faits. Elle est différente de la vôtre. » C'est ça que tu veux, Jackson ?

— *Ma version des faits ?* Non, mais tu es malade ? répondit Jackson avec colère. Tu penses qu'il en existe *plusieurs* ? Il n'y en a qu'une, je l'ai vue de mes propres yeux ! On a tiré sur Crockie. Il est tombé dans l'eau et il s'est noyé.

Jackson s'interrompit, embêté d'avoir élevé la voix.

— Pas si fort ! Profil bas, je te dis ! répéta Henk en regardant autour de lui avec un sourire de convenance.

Aucun des élèves qui se dirigeaient, avec eux et en flot ininterrompu, vers l'escalier ne semblait l'avoir entendu.

— Ingaaden dirait que tu délires, mon pote, continua Henk à voix basse. Moi, je suis certain que même les Fleming sont prêts à jurer que Crockie est mort dans son sommeil. Tu n'as aucun témoin. Et si on te demande pourquoi tu as décampé ? Pourquoi tu ne t'es pas manifesté ? Tu peux aussi bien leur dire qu'on a fabriqué tu sais quoi. Et raconter ce que Crockie a osé faire.

Ils étaient au bas de l'escalier. Des garçons du niveau supérieur arrivèrent à contre-courant et poussèrent les élèves qui se mettaient en travers de leur chemin.

— Tu ne me crois pas, Henk ?

La question avait échappé à Jackson. Le long silence qui suivit, éloquent, le déstabilisa.

— Je ne suis pas ton ennemi, Jackson, répondit finalement Henk d'une voix basse et sifflante. Il ne s'agit pas de ce que je crois, il s'agit d'éviter un maximum de casse. C'est ce que Crockie aurait voulu. On garde profil bas, je te dis. Au moins jusqu'à la Cérémonie. Je ne vais pas tout saboter et gâcher le bonheur de mon frère, ni toi celui de Céline, OK ?

Jackson hocha la tête. Louise Clermont approchait ; ils s'éloignèrent. Tous deux montèrent l'escalier quatre à quatre pour aller en cours d'histoire générale. L'histoire de la Cité était au programme depuis peu. Chacun en classe faisait des exposés interminables et ennuyeux à tour de rôle. Aujourd'hui, ça tombait bien : Jackson n'avait pas la tête à suivre les cours. Et son propre exposé sur la naissance et le triomphe de l'industrie océano-alimentaire n'était prévu que dans quelques semaines. Au moins, il pouvait laisser ses pensées divaguer.

8

— Lève-toi !!! C'est l'heure !

Jackson se réveilla en sursaut. Céline bondissait sur son lit. *Outch*. À 9 ans, elle était trop lourde pour lui infliger ce supplice.

— Ahhhh ! gémit-il.

— C'est aujourd'hui que je vais devenir une grande fille !

— Tu parles, tu n'es pas plus grande qu'une cacahuète !

Jackson se redressa et chatouilla sa sœur jusqu'à ce qu'elle le supplie d'arrêter.

— C'est… interdit… dit-elle, hors d'haleine, entre deux gloussements.

Jackson cessa.

— C'est un jour spécial, tu dois faire ce que je veux, être le meilleur grand frère du monde ! s'exclama

Céline, qui, une fois qu'elle eut repris son souffle, se remit à chahuter.

— Je le suis déjà ! Laisse-moi. Il faut que j'aille me préparer, sinon je devrai aller au Townhall en pyjama.

Céline poussa un cri de joie.

— Ce que ce serait rigolo !

Elle bondit du lit et sortit de sa chambre.

— N'empêche, tu n'es pas plus grande qu'une cacahuète ! la rappela Jackson en riant.

Hier soir, il avait joué avec sa petite sœur et après était tombé dans un sommeil de pierre, sans rêves.

L'uniforme de parade de Kellington High était en polyester recyclé, comme tous ses vêtements. Nettoyé et repassé, il était suspendu à un cintre à la porte de l'armoire. La couleur des élèves de son année de naissance était le bleu. Bleu clair pour la tenue quotidienne au lycée : un T-shirt à encolure ronde, un sweat à capuche pour les journées plus froides, un pantalon thermorespirant, au choix avec un pli ou des poches sur les jambes. Court en été, long et doublé en hiver.

L'uniforme d'apparat était bleu foncé. Il comprenait une casquette qui lui donnait l'air d'un groom d'hôtel. Et les médailles de récompenses scolaires et sportives sur la poche de poitrine de la veste, l'air d'un général d'armée. Son pantalon n'avait pas seulement un pli vertical marqué au fer, au milieu devant et à l'arrière, mais aussi un galon scintillant sur la couture extérieure.

Jackson détestait cette tenue inconfortable. Heureusement, il ne devait la porter que deux fois par an. Et cette année, une fois de plus pour la Cérémonie de Céline.

La famille, en pyjama pour éviter de tacher ses beaux vêtements de fête, était rassemblée autour de la table du petit-déjeuner. C'était rare et inhabituel.

Herb Crowler faisait les trois-huit dans les unités locales d'approvisionnement en eau douce qui devaient être impérativement surveillées 24 heures sur 24. Il bénéficiait de temps supplémentaire, comme tout le monde à Ocean City, de plus on lui accordait 4 jours de congé par mois. Hélas, ceux-ci n'étaient presque jamais compatibles avec les activités des autres membres de la famille.

— Tu dois manger quelque chose, ma grande, dit la mère de Jackson à Céline. Sinon, tu vas avoir des crampes au ventre et des vertiges.

— Ne la force pas, intervint le père de Jackson, qui prenait toujours le parti de sa benjamine.

Il bâilla. Il avait assuré le service de nuit et était exténué.

— Herb, s'il te plaît.

Amelia Crowler servit une portion généreuse d'œufs brouillés à Céline.

— De *vrais* œufs : allez, Céline !

Estomac serré, gorge étranglée, Céline hocha à peine la tête. Jackson comprenait ce qu'elle ressentait. Il était passé par là 5 ans plus tôt.

En revanche, sa sœur ignorait que les *vrais* œufs étaient un luxe. À Kellington High, ce met délicat et rare figurait parfois au menu de la cantine au lieu des ersatz d'œufs aux huiles végétales, farines et gélifiants. C'était un privilège. Tous les aliments, sauf ce qui poussait dans les jardins verticaux et sur les toits des immeubles, étaient des substituts d'origine synthétique à base d'algues sous-marines, de krill et plancton pélagiques ainsi que de méduses. D'immenses filets maillants et sennes lestés sur des kilomètres enfermaient cette matière première vivante, qui était ensuite hissée, recueillie et traitée. En dépit des efforts des techniciens en transformation alimentaire, le goût des aliments de synthèse était uniforme. En revanche, sur le plan visuel, c'était difficile de distinguer un substitut de steak au plancton d'un vrai steak de bœuf.

Le père de Henk dirigeait le département d'aliments synthétiques dérivés de la faune et de la flore océaniques à l'Institut de prospective océano- et agroalimentaire. Primo, il devait recréer un produit de synthèse adapté à un environnement insulaire urbain et de technologie de pointe. Secundo, il devait donner un goût de fromage au substitut de fromage. Le père de Henk ne mettait plus la main à la pâte, pour ainsi dire : il assurait une veille sanitaire et réagissait en cas de crise, toujours possible dans l'industrie alimentaire de synthèse.

Jackson se souvenait justement du scandale du FCRT, survenu 6 mois plus tôt et vite étouffé. Henk le lui avait révélé sous le sceau du secret. Une sale histoire. Le FCRT était LA nouvelle levure, un produit miracle créé à partir de composés d'algues synthétisés. Une cuillerée à café de cette poudre à lever beige gonflait une poignée de farine dix fois plus qu'une levure habituelle. Les petits pains ronds étaient dorés et moelleux. Magnifiques. Seulement, il y avait un effet secondaire fatal : les premiers testeurs étaient tombés – littéralement – raides morts pendant 30 minutes pour se réveiller frais et dispos et, par chance, sans séquelles.

Depuis, Jackson mangeait du pain avec inquiétude, même si le FCRT n'avait bien entendu pas reçu l'autorisation de mise en circulation sur le marché. Les incidents de ce genre étaient naturellement tenus secrets. Il avait dû promettre au moins cent fois à Henk de ne jamais en souffler mot.

Plus tard, quand Jackson, Céline et leurs parents descendirent à la station Townhall, Céline était pâle comme si elle avait mal au ventre. Ses cheveux retenus par un bandeau et une couronne de muguet artificiel retombaient sur ses épaules en jolies bouclettes. La frange de sa coiffure avait été longue à réaliser. Céline tenait gracieusement entre le pouce et l'index la jupe à volants qui balayait le sol. De la main droite, elle portait le petit réticule et quelques brins de muguet destinés au garçon qui l'accompagnerait au pupitre.

Jusqu'à la station Townhall, elle n'avait cessé de murmurer :

— « J'ai ma conscience, j'ai compris que seule l'association, non… l'association, a la mesure de me protéger contre des ennemis extérieurs et… »

— Assez, miss cacahuète… euh, désolé, belle princesse, dit Jackson, taquin.

Reprenant son sérieux, il s'accroupit sur le quai devant sa sœur.

— Ce que tu ne sais pas maintenant, tu ne l'apprendras plus. Mais tu sais au moins que tu es la sœur de l'unique, sensationnel et invincible Jackson Crowler !

Céline se détendit et sourit.

— Voici l'astuce ultime au moment de la Promesse collective : si l'excitation te fait déraper, souris et continue à bouger tes lèvres comme les autres. Ne porte pas ta main devant ta bouche. Ne montre pas que tu es paniquée, compris ?

Céline hocha la tête.

— C'est le secret. Ton super grand frère a utilisé ce truc-là pour tricher, même à Kellington High.

— Allons-y, intervint Amelia Crowler.

Ils prirent l'escalator et arrivèrent sur la place devant l'immense et vénérable Townhall. La belle lumière du soleil fit paraître Céline encore plus radieuse. *Miss cacahuète ? Plus vraiment…* pensa Jackson, impressionné.

Ses parents et lui embrassaient Céline et lui souhaitaient bonne chance quand un bourdonnement s'éleva dans le ciel. La foule leva les yeux. Un murmure la parcourut.

— Oh non, ça ne va pas recommencer, gémit quelqu'un à côté de Jackson.

Plusieurs minuscules aéronefs tournoyaient au-dessus des têtes.

— Des drones ! s'écria un homme.

Au même instant, les drones lâchèrent leur cargaison. Des tracts. Isolés ou en bloc. Comportant des phrases en capitales d'imprimerie épaisses et rouge vif.

— Ma jolie coiffure ! s'exclama une fillette dans la robe blanche des Starters.

Jackson avait vu des pièces détachées de drones hors d'usage chez Rufus Gainsbourgh. *Des appareils désormais interdits*. Faire de la propagande l'était aussi. Les auteurs de cette manifestation devant le Townhall transgressaient le Contrat social de la Cité.

Les agents en civil de l'Agence de la Sécurité nationale intervinrent à une vitesse étonnante. Ils empêchèrent les bénévoles de Soin & Oint de rassembler les tracts ou les leur arrachèrent des mains.

Jackson se hâta d'en ramasser un et de le parcourir.

Le temps libre, c'est la liberté ! À bas la dictature du temps dans la Cité ! Libération des comptes de temps ! Vive le droit à la paresse !

Un texte en minuscules que Jackson ne put déchiffrer suivait. En bas, une espèce de sceau. Le titre, en un mot, occupait la moitié de la feuille : *Commando*. Juste en dessous : *Matt Fuller*.

— Commando Matt Fuller… murmura Jackson.

Jamais entendu parler.

— Range-moi ça tout de suite ! ordonna sa mère à voix basse.

Son regard était éloquent. *Qui que soient ce Matt Fuller et son commando, elle avait la trouille.* C'était rare. Jackson, étonné et inquiet, chiffonna la feuille, qu'il réduisit en boule, et la fourra dans sa poche. Le calme revenait. Les agents de la Sécurité nationale avaient « nettoyé » la place aussi vite que les drones avaient surgi et s'étaient délestés de leurs tracts. Il n'en restait plus un seul. Les bénévoles se mirent en rang pour ouvrir la voie aux invités et les faire entrer dans le Townhall. Les familles gravirent les immenses marches de pierre jusqu'à l'accès principal et monumental que la plupart des habitants de la Cité franchissaient au moins une fois dans leur vie.

Dans le foyer du magnifique édifice, Jackson, sa mère et son père embrassèrent et souhaitèrent bonne chance à Céline, qui disparut dans l'aile ouest du Townhall où les Starters se rassemblaient. Après la Cérémonie, les enfants de 9 ans seraient Starters de niveau 1 de la Cité. À 14 ans, ils deviendraient Starters de niveau 2, puis Partenaires ou Associés à part entière d'Ocean City, et décideraient de leur avenir au sein de la grande famille. Si on payait de sa personne et gérait bien son capital temps, on continuait à monter dans la hiérarchie. « À la base, il faut avoir des relations ! Avoir les *bonz'amis* », soulignait Crockie en insistant sur la liaison.

Les parents de Jackson, ceux de Crockie et les gens que Jackson connaissait le contredisaient. Mais, avec la Cérémonie de Céline, Jackson se disait que Crockie avait peut-être raison. Car, sans l'influence du père de Henk, « qui avait des relations », la Cérémonie de Céline n'aurait pas eu lieu au Townhall avec tout ce tralala, mais seulement dans une des nombreuses sous-mairies de district.

— Ne regarde surtout pas quand ils implantent la puce sous-cutanée ! s'écria Herb Crowler.

Mais déjà Céline disparaissait. Sans doute ne l'entendit-elle pas.

— Elle est plus courageuse que nous tous réunis, murmura la mère de Jackson, émue.

Elle fouilla dans son sac à main et en sortit leurs billets pour les montrer aux appariteurs souriants postés aux portes de la grande salle de spectacle.

Un léger brouhaha montait. Chuchotements excités du public. Grincement des chaises sur le sol marbré de rouge. Accord des instruments de musique. Appels furtifs des bénévoles qui assuraient le maintien de l'ordre et le placement. Chacun d'entre eux portait un pantalon et une chemise en PET recyclé jaune soleil. Sur leur casquette de baseball on lisait BÉNÉVOLE en lettres majuscules et, sur leur badge, *Soin & Oint – jamais moins, jamais loin !* Jackson regarda autour de lui, leva les yeux et découvrit Henk avec ses parents dans les premiers rangs des baignoires de face. Il agita la main, Henk aussi. Mais vite il reporta son attention vers une dame âgée qui, clairement, le rappelait à l'ordre.

La famille de Henk avait été invitée en personne par le patron de M. Vermeulen. Le prestige des Vermeulen ne remontait pas seulement à l'époque de la Compagnie néerlandaise des Indes orientales. Cees Vermeulen, l'arrière-grand-père de Henk, avait aussi été un intime de Clark Kellington I, le fondateur d'Ocean City Inc. L'influence des Vermeulen, puissante, avait favorisé la sélection d'Arjen, le frère de Henk, et par ricochet de Céline pour faire partie des mille enfants ayant l'honneur de participer à la Cérémonie qui se déroulait dans le Townhall.

Au loin, on fit sonner une cloche quatre fois. C'était le signe que chacun devait gagner sa place.

— Rangée G, places 9 à 5, dit Amelia Crowler à la hâte.

Elle précéda le père de Jackson et son fils, vérifiant la numérotation des rangées.

— Rangée G. On y est.

Jackson prit la carte et regarda les fauteuils

— Oh non, maman ! Tu t'es trompée : ici, c'est le côté pair.

Ils rebroussèrent chemin, se faufilèrent dans la foule à contre-courant, et vite se perdirent de vue.

— Jackson ! C'est là !

Sa mère agitait les bras vers la section impaire. Jackson rentra la tête dans les épaules, gêné par cette démonstration.

Tout le monde les regardait.

— Tu n'aurais pas pu être plus discrète ? grogna-t-il quand il l'eut rejointe.

— Nous ne sommes pas les seuls à nous être trompés, coupa sa mère sans l'écouter.

— Puis-je vous aider ? intervint un vieil homme en jaune soleil.

— Non. Tout va bien, l'interrompit Jackson. On y est.

Il montra la rangée G, mais le bénévole prit les billets des mains de sa mère.

— Crowler, Amelia, Herb. Et Jackson.

Il sourit, gloussa presque.

— Côté cour. Section impaire, sièges 9, 7 et 5. Vous y êtes.

Le vieil homme releva la tête. Jackson remarqua une cicatrice sur la joue gauche. Mais ses yeux surtout retinrent son attention : vairons. Celui de gauche, bleu ciel, et celui de droite, brun clair, presque doré.

Des gens, derrière eux, attendaient avec impatience.

— Avance donc, Jackson ! Tu bloques le passage ! fit son père, agacé.

Et il le poussa.

— Je… non… Papa… cet homme…

Trop tard.

Impossible de faire demi-tour. Le bénévole aux yeux vairons, c'était le vieux balayeur de l'autre jour. *Témoin de la traque, il avait dû entendre les coups de feu.* Jackson le regarda s'éloigner à regret, fixant sa tenue jaune soleil. Arrivé à l'une des portes d'accès au parterre, l'homme se retourna et jeta un coup d'œil dans sa direction.

— Assieds-toi maintenant, Jackson ! lui dit son père, exaspéré.

La fanfare retentit. Le film projeté sur l'écran était à la gloire d'Ocean City. La caméra zoomait avant à toute vitesse jusqu'à ce que la silhouette de la Cité se découpe au loin et, par effet de morphing, se transforme en logo de la Compagnie avec ces mots : *Ocean City Inc. – Floating Freedom.* Le Conseil de la Banque centrale et sa Secrétaire générale entrèrent sur la scène côté jardin.

Jackson, troublé, n'arrivait pas à se concentrer. Il fixait le ticket dans sa main.

Amelia et Herb Crowler plus 1.

« Plus 1 », c'était lui. Jackson Crowler. L'employée du comité organisateur avait édité le billet sans indiquer son identité.

Plus 1, pas Jackson Crowler.

Pourtant, le vieil homme avait dit : « Crowler, Amelia, Herb. *Et Jackson.* »

— On est tous très agités, mais arrête un peu de gigoter, Jackson !

Son père posa la main sur sa cuisse.

— Céline se débrouillera comme un chef.

Jackson essaya de se calmer. Y renonça. Il ne cessait de regarder autour de lui. La salle de spectacle du Townhall était gigantesque. La lumière baissa, se tamisa. Le murmure des voix s'atténua, le silence tomba. Amber Lucky, l'animatrice la plus populaire de la Cité, entra sur scène. Là où Amber passait, l'ambiance et la bonne humeur étaient sans exception garanties. Avec Lucky-Lucky, jamais de situation embarrassante ou pénible : elle jouait le rôle d'un gigantesque trampoline émotionnel. Rien qu'à la regarder, on se sentait heureux et léger.

Un groupe de bénévoles s'était déployé devant la fosse d'orchestre. Les gens n'avaient d'yeux que pour Amber Lucky, prêts à se laisser gagner par sa gaieté légendaire. Sauf Jackson. Il passait en revue les bénévoles en jaune soleil. Il crut repérer le vieil homme parmi eux. *Ce type-là, droit comme un I ? Non. Oui. Pas certain*. Il devait se rapprocher. Comment connaissait-il son prénom ? Une chose était sûre, c'était le gars qu'il avait croisé avant que les agents de la Section Z tirent sur Crockie. *Avant que Crockie…*

Une répartie très drôle d'Amber Lucky provoqua des rires dans le public. Jackson y resta aussi indifférent qu'à la teneur actuelle en sel dans les systèmes d'évaporation de l'eau de mer.

— Je dois aller aux toilettes, chuchota-t-il à son père. Ça urge.

— Ah non, pas maintenant ! Voyons, Jackson ! dit Herb Crowler d'un ton de reproche.

Déjà Jackson se levait et se faufilait dans la rangée, dérangeant et suscitant des réflexions à voix basse et agacée.

— C'est incroyable, souffla une femme indignée.

— Partir alors qu'ils vont arriver ? grogna un homme.

Avant que les enfants entrent sur la scène, il y avait des discours sans fin, de la musique et de nouveau tout un blabla cérémonieux et commémoratif. À la fin, de nombreux médecins et infirmières, bénévoles eux aussi, prenaient sur leur temps pour implanter sur les jeunes Starters les mille premières puces électroniques sous-cutanées Subku ID.

— Ça pique rien qu'un peu, disaient-ils, rassurants, en s'emparant de leur seringue intradermique.

Tu parles. Henk avait beaucoup saigné. C'était resté son souvenir le plus marquant de ce grand jour.

Amber Lucky secoua ses cheveux d'or et, tout sourire, annonça que l'hymne de la Cité allait être joué.

— Cette année, par le merveilleux, fantastique et imbattable Ocean City Symphony sous la direction du brillant Igor Wheeler !

Les musiciens jouèrent *Et nous bravons la tempête !* dans un fracas de timbales et de trompettes. Jackson n'écoutait pas. Il s'approchait de la fosse d'orchestre, sans quitter des yeux les bénévoles en jaune soleil. Il leva brièvement la tête dans la direction de Henk, mais, la salle étant plongée dans le noir, il ne vit pas.

Là !

Jackson en était sûr ! C'était le vieux. Cheveux blancs sous la casquette, veste jaune soleil. Côté cour. Il lui tournait le dos et se tenait un peu voûté.

— Tu ne peux pas rester là, chuchota soudain l'une des apparitrices à l'oreille de Jackson. Tu dois retourner à ta place !

La voix n'était pas hostile, seulement impérieuse.

— Excusez-moi. J'ai besoin de sortir. C'est à cause de l'excitation et tout, vous comprenez ? murmura Jackson.

L'apparitrice leva les yeux au ciel.

— Là-bas, sur ta droite. Mais tu ne pourras revenir que lorsque l'orchestre aura terminé de jouer.

Jackson acquiesça et se précipita. Il n'avait pas l'intention de sortir, seulement d'atteindre la porte. Mais l'apparitrice, zélée, semblait prendre sa mission très au sérieux et le suivit. Il dut donc aller aux toilettes. Au moins, elle marchait à distance derrière lui.

J'espère que je ne manquerai pas Céline, songea Jackson. Sa petite sœur ne le lui pardonnerait jamais s'il n'était pas présent au moment de l'implantation. Lui, en tout cas, ne se le pardonnerait pas. Il compta jusqu'à vingt, après quoi il sortit des toilettes.

Il dut attendre devant la salle jusqu'à ce que la dernière note de l'hymne retentisse. Après, l'apparitrice le laissa rentrer. Jackson regarda côté cour. Le vieux s'était écarté des autres bénévoles et déplacé côté jardin. Jackson se dirigea vers le fond de la salle.

Amber Lucky annonça Lydia Tremont. Des applaudissements retentissants éclatèrent quand la Secrétaire générale de la Banque centrale s'avança au milieu de la scène. Tremont était *respectée* par les habitants de la Cité, comme aimait à le souligner la mère de Jackson. Respectée, vraiment ? Crockie affirmait qu'elle était *détestée*.

« Elle n'est pas le genre de femme avec qui j'aurais des relations chaleureuses et sympathiques, c'est sûr, avait déclaré sa mère après les premiers rendez-vous de Tremont la toute-puissante à son cabinet. Mais c'est peut-être normal d'être distante et froide quand on occupe une telle position et qu'on veut la garder. »

Jackson entendit sans les écouter les remerciements que Lydia Tremont adressait aux bénévoles. Il contourna la salle par le fond pour gagner le côté jardin et s'approcher du vieux. Tremont exprima sa gratitude aux Partenaires et Associés de la Cité, puis évoqua l'histoire d'Ocean City.

Jackson ne quittait pas le vieux des yeux.

Lorsque Lydia Tremont énonça les premiers prénoms des enfants et leur demanda d'entrer en scène en tant que Starters pré-Partenaires du Contrat social, Jackson accéléra le pas. Il était tout proche de son but quand, de nouveau, il attira l'attention.

— Je peux vous aider ?

Un bénévole, véritable armoire à glace, s'interposa.

Jackson lui tendit son billet, sans lâcher des yeux le vieil homme prêt à sortir de la salle côté jardin.

— Je cherche ma place, expliqua-t-il précipitamment.

Arrivé à la porte, qu'il entrouvrit, le vieux se retourna, lissa ses cheveux gris de la main gauche et lui fit un clin d'œil. Jackson, incrédule, cilla. Avait-il bien vu ce geste familier ? Comme s'ils se connaissaient ? Ou le rai de lumière l'avait-il trompé ?

Qui était cet individu ?

C'était sa seule question tandis que l'appariteur le reconduisait à sa place. Ses parents l'accablèrent de reproches à voix basse.

— Où étais-tu passé ?

— Un peu plus et tu manquais Céline !

Les « Psst ! » et « Chut ! » derrière eux les firent taire. Tremont prononça finalement les deux mots tant attendus :

— Crowler, Céline.

Les joues cramoisies, Céline s'approcha. Elle n'avait pu remarquer sa brève absence, se dit Jackson, soulagé.

1 heure plus tard, les Starters rassemblés sur scène à la façon d'un immense chœur récitèrent la Promesse d'une seule voix. Si l'un s'interrompait, hésitait ou se trompait, cela ne s'entendait pas. Céline était devant, au deuxième rang.

Jackson fut fier de sa petite sœur qui, l'air réjoui, tendit son poignet pansé pour que le décodeur soit mis en place par-dessus. *Faut-il se réjouir et être fier d'être* lié *à un appareil espion ? On est vraiment des moutons, à 9 ans…*

Et à 14 ans ?

Au même instant, le public se leva, applaudit et lança des vivats. Jackson, galvanisé par cet élan collectif, l'imita. *Quoi qu'il en soit, Céline était une grande fille, maintenant !* Elle faisait partie de la grande communauté d'Ocean City. Elle rayonnait. C'était son jour de fête.

Sur le chemin du retour, Jackson réussit, avec effort, à mettre de côté la mort de Crockie et l'étrange vieil homme. Une fois à la maison, il n'eut plus 1 minute à lui : *Fais ceci, fais cela, Jackson.* L'appartement était bondé, les invités affluaient. Il devait servir les boissons et des collations. Il tapotait l'épaule de Céline dès que l'une de ses mains était libre. Sa petite sœur appréciait d'être au centre de l'attention générale. Elle ne cessait de le héler de l'autre bout de l'appartement bondé pour lui montrer tel cadeau ou telle carte de félicitations en PVC. Presque toutes comportaient une pastille ronde en plastique similaire à l'implant, mais beaucoup plus grande. Au recto se trouvaient le nom du récipiendaire et l'année de la Cérémonie. Au verso était gravé un numéro entouré par une couronne de laurier. On savait, d'après la couleur, combien de minutes valait la pastille : les 5 minutes blanches, les 10 minutes jaunes, les 15 minutes bleues, les 30 minutes bronze. Dans ce cercle n'apparaissaient presque jamais les

60 minutes argent, assez rares, voire les 90 minutes ou les 2 heures noires.

— J'en ai déjà 195, lui chuchota Céline tard dans la soirée.

Jackson savait qu'il y en aurait plus.

Pour l'instant, ces puces en plastique ne valaient rien. Céline devait les créditer à l'Agence de Temps qui gérait les comptes des Crowler dans un délai de 1 semaine afin de les activer. C'est seulement lorsqu'elles apparaissaient sur le décodeur qu'elles prenaient de la valeur et devenaient un moyen de paiement.

— Surveille-les bien, l'avertit-il tard dans la soirée, quand sa sœur tomba de fatigue sur son lit. Sinon, je te piquerai tout ton temps.

Céline rit.

— C'est sous mon oreiller, tu ne réussiras jamais !

9

Le lendemain matin, Henk intercepta Jackson devant le lycée. De loin, Jackson repéra Heather Blue dans sa capsule de verre à l'entrée principale : elle lui faisait signe d'approcher. Il leva le pouce pour lui indiquer qu'il avait besoin de 1 minute.

— Tu as vu la tête de Blue ce matin ? dit Jackson.

— Une tête à faire peur. Comme d'habitude, grogna Henk. Qu'est-ce qui t'a pris, hier ? Tu es malade ou quoi ? Tu te rends compte du sketch que tu as joué pendant la Cérémonie ? Tu appelles ça « garder profil bas » ?

— Je vais t'expliquer.

Une voix s'éleva derrière lui :

— Ça tombe bien. J'attends moi aussi tes explications, Jackson Crowler.

Henk et lui se retournèrent d'un coup.

Un homme à l'air antipathique, vêtu d'un imperméable froissé, les observait. Il était presque chauve. Ses rares cheveux étaient coupés ras. Jackson se sentit glacé à la vue de ce visage d'ébène. Il reconnaissait le type. Le jour de la mort de Crockie, il l'avait vu devant chez les Fleming, sortant d'un des trois vapos de police. Un véhicule identique à celui actuellement garé derrière lui. Un policier rouquin était assis au volant. Un autre les observait avec ennui depuis le siège passager.

Garder profil bas.

Ils avaient été naïfs... Comment avaient-ils pu espérer qu'on leur ficherait la paix ? Les gars avaient attendu que la Cérémonie soit passée pour intervenir. *Henk avait eu raison... Ça n'avait toujours été qu'une question de temps.*

— Tous les deux, montez, s'il vous plaît, reprit l'homme aimablement. Nous aimerions vous interroger.

Henk montra du doigt le lycée, puis son décodeur.

— C'est impossible. Nous... nous devons enregistrer notre entrée...

— On s'en est occupé : vous avez tous les deux une autorisation d'absence exceptionnelle de quelques heures. Bien sûr, *excusée*. Vous n'avez donc pas à vous inquiéter pour votre budget temps.

Il les poussa dans la voiture et se glissa sur le siège arrière à côté d'eux.

Personne ne parla jusqu'à leur arrivée dans un modeste bâtiment administratif de l'entreprise Ocean City Inc. qui se trouvait dans le district 6. On reconnaissait ces bâtiments à leur façade, qui n'était pas verte et n'était pas non plus couronnée par une éolienne.

Dans le couloir du huitième étage, l'homme en imperméable ouvrit une porte. *Ambrose di Gallo,*

Commission d'enquêtes spéciales, Div. A, lut Jackson sur la plaque sur le mur.

— Entre, dit-il à Henk.

Henk le suivit. Jackson leur emboîtait le pas ; le rouquin le retint.

— Chacun son tour. Plus tard.

L'autre policier poussa Jackson sur l'une des chaises devant le bureau et prit place à côté de lui.

Qu'allait dire Henk ? Il n'y avait pas trente-six solutions. *Rien. Nous ne savons rien.* Même si la police voulait connaître les préférences de Crockie : sauce saveur chocolat ou fraise sur sa crème glacée aux algues goût vanille ? *Désolé, m'sieur, on n'en a jamais parlé. Aucune idée.*

C'étaient les réponses standards qu'ils avaient préparées en cas d'interrogatoire. Henk avait affirmé qu'on était inattaquable quand on prononçait ces mots-là. Et on pouvait compter sur Henk pour rester inébranlable. *Enfin, normalement.* Parce que plus rien n'était normal depuis le jour où Crockie avait été tué.

Le policier assis à côté de lui dégageait une odeur fétide de sueur qu'il avait essayé de masquer avec du parfum.

— Ça va durer longtemps ? lui demanda Jackson.

Pas de réaction.

— C'est parce qu'on doit aller en cours, vous savez.

Une réponse si typiquement nerd. Jackson imagina ce que Crockie aurait dit pour attirer l'attention du policier et le faire réagir. « Oh, excusez-moi, monsieur le *commissaire*, mais seuls les enseignants de troisième année ont l'autorisation de s'asseoir à côté d'un élève de Kellington High. S'il vous plaît, mettez une chaise entre nous, sinon la direction de notre lycée sera dans l'obligation malheureuse de débiter 5 secondes par minute de votre compte de temps. »

Jackson gloussa. Le rouquin, debout près de la porte et les yeux rivés au plafond, fronça les sourcils.

— Qu'est-ce qu'il y a de si drôle ? demanda-t-il.

— Rien. Pourquoi ?

— Tu souris. À ta place, j'éviterais.

Jackson hocha la tête. *OK,* pensa-t-il. *Merci pour le tuyau, officier Poil de carotte.*

— Tu veux un bon conseil ? reprit ce dernier.

Jackson dressa l'oreille.

— Dis la vérité et c'est tout.

Le policier à l'odeur de putois se pencha sur Jackson.

— Quelle que soit la question que te pose di Gallo. Je te préviens, il sent le mensonge à des kilomètres. C'est même un détecteur de mensonges ambulant.

De nouveau, Jackson acquiesça. *À partir de maintenant, il garderait le silence.* Pourquoi Henk restait-il aussi longtemps ? *Qu'est-ce qu'il fichait là-dedans ?* Il ne fallait pas plus de 5 minutes pour affirmer qu'il ne savait rien et le répéter, non ? Après quoi, ça serait fini, parce que les policiers ne pourraient leur soutirer aucune information ou seraient convaincus qu'ils ignoraient tout de la situation.

Jackson consulta l'horloge.

— Pas besoin, fit Poil de carotte. Le temps s'est arrêté, comme on disait dans le temps.

Il rit de sa formule. Ce n'était pas drôle. Était-ce une menace ?

La porte s'ouvrit. Henk sortit.

— Nous avons terminé, déclara di Gallo.

Sur ces mots, il serra la main de Henk.

Henk passa devant Jackson. Ils échangèrent un regard, Jackson interrogateur, Henk impassible. *Sans doute parce que Poil de carotte ne le quittait pas des yeux.*

Jackson entra à son tour. La porte se referma derrière lui, il eut le sentiment d'être déjà en cellule.

Le gros policier prit place derrière son bureau et lui indiqua les deux chaises, devant.

— Assieds-toi.

Il triait ses documents, essuya la sueur sur son front et son crâne avec un mouchoir, aligna un bloc à spirales et des crayons à la mine étonnamment pointue.

— Tu sais pourquoi tu es là ?

Jackson resta silencieux.

— Tu t'appelles Jackson Crowler, n'est-ce pas ?

Jackson hocha la tête.

Di Gallo sortit un scanner laser portatif.

— Désolé, c'est le règlement. Je dois vérifier ta puce sous-cutanée.

Jackson plaça son décodeur dans le scanner. Le policier consulta le résultat, griffonna. Puis il le regarda droit dans les yeux.

— Vas-y. Raconte.

C'était ça, sa tactique ?

— Raconter quoi ?

— Toute l'histoire.

L'inspecteur soufflait comme un phoque. Il prit un crayon, posa la main gauche sur son crâne chauve.

— Je ne comprends pas.

— Si, tu comprends.

— Non, s'obstina Jackson.

Ça lui rappelait un jeu auquel il jouait avec Céline quand elle était plus petite. Avant qu'elle aille à l'école. Non-si-non-si-non-si-non-si. Il pouvait tenir pendant des heures. Céline ne l'avait jamais battu.

Di Gallo pointa son index sous son nez.

— Si.

Jackson croisa les bras sur sa poitrine.

— Non.

Le policier se leva et s'approcha. Il laissa sa grosse patte retomber sur le bureau. Jackson sursauta.

— Ton ami Henk Vermeulen, lui, a très bien compris !

Jackson sentit la sueur couler dans son dos. Il haussa les épaules.

— Pas moi.

— Dans ce cas, je vais te donner un coup de main : tu avais un ami. Proche.

Di Gallo le fixa. Jackson essaya de soutenir son regard. En vain. Il baissa la tête et la hocha. Quelle importance s'il disait à di Gallo ce que celui-ci savait déjà ?

— Comment s'appelait-il ? insista l'homme, impitoyable.

— Crockie, répondit Jackson à voix basse. Crockie Fleming.

— Eh bien voilà !

Il reprit sa place, sa posture. Une main tenant un crayon, et l'autre derrière l'oreille, comme s'il entendait mal.

— Continue !

— Que voulez-vous savoir sur Crockie ?

— Comme je l'ai déjà dit : toute l'histoire.

— Quelle histoire ?

Di Gallo serrait son crayon entre ses doigts boudinés : il était impatient de prendre des notes.

— Pas de ça avec moi ! C'est moi qui pose les questions ! Toi, tu réponds !

Énervé, il cassa son crayon en deux.

— Alors soyez plus précis ! riposta Jackson avec plus d'insolence qu'il ne l'aurait voulu.

Pourtant sa voix manquait de fermeté.

Di Gallo sourit.

— Je résous des affaires, Jackson Crowler. Moi, Ambrose di Gallo. Même si tu n'as pas encore entendu parler de moi. Je résous toujours la totalité des enquêtes qui me sont confiées.

Et, baissant d'un ton, il ajouta :

— Maintenant, l'histoire. Comment Crockie a-t-il fait ?

— Fait quoi ?

— Tu sais très bien.

Il prit un nouveau crayon.

— Non, s'obstina Jackson.

L'inspecteur n'avait pas d'enfants. Sinon, il aurait été plus habile au jeu du oui-non.

— Nous avons le temps, reprit-il. L'éternité du temps du monde.

Il se redressa et s'adossa à son siège. Jackson garda le silence. Si c'était sa seule technique d'interrogatoire, c'était vraiment mal barré pour di Gallo. Celui-ci le comprit et changea de tactique. Il redevint doucereux. Il sourit.

— Je suis désolé que tu aies perdu ton ami, Jackson. Mais vous étiez en train de mijoter quelque chose. Et la situation vous a échappé. Moi, je dois boucler ce dossier. Tu m'aides. Je t'aide.

— D'accord, dit Jackson. Mais que voulez-vous savoir au juste ?

La gentillesse disparut aussi soudainement qu'elle était apparue sur le visage de di Gallo.

— Qu'est-ce que vous maniganciez ? répéta-t-il d'une voix glacée, très basse. Comment ça s'est passé ? Avec quelles complicités ?

Jackson haussa les épaules.

— Je suis désolé, monsieur le policier, mais je ne comprends rien.

L'inspecteur lui montra la porte du doigt.

— Tu peux y aller.

Jackson était perplexe. C'était tout ? *Il pouvait partir ?* Comme ça, d'un coup ?

Il se leva, hésita et attendit. Di Gallo gribouillait sur le bloc à spirales, tête baissée sur ses notes. Il le congédia d'un signe.

C'était bien terminé…

Il ouvrait la porte quand la voix de di Gallo le rattrapa :

— Attention à toi, surtout. Sinon, je ne pourrai pas t'aider.

10

Le policier à l'odeur de putois attendait dans le couloir. Poil de carotte et Henk avaient disparu.

— Déjà partis, dit le policier en montant dans la voiture. On s'en voudrait de faire perdre leur temps à deux lycéens de Kellington High. La plus coûteuse des dépenses, c'est la perte de temps.

Jackson s'épargna la peine de répondre. À quoi bon ?

Cette formule d'un philosophe grec figurait sur le Contrat social dont tous les habitants de la Cité possédaient un exemplaire sur papier digital. Et il respirait seulement par la bouche pour ne pas sentir l'odeur nauséabonde du policier.

Heather Blue l'accueillit devant la capsule de check-point avec une courbette obséquieuse et ironique.

— Eh bien, ces jeunes messieurs ont été convoqués à des entretiens d'embauche avant d'avoir terminé leur cycle de formation ?

Ah, c'était la raison que di Gallo lui avait donnée ?

— Et avec le service de limousine en prime, insista Heather Blue.

Déjà, Jackson se hâtait vers la salle de classe. Il ouvrit la porte. Déserte.

— Merde ! gémit Jackson.

Il avait oublié qu'il avait beaux-arts avec Gobbins. Sans carton à dessin. Sans papier minéral…

— Ah, Crowler, on ne vous attendait plus, fit Gobbins en guise de salutation. Votre ami Vermeulen nous avait annoncé que ça durerait.

— Je ne sais pas pourquoi il vous a dit ça, dit Jackson en regardant Henk, qui baissa la tête sur son chevalet.

Henk dessinait comme un enfant de 4 ans. Ses barbouillages semblaient avoir été le résultat d'un flamenco sur des tubes de gouache de toutes les couleurs disposés au hasard sur du papier-pierre. Mais l'étude des arts était obligatoire à Clark Kellington High. Clark Kellington III en était un grand amateur, surtout de peinture : il possédait l'une des plus précieuses collections de chefs-d'œuvre des siècles précédents. On disait qu'il avait une passion pour le Caravage, célèbre peintre italien, et il ne regardait pas au temps pour en acquérir les tableaux.

Jackson prit place à côté de Henk, impassible. Lorsque Gobbins vint au milieu du cercle formé par les tabourets et les chevalets, Henk gonfla les joues et écarquilla les yeux dans son dos.

— Aujourd'hui, nous allons imiter les anciens grands maîtres ! expliqua Gobbins, révélant une sculpture.

La reproduction en polyéthylène représentait un homme nu assis, un bras gauche sur la cuisse, le coude droit sur le genou et le menton dans la paume de la main. *Pourquoi l'appelait-on* Le Penseur *?* Ce type-là ressemblait plus à un catcheur de mauvaise humeur.

— J'aimerais reconnaître *Le Penseur* de Rodin dans votre œuvre, mais à votre manière. Je m'explique : il ne s'agit pas d'être réaliste. Je ne veux pas une copie ou une imitation parfaite en tout point. Rodin a interprété *son* penseur, mais comment Picasso ou Salvador Dalí ou tout autre artiste dont vous vous souvenez encore aurait-il représenté un penseur ? On a étudié la peinture et la sculpture du XXe siècle, alors ne me décevez pas !

Jackson prit un bloc de papier minéral et du matériel sur un des chariots. Il préférait travailler au fusain et au crayon, en noir et blanc, pour jouer sur les ombres et les lignes, les accentuer ou les adoucir.

— Allez-y ! lança Gobbins.

La porte de la salle se rouvrit.

— On rentre dans ce cours comme dans un moulin, marmonna Gobbins. Le dessin, ce n'est pas à la carte, mademoiselle.

La remplaçante de Crockie entrait.

Comment elle s'appelait, déjà ? Ah oui. Lou quelque chose. Louise Clermont.

— Excusez-moi, dit celle-ci d'un air contrit. Je ne connais pas encore très bien le lycée. Je me suis trompée. Je me suis retrouvée dans l'aile du niveau supérieur.

Elle prit place sur le dernier tabouret libre. Juste en face de Jackson. De l'autre côté du cercle formé par les chevalets. Donc dans son axe de vision du *Penseur*.

La remplaçante ne portait plus son foulard multicolore, mais le serre-tête bleu de l'uniforme. La boucle d'oreille fantaisie faite de perles et d'une plume si longue qu'elle caressait son épaule était aussi interdite.

On n'entendait plus que le crissement des crayons. Ici et là, un élève gémissait sous l'épreuve.

— Pouvez-vous m'aider, m'sieur ? chuchota Henk au prof.

— Que se passe-t-il encore, Vermeulen ?

— Je n'y arrive pas, avec le fusain.

— Demandez à Crowler. C'est le meilleur, après moi. Mais à voix basse, je vous prie, répondit Gobbins.

Et il ajouta :

— N'essayez pas de nouveau de me refiler une œuvre de Crowler. Je suis un artiste, pas un imbécile.

Jackson se leva et se pencha sur l'épaule de Henk.

— Tu pourrais travailler les contrastes en…

— Moins fort, s'il vous plaît ! coupa Gobbins.

Jackson acquiesça.

— Tu as parlé ? chuchota-t-il à Henk.

Henk saisit l'insinuation et hocha la tête.

— Tu me prends pour qui ?

— Écoute, nous sommes dans le collimateur. Et tant qu'on n'aura pas retrouvé le transpondeur…

Gobbins s'approcha.

— Estomper le fusain avec les doigts donne un effet différent de celui de l'aquarelle, dit Jackson à la hâte.

— Ouais. Je sais, marmonna Henk entre ses dents.

Il griffonna sauvagement sur son papier-pierre.

— Mon sceau identifiant est sur le… le truc, ne l'oublie pas, reprit-il. J'espère que la police nous a interrogés par hasard : tout le monde sait qu'on est les meilleurs amis de Crockie.

— Il faut le retrouver, commença Jackson. Et s'en débarrasser ! ajouta-t-il trop fort.

— Tiens donc ? s'enquit Gobbins. De quoi vous débarrasser, Crowler ?

— De cette ligne, je crois.

Jackson montra le croquis de Henk.

Gobbins regarda.

— Apprenez à prendre des décisions difficiles, Vermeulen.

Il posa une feuille de papier minéral vierge sur sa table.

— Recommencez !

Jackson restait à côté de Henk, Gobbins le poussa vers sa place.

— Au travail, Crowler ! Même un génie a besoin de travailler dur.

Avec un soupir, Jackson obéit. Mais, avant de se remettre à dessiner, il écrivit ces mots au fusain au verso de sa feuille :

À la pause, RV toilettes, niveau sous-marin océano !

Il la montra discrètement à Henk, qui hocha la tête.

— Ah, je comprends maintenant, dit ce dernier.

Jackson ensuite se concentra. *OK, Gobbins voulait un penseur ?* Il allait représenter le sien déprimé, pessimiste et morbide. Un type qui en a marre de lutter et qui est complètement paumé.

Plus son dessin s'assombrissait, plus ça s'éclaircissait dans son esprit. Appliqué, Jackson ne vit ni n'entendit bientôt plus rien.

Soudain, on lui tapa sur l'épaule.

— Ô génie fou et furieux, l'heure des beaux-arts est terminée…

Jackson se retourna. Louise Clermont observait son dessin et souriait, moqueuse.

— J'ai des questions à te poser. Tu as 1 seconde ?

Jackson la regarda fixement. Derrière Lou, il vit Henk s'éclipser et disparaître dans le couloir. Il rassembla ses affaires.

— Non.

— Dommage.

Déçue ? Énervée ? Difficile à dire, mais ça lui était égal.

— Parce que tu vas devoir m'écouter, reprit Clermont. J'ai un bon paquet de questions. De plus, je ne trouve aucun dossier de Crockie. Heather Blue m'a attribué son casier : bizarrement, déjà ouvert, vide et avec une odeur infecte. La directrice t'a libéré 2 heures afin que tu m'expliques les cours que Crockie suivait et les projets sur lesquels il bossait.

Jackson explosa :

— C'est incroyable, j'ai l'impression que tout le monde ici peut disposer librement de mon temps !

Clermont sourit. Jackson ne sut pas si elle se moquait de lui quand elle enchaîna :

— Non, seulement la directrice. Et…

Clermont se tut. Jackson la relança.

— Et qui d'autre ?

Elle savait quelque chose ?

— Euh. Ben, moi… Pour les 2 prochaines heures.

Elle lui sourit.

— S'il te plaît.

Jackson soupira. *Pas le choix.*

— Allez, Jackson ! Et appelle-moi Lou, d'accord ? Même ma mère ne m'a jamais appelée Louise.

Bien essayé, Clermont, mais tu ne m'auras pas.

Jackson était tellement énervé qu'il réagit à retardement à une info importante : *Heather Blue avait attribué le casier de Crockie. Mais pas le bon.* Personne n'avait remarqué que Crockie en avait changé, pas même la toute-puissante concierge.

Heather allait enfin ouvrir le seul vrai casier de Crockie et il en découvrirait le contenu, avec sa bénédiction. Il en profiterait pour escamoter les éléments suspects.

D'abord, il expliqua la situation à Heather Blue.

— Aha, le jeune monsieur avait donc choisi un nouveau casier sans autorisation de ma part ?

— L'ancien empestait l'acide quand il a isolé des composés C3, insista Jackson.

— Je le sais, mon chou. Frida Ingaaden aussi. Et quelques autres. L'indiscipline de Fleming était insup…

Heather Blue se pétrifia. *Eh oui, Blue, ce n'est pas une façon de parler d'un mort !* se dit Jackson.

Blue s'affaissa et reprit d'un ton feutré :

— Ah, mes enfants, mes enfants… Ce Crockie, quand même… Je l'aimais plus que tous les intellos de cet établissement. À l'exception de Jackson Crowler ici présent, bien entendu.

— Nous avons besoin d'urgence des documents et dossiers de son projet annuel, coupa Jackson. Lou doit le terminer. Ordre de Frida Ingaaden. Et c'est ce que Crockie aurait voulu.

Jackson n'en était pas sûr. Crockie était très exclusif. Blue acquiesça.

— De quel casier le jeune monsieur revendique-t-il l'ouverture ?

— Le troisième à partir de la droite dans le secteur des dernières années. Je ne suis pas certain.

Il l'était. Il aurait même pu en donner le numéro, mais Heather Blue aimait se sentir indispensable.

— Tout de suite.

Heather Blue tapa sur le clavier et scruta son écran. Elle avait des doigts fins avec des ongles très longs, sans doute faux.

— Couloir 4b à l'étage… Ah, ça y est. Le voilà.

L'écran montra les rangées de casiers. *Ah bon, il y avait une caméra de surveillance dans ce couloir ?*

Quelqu'un passa en courant.

— Voyez-vous ça : Monica Bellocchio en train de sécher les cours ! s'exclama Blue.

Heather Blue zooma sur le troisième casier à partir de la droite. « Numéro 4793 », murmura-t-elle, répétant le numéro, qu'elle tapa. Mais elle hésita avant de lancer sa requête.

— C'est vraiment celui de Crockie Fleming, Crowler ? Sûr ?

— Oui, répondit Jackson, l'air candide.

— Allez-y vite. Dès que vous y serez, j'appuierai sur cette touche et le casier s'ouvrira. Vous en aurez la primeur.

— Vous êtes un ange, susurra Lou, qui partit.

— Si vous le dites, Clermont, je veux bien le croire, lâcha Heather Blue avec un regard ironique et un sourire doucereux.

— Clermont a raison, renchérit Jackson, suivant Lou, déjà loin devant.

Une fois devant le casier de Crockie, il fit un signe dans la direction présumée de la caméra. *Clic.* Le numéro 4793 s'entrouvrit.

La voix de Heather Blue s'éleva du haut-parleur :

— Monica Bellocchio, veuillez vous présenter au check-point et à Heather Blue immédiatement !

Lou allait ouvrir tout grand le casier, Jackson la retint.

— Non ! cria-t-il malgré lui et trop fort.

Il se ravisa.

— S'il te plaît, attends…

Il avala sa salive.

— Puis-je… ? reprit-il. Tu sais, nous, les garçons, on laisse parfois traîner des trucs, enfin tu vois… ?

— Pas seulement les garçons, les filles aussi parfois, répliqua Lou.

Jackson sortit le contenu du casier avec ordre et méthode. D'abord, la tenue de sport roulée en boule et sale. Chaussures de hockey à l'odeur également douteuse. Au moins une tonne de papier en plastique compostable – souvenir de snack-bars. Une certaine brochure qui circulait depuis quelque temps parmi les lycéens, et que Jackson embêté fit vite disparaître dans sa poche. Des manuels scolaires. Un dossier avec l'inscription suivante : « projet de merdannuel ».

— Du Crockie tout craché, dit-il à la hâte.

Lou prit le dossier en fibre synthétique maintenu par un élastique.

— Ça aussi en fait partie ? demanda-t-elle, sortant un tube de transport d'où dépassaient des cartes et des croquis.

Jackson regarda et lut : « idem projet de merdannuel ».

— Oui. On dirait. Excuse, mais je dois filer.

— Merci.

Lou sourit. *Un sourire franc et amical.*

Jackson hésita. Ça lui coûtait de lui laisser le projet de Crockie. *Peut-être renfermait-il des indices ? Avec Crockie, on ne savait jamais…*

Mais déjà Lou s'éloignait.

Henk l'attendait dans les toilettes des garçons au niveau sous-marin, comme convenu.

— Qu'est-ce que tu fichais ? Je croyais que tu ne viendrais plus !

De l'auditorium du département d'océanographie s'élevaient des sons étranges. *Le chant des baleines.* Svetlana Kasmarowna en passait souvent les enregistrements entre deux cours pour les attirer, et que les élèves puissent en apercevoir un groupe sous les dalles de verre et au-dessus du dôme vitré de la capsule.

— Je te préviens, on a 5 minutes et pas plus, insista Henk.

— Je ne comprends toujours pas comment ils ont repéré Crockie, coupa Jackson sans écouter.

— Ouais ! Il a fait la connerie du siècle en connectant le transpondeur ! lâcha Henk, fâché.

Jackson secoua la tête.

— Ça m'étonnerait. Le transpondeur était impec. On l'a testé, tu sais bien. Crockie lui-même disait que c'était *impossible* de le détecter. De *nous* détecter.

— Excuse, mais il s'est trompé. La preuve, c'est ce qui se passe maintenant, coupa Henk, sarcastique.

— Pas sûr. Le flic n'a jamais parlé du transpondeur. Peut-être que la police pense qu'on a seulement volé des décodeurs ?

— Jackson ! Chaque décodeur a une puce d'identification Subku : im-pos-si-ble à voler ou à pirater.

Soudain, il posa un doigt sur ses lèvres. Ils prêtèrent l'oreille. *Quelqu'un passait devant les toilettes ?*

Henk ouvrit la porte qui donnait sur le couloir. Ils regardèrent de part et d'autre. Personne.

— C'était peut-être seulement Kasmarowna ?

Henk referma.

— En tout cas, di Gallo ne sait pas grand-chose, reprit-il. On a qu'une explication à tout ça : Crockie a suralimenté son compte avec du temps jusqu'à sa retraite, l'Agence de Temps a remarqué l'anomalie et l'a signalée ! Voilà comment il a été repéré. Après, il y a eu la procédure habituelle : la police, une enquête, et tout. Et puis, comme il a viré un crédit de temps colossal à ses parents, ceux-ci ont été soupçonnés et sont maintenant impliqués. Si Crockie avait respecté le plan, ça ne serait pas arrivé !

— Crockie n'était pas débile ! objecta Jackson. Il n'a fait qu'un virement de 6 semaines sur le compte de ses parents. Je l'ai entendu dire, quand j'étais chez les Fleming. OK, c'est beaucoup, mais on ne tue personne pour ça !

— Ah ouais ? Excuse, mais à mon avis Crockie a justement été tué à cause de *ça* ! s'obstina Henk.

— Écoute, Henk, on en avait parlé des centaines de fois ! Crockie savait parfaitement que toute transaction inhabituelle sur un compte attirerait l'attention : son Agence de Temps locale ou les nôtres le signaleraient. On a pris un max de précautions. Mais toi, depuis le début, tu fais dans ton froc.

— Vu ce qui se passe, j'ai eu raison de paniquer. On a la police aux fesses, mon pote. Les services secrets. Crockie a toujours des finances dans le rouge ! riposta Henk. La moindre demi-journée dont il ne peut expliquer et prouver l'origine est suspecte et équivaut à une alerte maximale pour les autorités ! Crockie a fait n'importe quoi ! Comme d'habitude ! On sait toi et moi qu'il préfère bricoler de vieilles montres que gérer sa carrière à Ocean City !

— Omar ! coupa soudain Jackson.

— Quoi, Omar ?

— Il s'appelle Khaled Omar.

— Qui ça ?

— Le Conseiller de Temps personnel de Crockie. « CTP Omar » comme l'indiquait la plaque signalétique sur son bureau. Crockie s'entendait plutôt bien avec lui. Il plaisantait sur son sérieux et son professionnalisme. Crockie disait qu'Omar était la crème des Conseillers de Temps personnel.

Avant leur déménagement à la cité Parkfield, les Crowler fréquentaient la même Agence de Temps que les Fleming, mais leur conseillère était à l'opposé du CTP Khaled Omar. Au lieu de parler, par exemple, des 86 400 secondes sexagésimales que contenait 1 journée, elle préférait parler de 100 000 secondes décimales. Avec elle, 2 heures 30 devenaient 2,5 heures. Bref, c'était une maniaque de la conversion de temps.

— À la base, Omar aurait dû convoquer Crockie s'il y avait eu des irrégularités sur son compte, hasarda Jackson. Ça commence comme ça, en général.

— Et si c'était justement ce qu'il a fait ? Et si Crockie nous l'avait caché ?

— Et si on allait lui demander ! enchaîna Jackson.

— Pourquoi ? Tu es malade ou quoi ? Pour l'embobiner ? Autant passer aux aveux, se constituer prisonniers ! Moi, je te le dis : Crockie s'est tellement *mal* débrouillé qu'il a donné direct l'alarme au QG des Agences de Temps et que, maintenant, tous les voyants sont au rouge !

— Je n'en suis pas si sûr… fit Jackson pour dire quelque chose.

— Et le transpondeur a un bug, ça, c'est sûr et certain, continua Henk. Crockie ne l'a pas remarqué, et il a commis l'erreur fatale. Conclusion…

Henk passa ses doigts dans ses cheveux. Il était de plus en plus agité.

— On est foutus, mec !

Il ferma le poing et tapa le mur.

— Aïe.

Henk se tint la main.

Jackson ne l'avait jamais vu dans un état pareil.

— Nous devons retrouver le transpondeur, l'éteindre et le détruire ! marmonna Henk entre ses dents. Si di Gallo est plus rapide, je ne donne pas cher de notre peau ! Je n'aurais jamais dû vous filer ma console pour fabriquer ce truc !

Jackson soupira. Il comprenait Henk. Mais comment retrouver le transpondeur ?

— On ne peut pas vérifier tous les terminaux de la Cité… dit-il donc. Il y a des centaines de milliers de lignes à partir des points de contrôle, de chaque magasin, de chaque arrêt jusqu'aux Agences de Temps et leurs succursales. Tous sont connectés aux centres névralgiques des districts et à la Centrale de temps.

Henk continuait de hocher la tête.

— On est foutus, je te dis.

Ils gardèrent le silence. Jackson appuya ses poings contre ses tempes. Ça l'aidait à réfléchir. Il essaya de se concentrer, mobilisant chaque cellule de son cerveau et de son cœur pour se mettre à la place de Crockie. *Où avait-il connecté le transpondeur ?*

Un bruit de pas dans le couloir le tira de ses pensées.

Qui ? Les épiait-on ?

Di Gallo ?

— Qui est là ? chuchota Henk.

Et, de nouveau, il ouvrit la porte du couloir. *Personne.* Celui ou celle qui venait de passer avait déjà disparu. Avait-il pris l'ascenseur dont on n'entendait que le bourdonnement dans l'épais silence ?

Henk consulta son décodeur.

— Il faut que j'y aille. Je dois m'occuper d'Arjen à midi.

Jackson sourit. « S'occuper d'Arjen », c'était un déjeuner copieux chez *Valentino*, où on trouvait, soi-disant, la meilleure pizza de la Cité. Jackson n'en savait rien et ne pouvait en juger. Cette trattoria était beaucoup trop chère pour lui.

Khaled Omar.

Crockie.

Montres.

La chambre de Crockie.

CTP. Fonctionnaire d'encadrement.

Les termes traversaient son esprit et s'alignaient. Faire parler Omar. Il fallait commencer par là. Ça ne les mènerait pas droit au transpondeur, mais, avec un peu de chance, ils obtiendraient des informations utiles.

— Omar !

— Quoi encore, Omar ? grommela Henk.

— On va aller le voir !

— Tu es sourdingue ou quoi ? Je viens de te dire que je devais m'occuper d'Arjen !

— C'est bon, j'ai compris. Va chez *Valentino.* Moi, je rentre à la maison. Je dois passer prendre un truc. On se retrouve devant l'Agence de Temps de Crockie avant sa fermeture.

11

Khaled Omar n'était pas aussi exigeant et ambitieux que ses autres collègues de l'Agence de Temps de ce district. Progresser dans sa carrière, grimper les échelons de la hiérarchie ? Bah, non, ça n'était pas pour lui. Sa situation actuelle lui plaisait. Il se contentait de peu.

Occupant le même poste depuis près de 15 ans, il était considéré par ses collègues (surtout par les plus jeunes) comme une espèce de dinosaure : en voie de disparition. Les CTP frais émoulus ricanaient derrière son dos, parce qu'il était « coincé à vie dans le conseil ».

Mais Omar se sentait épanoui et heureux. Ses clients l'invitaient à dîner ou aux célébrations familiales rituelles qui suivaient et clôturaient la Cérémonie. Ça créait des liens, forcément.

Chaque fois que son patron le félicitait, Omar redoutait d'être promu et de devoir gravir les fameux échelons. Concrètement, s'éloigner de la base et se consacrer aux comptes de temps, systèmes de contrôle de sécurité et zones complexes du commerce extérieur. Des activités désincarnées qui relevaient de l'algorithmique. Ça ne faisait pas son affaire. Il aimait trop le contact humain. Aider, écouter, conseiller les gens sur la façon dont ils pouvaient gagner plus de temps au quotidien, épargner des jours pour avoir du temps libre ou s'offrir un bon dîner. Ce n'était pas toujours rose, car il y avait des situations difficiles : des familles qui avaient hérité du compte débiteur de leurs grands-parents, très endettés, et qui se défilaient et refusaient d'assumer leur responsabilité chez Soin & Oint.

Khaled Omar évitait de faire des heures supplémentaires. Il effectuait ses 12 heures par jour, après quoi il rentrait chez lui, dînait avec sa mère et, ensuite, se consacrait à l'observation de vieilles montres de poche, montres-bracelets, montres-broches… Leurs minuscules engrenages et ressorts minutieusement entrelacés et destinés à faire tourner les aiguilles indiquant la marche du temps, fonctionnant 24 heures sur 24, 365 jours par an, ou 8 760 heures (mais 8 784 pour les années bissextiles !), le passionnaient. Il comparait cette mécanique de précision à celle de la Cité ; un mécanisme pourvu de divers organes qui, à leur tour, comportaient des rouages avec une fonction bien déterminée. Quelle perfection.

Omar aimait faire partie du mouvement général : il en était un infime élément. Indispensable et discret. Harmonieux et heureux.

Omar avait une qualité : une excellente mémoire visuelle. Il se souvenait des visages, moins des noms.

Lorsqu'un ado brun aux yeux bleus et un autre, dégingandé, entrèrent dans l'agence un peu avant sa fermeture et se dirigèrent vers son bureau dans la grande salle lumineuse, il pensa aussitôt à Crockie Fleming.

— Salut les garçons, qu'est-ce que je peux faire pour vous ? leur demanda-t-il aimablement.

Il constata que tous deux étaient sous tension, mais essayaient de le cacher.

— Vous vous souvenez de nous ? interrogea Jackson par précaution.

— Bien sûr. Jackson Crowler et Henk Van Mauli, les amis de Crockie Fleming.

— Vermeulen, corrigea Henk.

— Oh, excusez-moi. Vous voulez me voir ? Où est Crockie ?

Jackson et Henk se regardèrent.

— Un problème ? demanda Khaled Omar, leur montrant les deux chaises devant son bureau.

— Vous n'êtes pas au courant ? fit Jackson. Crockie est mort il y a 4 jours.

Khaled Omar le dévisagea avec surprise.

— Tu es certain ?

Il se ravisa.

— Oui, bien sûr, tu l'es… Comment pourrait-on ne pas être sûr de ce genre de choses… Ma foi, c'est…

Omar hésita.

— … tragique.

Jackson acquiesça.

— Si soudain. Et nous… ses amis, on a un souci maintenant.

Il se tut. *Allez, continue, ce n'est pas vraiment un mensonge*, acheva Jackson en pensée.

— Parce qu'on n'a pas beaucoup de temps sur nos comptes, insinua-t-il. Les parents de Crockie aussi, comme vous savez.

Omar se figea.

— Désolé, je n'ai pas le droit de révéler ce genre d'informations. C'est confidentiel.

Henk jeta un regard en biais à Jackson. Depuis le début, Henk doutait que son stratagème fonctionne.

— Oui, nous comprenons, dit Jackson très vite.

Et il reprit, suivant leur plan :

— Mais il nous faudrait un prêt de 2 heures, insista-t-il. Peut-être 3 ?

Omar se redressa, bomba le torse, carra les épaules.

— Vous êtes mal tombés. Je ne fais pas de crédit de temps à tort et à travers.

Jackson enchaîna à la hâte :

— Ça n'est pas ce que vous pensez ! Crockie possédait un petit trésor, une sorte de talisman, très précieux pour les collectionneurs. C'est ce qu'il disait.

Jackson fouilla dans sa poche.

— C'est ce que vous lui aviez dit.

Les yeux d'Omar brillèrent.

— Sa vieille montre-bracelet de 1888, or jaune 750 millièmes, enfin je veux dire 18 carats. Le fond de la montre est malheureusement endommagé, elle ne fonctionne plus. J'aurais aimé l'avoir, mais il a refusé de s'en défaire… L'or à lui seul vaut une petite fortune, aujourd'hui. Mais ce serait un délit de…

L'air gêné, il se tut. Jackson posa la montre sur la table. Omar applaudit comme un enfant qui reçoit des cadeaux et des pastilles de temps en plastique le jour de la Cérémonie.

— Nous devons la vendre, sinon nous ne pourrons pas exaucer les dernières volontés de Crockie, intervint Henk avec assurance.

— *Vendre ?*

L'enthousiasme d'Omar retomba.

— C'est au-dessus de mes moyens… Ça ne coûte pas seulement quelques heures, mais plusieurs semaines. Voire des mois ! Trop onéreux…

Jackson déglutit. Crockie ne lui avait jamais dit que cette vieille montre valait aussi cher. Le père de Crockie lui avait interdit de s'en séparer, même en cas d'absolue nécessité. Même s'ils avaient un besoin de temps urgent.

Une collègue d'Omar s'approcha. Jackson la reconnut : c'était l'ancienne CTP des Crowler.

— Bonjour, Jackson. Ravie de te voir.

Sa politesse cachait mal sa curiosité.

Omar s'agita.

— Tout va bien, lui dit-il. Ces garçons travaillent sur un projet au lycée…

— Ah, je vois, coupa sa collègue avec un soupir fataliste. Un rendez-vous chronophage…

Et elle s'éloigna.

— Non, non, pas de problème les gars ! s'exclama soudain Omar à haute voix pour donner le change à d'autres oreilles indiscrètes. Pour ces conversations confidentielles, nous avons une salle attenante à notre disposition. Venez, je vous prie.

Il se leva. Jackson reprit la montre et suivit Omar et Henk dans un édicule de verre isolé. Omar referma la porte derrière eux avec soin. Il n'y avait qu'un bureau avec un terminal et deux fauteuils destinés aux clients.

— Quelle était la dernière volonté de Crockie ? demanda Omar quand ils eurent pris place.

Jackson déglutit. *Zut, ils n'y avaient pas pensé.*

— Crockie avait peur du feu, improvisa Henk.

Sous la table, il donna un coup de pied à Jackson.

— Il ne voulait pas être incinéré.

— Je vois. Vous savez, dans l'Égypte ancienne, des prêtres momifiaient et embaumaient les morts. On installait des tables d'offrandes dans la chapelle de la tombe. Les vivants venaient y déposer des aliments pour apaiser la faim du mort…

Il se tut.

— Enfin, si vous étiez un pharaon. Ce cérémonial conviendrait donc à Lydia Tremont, dit-il, essayant de plaisanter.

Il reprit son sérieux.

— Un enterrement traditionnel coûte cher, de toute façon.

— Le prix de la vieille montre de Crockie suffirait à couvrir les frais ? demanda Jackson.

— Vous savez, ça n'est pas si simple et… Non, vous ne devez pas la vendre.

— Mais Crockie était toujours fauché, intervint de nouveau Henk. À moins qu'il n'ait encore eu un peu de temps sur son compte ? Il nous avait dit récemment qu'il avait un rendez-vous urgent avec vous à ce propos.

C'était un mensonge. Un coup de poker. Jackson croisa les doigts sous la table. Il était étonné de la facilité avec laquelle Henk mentait.

— Oui, oui, c'est vrai, renchérit-il.

Omar eut l'air triste.

— Mais il ne s'est pas présenté à ce rendez-vous. Le destin, c'est bizarre. Juste au moment où ce petit veinard de Crockie venait de toucher cet héritage. Un sacré bonus ! Il ne vous l'a pas annoncé ? Il a gagné le gros lot, pour ainsi dire. Un package complet Soin & Oint de son oncle décédé !

— Ah bon ? lâcha Jackson.

Quel oncle ?

Omar pianota sur son terminal.

— Cet héritage n'a pas autant de valeur que cette montre, mais quand même ! Je ne peux pas vous en révéler le montant. Je ne vous en ai jamais parlé, d'accord ?

Les yeux toujours fixés sur l'écran, il se tut.

— Étrange…

— Quoi ? dit Henk.

Omar regarda autour de lui.

— Écoutez, les jeunes, j'aime mon boulot, je suis plutôt sympa, alors on va arrêter de jouer. Vous allez me dire où est Crockie. Il a disparu, vous le recherchez ? Il a enfin acheté son bateau pour partir en mer ? Parce que, s'il est mort, moi aussi. Pourtant…

Il posa les mains sur sa bedaine.

— Ça vit là-dedans, je vous le garantis !

Jackson eut un vertige. Khaled Omar doutait que Crockie soit mort ? Pourquoi ?

— Vous essayez de me piéger, les gars ? De me soutirer du temps pour faire une blague idiote ?

Son air bonhomme et affable avait disparu. Il avait la mine sévère.

— Regardez, là !

Il tourna le terminal dans leur direction.

— C'est confidentiel. Si je vous montre, c'est pour que tout soit clair entre nous.

Il marqua une pause théâtrale, prit une grande respiration :

— Moi, je suis convaincu que Crockie va très bien !

Jackson regarda le compte de Crockie. Crédit actuel : un trimestre. *3 mois ! 131 040 minutes ! Freaky Crockie freaky !*

— OK, mais pourquoi affirmez-vous que Crockie est encore en vie ? demanda Henk.

Jackson fixait les informations sur l'écran, les mémorisant : le virement consécutif à cet héritage bidon remontait à 1 semaine avant la mort de Crockie. 8 jours durant, il s'était baladé avec un compte gonflé à bloc sans leur en souffler mot. La succursale qui avait assuré le transfert était désignée : 404-1Cwh-23.

Un indice.

La localisation du transpondeur.

Super.

Super ?

Non : comment Crockie avait-il pu être aussi imprudent ? *Transparent* ?

Chaque succursale de la Banque centrale de Temps comportait un code à trois composants. Les premiers chiffres déterminaient le district où se trouvait la succursale. Jackson n'était jamais allé dans le district 404, assez excentré. Les six caractères suivants, une combinaison de chiffres et de lettres, désignaient les données internes de la succursale.

— Regardez, là.

Omar ne montrait pas ces identifiants, mais les champs dans le coin supérieur gauche du masque.

— Ceci indique l'état du compte. En cas de surendettement important ou de graves irrégularités, il est rouge. Ce qui n'est pas un drame en soi.

Jackson donna un coup de coude à Henk, qui à son tour remarqua ce qu'il venait de relever.

— Par contre, noir, cela signifie… eh bien, vous le devinez : « compte clôturé ». Un décès. Ou un départ de la Cité. Un implant sous-cutané retiré pour une raison ou pour une autre. La procédure est immédiate au cas où le compte est bien approvisionné, c'est-à-dire avec un solde créditeur élevé, pour éviter d'éventuelles spoliations. Ensuite, celui-ci reste gelé jusqu'à ce qu'on sache à qui attribuer les secondes, minutes et heures restantes. Si on n'y réussit pas, la moitié revient au QG des Agences de Temps, et l'autre est transférée à Soin & Oint.

— Le champ est vert, pas noir, fit observer Jackson.

— Exact. Si Crockie était mort il y a 4 jours, le service de thanatologie du district nous aurait déjà signalé le décès. Le délai est en général de 24 heures, jamais plus. Et le thanatologue aura des ennuis s'il a été négligent ; on ne plaisante pas avec le conseil funéraire et la direction des funérailles à Ocean City.

Le CTP souriait de nouveau.

— Comme je connais Crockie, je suis certain qu'il est sur un voilier et profite de son héritage pour naviguer quelques heures autour de notre belle Cité. Allez, admettez-le, les gars !

Jackson et Henk se regardèrent. Jackson baissa les yeux.

— À mon avis, le service de thanatologie de son district va avoir de gros ennuis… insinua-t-il.

Le sourire sur le visage d'Omar disparut.

— Sûr ?

Jackson hocha la tête.

— Oui. Sûr et certain.

12

Lydia Tremont arpentait la galerie de grand apparat au dernier étage de l'Agence de la Sécurité nationale. Parfois elle s'arrêtait, effectuait des mouvements de tête dans l'espoir de dénouer les épouvantables tensions dans ses vertèbres cervicales, et reprenait son va-et-vient.

Ses pas résonnaient dans cette pièce à peine meublée, mais personne ne pouvait l'entendre. Non seulement ce bâtiment était insonorisé jusqu'au dernier joint, mais il était anti-écoute. Les dictateurs et politiciens fous du Continent auraient pu préparer une énième guerre mondiale que les gens réunis en ce lieu n'en auraient pas entendu parler. Garanti.

Au milieu de la galerie trônait une immense table entourée de quelques chaises. Dans un coin à côté de la porte, il y avait un distributeur d'eau qui gargouillait à intervalles réguliers. Pas une seule fenêtre, uniquement des puits et conduits d'aération et de ventilation. C'était le point faible de ces complexes architecturaux qui, sinon, étaient hermétiques. Hélas, on n'avait toujours pas trouvé de solution à cet inconvénient. Les gens avaient besoin d'air pour respirer, c'était le minimum, non ? N'empêche, c'était énervant.

Lydia Tremont transpirait parce que, de plus, la climatisation était défectueuse depuis 2 jours. Dès qu'elle sortait, le vent marin effleurait ses épaules nouées et en sueur. La fraîcheur accentuait ses douleurs. Elle n'avait qu'un désir : un rendez-vous avec sa physiothérapeute aux mains magiques.

Les cerveaux les plus brillants et les plus créatifs de la planète vivaient et travaillaient sur Ocean City. Il existait trente-cinq Cités flottantes, mais Ocean City figurait parmi les trois grandes favorites. Et pourtant, les génies d'Ocean City étaient infichus de maîtriser un simple système de ventilation !

L'un des clapets d'aération cliqueta sous le plafond et la grille métallique du conduit dégringola avec un bruit infernal. Un gémissement de douleur s'éleva de l'intérieur du conduit. Puis une malédiction. Enfin, une tête émergea.

— Salut la compagnie ! s'écria un moustachu. Vous pouvez me donner cette foutue saloperie qu'est tombée, siouplaît ? Sacrée camelote !

Il montra la grille du doigt. Il se ravisa quand il constata qu'il s'adressait à une femme.

— 'scusez, ma jolie. Pouvez-vous…

Le mécanicien s'interrompit de nouveau. Il pâlit. Il l'avait reconnue.

— Oh merde. Oh, je veux dire, m'ame la Secrétaire générale… Je… Je… désolé…

Il rentra la tête et recula en vitesse.

Lydia Tremont bondit sur une des tables pour se mettre au niveau du conduit.

— Hep, vous ! s'écria-t-elle.

Elle ne put poursuivre. Sa colonne vertébrale craqua. Sa nuque se raidit. Une horrible douleur irradia dans son dos jusque dans son bras gauche.

Quelle journée épouvantable ! Ce mécanicien ne l'emporterait pas au paradis ! O'Reilly lui réglerait son affaire pendant qu'elle serait entre les mains de Mme Crowler.

Lydia Tremont descendit de la table avec une grimace. La démarche raide et prudente, elle s'approcha du distributeur d'eau, se versa un gobelet qu'elle reposa sans en boire une gorgée. Elle ne put s'empêcher de penser au jeune homme qui, à l'un des étages inférieurs de l'agence, en recevait juste assez pour éviter de mourir de soif.

Un supplice raffiné.

Sur la table de gauche se trouvaient des moniteurs qui montraient la salle des interrogatoires sous tous les angles. Des haut-parleurs petits, mais puissants, captaient et transmettaient le son le plus infime. Pour l'heure, le paysage sonore se réduisait au bruit de doigts nerveux pianotant sur la table et aux soupirs occasionnels du suspect. Tremont ne savait pas si ceux-ci exprimaient sa douleur ou son désespoir.

Peut-être les deux.

Le détenu bougea. Ses chaînes s'entrechoquèrent. Ses chevilles étaient enfermées dans des boucles fabriquées avec un matériau composite incassable à base d'algues. Tremont sentit son cœur se gonfler de tendresse. Sa thèse de fin d'études avait été consacrée à la culture et l'exploitation des algues destinées à la fabrication de ce composite biosourcé désormais utilisé partout dans la Cité.

Le gobelet d'eau était à portée de main du prisonnier, mais il ne pouvait pas le porter à la bouche, les menottes l'en empêchaient. Ce spectacle mit Tremont mal à l'aise. Elle connaissait les méthodes de la Section Z. Nécessaires et utiles, et pourtant répugnantes. Autant ignorer les supplices que les « spécialistes » de la Section Z infligeaient au suspect du moment qu'ils lui soutiraient les informations sensibles. *La fin justifie les moyens !*

Dans la Cité, de nombreuses mesures démocratiques jugées inadaptées et inadéquates aux problèmes contemporains avaient été abolies. Seule s'appliquait la loi du Contrat social, complétée par des « clauses » qui organisaient les droits et les conditions des habitants. La plupart se fondaient sur d'anciens principes, par exemple « la présomption d'innocence ». Mais pas le recours à la torture, aux traitements inhumains ou dégradants durant les interrogatoires.

Les agents qui venaient de quitter la salle des interrogatoires frappèrent à la porte et entrèrent dans la salle où Lydia Tremont se tenait. La Secrétaire générale fut contrariée qu'ils n'aient pas daigné attendre son « Entrez ». Ces deux-là se considéraient comme les Maîtres de la Cité ? Ils n'étaient que de petits maîtres. Elle leur montrerait qu'elle était la Maîtresse de la Cité.

— Un dur à cuire, lâcha l'homme, un grand maigre en costume bleu foncé.

Il s'était présenté sous le nom de Dieter Meier, qui figurait aussi sur son badge. *Sans doute une fausse identité.* Sa collègue s'appelait Mechthild Schmidt. Vêtue comme lui d'un costume bleu. C'était une grande brune avec une queue-de-cheval. Ses cheveux avaient été lissés, tirés si bien que son visage, tiré lui aussi, était inexpressif et impassible.

Les agents de la Section Z échappaient à son contrôle. Ce département des services secrets était un organisme vivant avec ses codes et secrets. Tremont s'en méfiait et se demandait ce que renfermait le dossier Tremont. La Secrétaire générale de la Banque centrale était convaincue que la Section Z avait et savait « des choses » sur elle. *Contre elle ?*

— Ah bon ? Vous m'avez pourtant dit un jour que vous laissiez mijoter vos clients dans leur jus et que ça donnait les meilleurs résultats, déclara Lydia Tremont. Pas avec celui-là ?

Elle savoura le moment de perplexité de ces deux « petits maîtres ».

Schmidt prit son gobelet et le vida d'un trait.

— Surtout, ne vous gênez pas pour moi, Schmidt, enchaîna Lydia Tremont, ironique.

— Merci, fit cette dernière.

— Ah, vous me fatiguez à la fin ! s'exclama Tremont.

Merde, ça lui avait échappé. Elle se ressaisit. Elle devait contrôler sa nervosité et éviter ce genre de dérapage. *Maudites nuits blanches. Maudites douleurs dans la nuque et le dos.*

— Le gamin est coriace, mais il n'est entre nos mains que depuis quelques jours, lâcha Schmidt. Ces types mentent ou résistent, mais on réussit *toujours* à les faire craquer…

— Il n'a pas l'air d'être sur le point de craquer, coupa Tremont d'une voix sifflante.

Elle s'approcha de l'un des moniteurs, effleura l'écran tactile et appuya sur le bouton Play pour écouter l'enregistrement d'un des derniers interrogatoires subis par le détenu.

Les images étaient d'une netteté époustouflante. Le garçon était en combinaison verte. Schmidt, en bleu. Meier aussi. Dès qu'ils lui retirèrent les menottes, il passa une main sur son crâne. Après, il but, mais une seule gorgée d'eau, car Mechthild Schmidt lui arracha son gobelet.

— Ça suffit.

— Je reprends, enchaîna Meier d'une voix douce et intense. Donne-nous des noms, on te laissera partir. Tu devras beaucoup travailler pour payer les heures manquantes et punies, mais un jour l'exécutif de la Cité effacera l'ardoise et dira « N'en parlons plus ». Tu recevras au minimum un appartement de base, tu trouveras une belle femme et tu auras des enfants.

— Plus intelligents que toi, compléta Schmidt.

Meier lui fit signe. Elle recula, s'assit sur le bord de la table et battit la mesure avec son pied.

— Je ne sais pas ce que vous voulez... articula le prisonnier d'une voix rauque et presque sans timbre.

Sa gorge était desséchée par la soif.

— Par exemple, ce...

Meier poussa l'un des tracts qui avaient été diffusés devant le Townhall avant le début de la Cérémonie.

— Matt Fuller. Cet individu a aussi une demi-douzaine d'autres identités, mais Matt Fuller est son vrai nom. Élève modèle de Clark Kellington High School. Désormais, et à notre regret, chef d'un mouvement rebelle convaincu que le temps libre est synonyme de liberté. Tu connais certains de ses partisans.

— Non. Je ne connais même pas ce type-là, répondit le prisonnier avec un signe de la tête vers le tract.

Meier sortit et revint avec l'un des drones artisanaux qui avaient dispersé les tracts en vrai papier.

— Ça, tu connais ?

— Non.

— Alors pourquoi avons-nous trouvé tes empreintes dessus ? enchaîna Schmidt.

Le détenu haussa les épaules.

— Tu connais un certain Rufus Gainsbourgh ?

— Oui.

— Des pièces détachées de ce drone viennent de son petit arsenal, poursuivit Meier. Nous tenons cet individu à l'œil. Ce vieil homme ne doit pas croire que nous ignorons ce qui se trame dans son kiosque. Et avec qui.

— Ah. C'est vrai, j'y vais souvent. Tout le monde dans le coin traîne avec Rufus. Chez lui, on voit plein de trucs qu'on utilisait dans les autres siècles.

— Il suffit de quelques vis et d'une carcasse pour fabriquer un drone, insinua Meier.

— Je n'y connais rien en mécanique. Je ne suis pas doué pour ça.

— Et tes amis ?

— Peut-être, je ne sais pas.

— Qui au juste ? Des noms.

Nouveau haussement d'épaules.

Tremont appuya sur la touche Pause.

— Et ainsi de suite ! s'exclama-t-elle.

— Il existe des techniques qui donnent vite de très bons résultats, insinua Schmidt.

Elle défit sa queue-de-cheval, secoua sa chevelure qu'elle réunit pour la refaire, lissant et tirant davantage sa coiffure.

— Après ça, il se prosternera devant l'eau et l'honorera jusqu'à la fin de ses jours, insinua à son tour Meier. Mais il nous faut le feu vert de l'exécutif.

Tremont retint son souffle pour mieux réfléchir. En clair, ces deux-là suggéraient ni plus ni moins que d'avoir recours à la torture. Ils avaient besoin de son accord. Dans ces cas-là, elle détestait son pouvoir de décision. *Pourquoi le garçon ne crachait-il pas le morceau ?* Cela lui aurait évité de consentir à une méthode répugnante et à la Section Z.

Schmidt la regarda.

— Vous trouverez le moyen, biaisa Tremont, impérieuse mais volontairement vague.

Très bonne réponse. Elle faisait valoir qu'elle était la patronne. Elle fit une copie des enregistrements de l'interrogatoire sur sa clé USB, saisit son sac à main et s'approcha de la porte.

— On obtient toujours ce qu'on veut, lâcha Mechthild Schmidt froidement.

Elle avait parlé à voix basse, mais Tremont l'entendit. Une fois dans le couloir, elle s'arrêta et poussa un gros soupir. Tout avait commencé avec quelques irrégularités relevées sur le compte de temps de ce jeune imbécile, un virement avec une traçabilité et une origine douteuses. Maintenant, elle était sur le point de consentir à des actes de torture sur un adolescent de la Cité. Elle avait imaginé son travail autrement.

30 minutes plus tard, lorsqu'elle entra dans son bureau dans le centre historique d'Ocean City, l'atmosphère chaleureuse des lambris de bois lui fut agréable après les murs et les planchers froids. Mais son sentiment de bien-être fut de courte durée.

— Un certain di Gallo appelle toutes les 10 minutes, madame, lui annonça son assistant James O'Reilly en guise de salut.

— Gardez-le à distance ! Et trouvez-moi le mécano de l'Agence de la Sécurité nationale qui a failli tomber à mes pieds aujourd'hui ! Et une sanction à ce crétin, O'Reilly ! N'importe quoi ! Je vous donne carte blanche ! Avant, il doit finir de réparer l'installation d'aération et de ventilation. Ensuite, balancez-le dans le pire cloaque d'Ocean City !

La douleur martelait sa nuque.

— Et commandez-moi un Vapo 3 en urgence, James ! s'exclama-t-elle. Un rendez-vous, en urgence aussi, avec Amelia Crowler. Tout. De. Suite !

Il n'y avait qu'un seul endroit où Jackson et Henk pouvaient tranquillement faire le point sur leur rencontre avec Omar. Le kiosque de Rufus Gainsbourgh.

Souvent, Jackson enviait le vieil homme. Rufus avait rempli sa mission pour la Cité à cent pour cent : 12 à 14 heures de travail par jour au minimum jusqu'à ses 70 ans, puis 6 heures par jour à partir de 75 ans. Maintenant, il bénéficiait de sa retraite. *Quel âge il avait ?* Impossible à dire, grâce aux bons soins gratuits pour tous.

Ce serait super de sauter par-dessus les 6 prochaines décennies. Rufus pouvait faire ce qu'il voulait, quand il voulait. Son kiosque était un passe-temps étrange, mais qui lui permettait d'avoir plein de contacts dont il favorisait l'oisiveté et distrayait l'attention. Un tour de force. Parce que le temps de chacun était exclusivement destiné au service de la Cité.

— Hé ! Je t'ai posé une question ! s'exclama Henk.

Sa voix arracha Jackson à ses pensées.

— Oh, et puis ça n'a aucune importance… reprit Henk. Omar nous a peut-être raconté n'importe quoi.

Henk but quelques gorgées de sa boisson énergisante.

— Je sais ce que j'ai vu l'autre jour ! répliqua Jackson. Pour la cent millième fois : les gars ont fait feu sur Crockie. Ils ont plongé dans le canal et l'ont retiré de l'eau. Ils l'ont transporté dans une ambulance. Crockie ne bougeait plus. Il était *mort*, je te jure.

Rufus passa la tête entre les pans de rideau qui séparaient la boutique de l'arrière-boutique.

— Ça va, les jeunes ? Tu me donnes les canettes qui sont là-bas, Henk ? Les jaunes, s'il te plaît.

Henk bondit du vieux canapé pour obtempérer. Après, le vieil homme disparut. Il passait le plus clair de son temps dans le kiosque à bavarder avec des gens qui, à la vérité, n'en avaient pas à perdre. Jackson ne voyait pas Rufus et sa cliente actuelle, du vieux fauteuil à l'odeur de moisi, mais il les entendait. Il fut un instant distrait.

— Ce qui est sûr, c'est que Crockie a volé du temps, reprit Henk à voix basse.

— « Volé » ? Il ne l'a *pris à personne*, seulement il l'a… enfin, je ne sais pas comment dire…

Jackson sortit de sa poche le tract qu'il avait ramassé le jour de la Cérémonie.

— Peut-être que ces gens-là n'ont pas tort ? Regarde, qu'est-ce que tu en penses ?

Henk allait le lui prendre des mains, Jackson s'écarta.

— N'importe quoi ! s'exclama Henk. « Le temps libre, c'est la liberté. » C'est grâce à qui si tout marche aussi bien dans la Cité ? Grâce aux gens qui ne se tournent pas les pouces ! Tiens, mon père, par exemple : depuis combien de temps il bosse comme un dingue dans les labos pour qu'on puisse manger des trucs potables ?

Jackson se contint. Les Vermeulen n'avaient aucune raison de se plaindre. Ils vivaient plutôt très bien.

— « Commando Matt Fuller », murmura-t-il. Tu en as déjà entendu parler ?

Henk, soudain, sourit.

— Ça me rappelle notre jeu, tu sais, quand on était encore en primaire ? En CE1 ?

La société secrète « Black Heart » ? Fondée par lui, Henk, Crockie et d'autres garçons. Ils inventaient des missions dangereuses qui toutes portaient un nom de code.

— Commando Crocodile, tu te souviens ? continua Henk. Ce que c'était drôle !

Jackson sourit à son tour.

— Ouais. Super.

Henk reprit son sérieux. Il s'adossa au canapé et croisa les bras derrière la nuque.

— Je me demande qui nous balade. Parce que moi, je suis sûr qu'on nous balade.

Jackson avait aussi cette impression. Crockie était-il vivant quand ils l'avaient sorti de l'eau ? Ou pas ? Pourquoi les services de thanatologie du district n'avaient-ils averti personne ? De la négligence ?

— Soit Crockie se fout de nous, soit la police. Ou ce Khaled Omar, déclara Henk. Même toi, Jackson.

Jackson serra les poings.

— Sérieux, tu me gonfles, Henk ! Si tu ne me fais pas confiance…

Il perdait pied. Henk le lâchait ? À qui se raccrocher ? Henk fit un geste vague.

— J'énumère seulement des possibilités. Je te fais confiance. Quand même, Jackson !

Henk posa la bouteille vide à côté du canapé.

— Je garde mon sang-froid, je ne laisse rien au hasard. Pour déterminer les priorités.

Jackson acquiesça.

Leur priorité, c'était 404-1Cwh-23. Pas la mort de Crockie, enfin sa pseudo-mort, le service de thanatologie du district ou son implant sous-cutané toujours actif.

Rufus passa de nouveau la tête entre les pans de rideau.

— Vous avez besoin de quelque chose, les garçons ?

Jackson échangea un regard avec Henk. *Il nous a entendus ?* Pour seule réponse, Henk haussa les épaules.

À la porte du kiosque, la clochette sonna à nouveau.

— Je reviens tout de suite ! dit Rufus Gainsbourgh.

Pourtant il temporisa, levant les sourcils d'un air éloquent : « Je suis presque sûr que vous avez besoin d'un bon conseil. » Jackson soupira. *Il devenait parano.* Il voyait des espions et des ennemis partout. En moins de 1 semaine, sa vie avait basculé. Starter de niveau 2, élève de Kellington High promis à une brillante carrière, résident privilégié de la cité Parkfield, il était devenu un ado méfiant, sombre et renfermé après avoir été témoin d'un drame horrible qui *aurait* coûté la vie à son meilleur ami.

— On doit demander à quelqu'un, chuchota-t-il.

— Demander *quoi* ? À qui ? chuchota aussi Henk. « Dites, vous savez où pourrait se trouver le transpondeur de Crockie Fleming ? » Ou encore : « Vous pouvez nous expliquer comment retrouver un petit appareil pirate dans une mégapole flottant sur la mer de près de quinze millions d'habitants ? »

— Pas toute une mégapole, seulement un district, objecta Jackson.

Le district 404 ? Même pas sûr. Crockie avait peut-être connecté le transpondeur n'importe où et lui avait assigné, lors de la transaction, un faux code d'identification pour tromper son monde.

— *Seulement un district*, ironisa Henk. Sachant que chacun comporte, globalement, trois quarts de million d'habitants et couvre une superficie de cinq cents kilomètres carrés ? C'est la taille de notre secteur. En gros, 3 ans de recherches ! C'est beaucoup de temps. D'ici là, on sera pris comme des rats !

— Par qui ?

Jackson tressaillit. Rufus Gainsbourgh s'était approché dans leur dos sans qu'ils l'entendent.

— Vous avez fait des bêtises, les jeunes ? interrogea Rufus en riant. Évidemment, quelle question ! Il faudrait être aveugle pour ne pas s'en rendre compte ! Vous avez triché au check point du lycée avec cette… comment elle s'appelle, déjà ?

— Heather Blue, lâcha Henk du bout des lèvres.

— Ah oui, c'est ça.

Pensif, Rufus Gainsbourgh jouait avec sa bague en or. Ornée d'armoiries de famille. Trois roses étroitement entrelacées. *Ou des serpents.* Jackson n'était pas sûr.

— Mieux vaut braquer une Agence de Temps que de voler 1 seconde à Blue… ! s'exclama Jackson avec une gaieté forcée. C'est moins risqué !

Le coup de pied de Henk l'interrompit.

— Sans blague, vous avez cambriolé le QG des Agences de Temps, les garçons ?

Rufus Gainsbourgh éclata de rire.

— Excellent ! Certains aimeraient pouvoir. Et s'en débarrasser.

Il montrait du doigt le tract. Jackson n'avait pas remarqué que le papier était tombé et gisait à ses pieds. Il rougit. Henk se pencha, Gainsbourgh fut plus rapide en dépit de son âge.

— Vous n'êtes pas impliqués avec ces types-là, j'espère ? demanda-t-il.

— On n'est pas fous ! répliqua Henk, indigné.

Le regard de Rufus Gainsbourgh passa de Henk à Jackson. Il sourit.

— Non, bien sûr. Vous, au moins, vous en avez dans la caboche.

Il dévisagea Jackson.

— Pas vrai ?

Ils gardèrent le silence.

— D'un autre côté, je pourrais comprendre des velléités de révolte.

Gainsbourgh souriait toujours.

— Je ferme la boutique. Bougez pas, je reviens.

13

Lou soupira.

— Ce n'est pas une écriture, mais de vraies pattes de mouche, et encore, hallucinée et en plein délire, la mouche ! soliloqua-t-elle à voix basse.

— Arrête de te plaindre ! ordonna Jimmy. On n'a plus guère de temps. Les flux de données ont été vérifiés hier : une erreur dans les projections a été découverte. La Cité dérive beaucoup plus vite qu'on ne le prévoyait vers la pointe ouest du Continent. L'accostage est pour bientôt.

Lou détestait le ton sentencieux et impérieux de Jimmy. Mais il avait raison. Elle devait persister : déchiffrer, lire et comprendre les notes et annotations de Crockie Fleming, continuer ses manœuvres de rapprochement pour gagner la confiance de Jackson Crowler. *Plus facile à dire qu'à faire !*

Freaky Crockie. Un type bizarre, mais gentil. Quand on le lui avait dit, c'était resté flou. Maintenant c'était officiel : Crockie était un vrai *freak*. « Attention avec Crockie. C'est un créatif. Un inventeur brillant, mais c'est aussi un électron libre. Un profil dangereux ! avait souligné le leader du groupe. Plus que jamais méfiance et précision, prudence et courage. En espérant qu'on aura de la chance… »

De la chance, OK, ils en avaient eu : d'abord avec la tragédie de Crockie Fleming, ensuite avec l'admission immédiate à Kellington High. Dans l'urgence, personne n'avait pris la peine de lui faire passer les tests requis et, surtout, de vérifier la conformité de sa candidature. Dans ce cas-là, elle aurait été grillée. Mais Ingaaden, appuyée par l'exécutif ou ses représentants, n'avait eu qu'une hâte : remplacer Crockie Fleming. L'Organisation avait donc été contrainte de réagir avec la même précipitation. Mission réussie, grâce à leur espion qui évoluait dans le premier cercle de Lydia Tremont et avait déposé son dossier sur son bureau au bon moment.

— Désolé, mais il faut que je file, reprit Jimmy. On doit transférer en prison un mécano qui a eu le malheur de tomber sur les pieds de la patronne. Quasiment.

Il se regarda dans le miroir, rectifia son nœud de cravate déjà parfait. Jimmy était toujours impeccable. Lisse, soigné et chic. Son travail l'exigeait, mais Lou le soupçonnait d'être vaniteux.

Jimmy se pencha par-dessus l'épaule de Lou pour jeter un coup d'œil aux gribouillis de Crockie.

— Bonne chance, ma vieille. Tu as du pain sur la planche !

Il rit, reprit son sérieux.

— Il nous faut l'appareil pour pirater les comptes de temps. Avant que Tremont ne mette la main dessus, avant que ce… comment il s'appelle déjà ?

— Jackson Crowler, acheva Lou.

— … ne le retrouve. Je veux en finir avec Crockie Fleming. Tu connais l'avis du leader là-dessus : ras-le-bol des ados qui font n'importe quoi n'importe quand !

Lou dévisagea Jimmy avec perplexité. Ce type-là, c'était une énigme. Il occupait un poste important qui, dans l'avenir, le propulserait au sommet de la direction d'Ocean City, mais il était de mèche avec l'Organisation. Activement. Sans lui, ils n'auraient jamais autant progressé.

— Un problème ? demanda Jimmy, étonné.

Lou secoua la tête.

— Tu oublies que moi aussi je suis une ado. J'ai le même âge que Crockie et Jackson.

— Avec plus de maturité. Ensuite, c'était façon de parler. Continue à décrypter l'écriture hallucinée de Crockie et à apprivoiser Crowler. Fais gaffe. Tu es en infiltration. Ne te trahis pas.

Lou soupira et se concentra de nouveau sur le projet annuel de Crockie. Elle n'avait pas écrit « merdannuel » sur la chemise neuve, mais *Recyclage des plastiques : problèmes et développement de la pêche du plastique*.

Cette problématique était l'un des Six Piliers sur lesquels reposait le concept de la Cité. Crockie avait effectué des recherches sur la pêche du plastique. Depuis l'année dernière, la Flotte de la pêche du plastique de la cité utilisait les prototypes de nouveaux satellites circulaires qui aspiraient et pré-triaient les déchets et, dans certains cas, les traitaient. Les décharges flottantes d'un diamètre de cinq cents mètres imitaient l'évacuation des eaux d'un bac de douche, avec siphons, bondes, grilles et joints, mais surdimensionnée.

— *Rapport de stage*, lut Lou à voix haute, sortant un feuillet.

Crockie avait eu une autorisation de 2 semaines pour étudier l'une de ces étranges entités. Ensuite, il avait travaillé pendant 8 jours dans les ports de débarquement construits spécialement pour ces décharges. Deux photos glissèrent du dossier. L'une montrait Crockie sur un port. Lou se rendit compte que les aspirateurs à ordures étaient beaucoup plus gros que ceux de la Cité. L'autre représentait Crockie avec des débardeurs de la station de déchargement sur les quais. Tous souriaient à l'objectif en levant le pouce.

Lou déchiffrait de plus en plus vite l'épouvantable écriture de Crockie.

— « Inspecteurs en plasturgie… », murmura-t-elle. « Entreposage provisoire… Quantité… Voir carte… »

Elle la sortit dans le rouleau de transport et la déploya.

C'était un plan, mais pas de la Cité. L'enchevêtrement de lignes, de chiffres et de graphiques était incompréhensible parce qu'il n'y avait aucune légende dessous.

— Scout ? cria Lou.

Celle-ci ne réagit pas. Lou se leva et entra dans le salon baigné de lumière. Scout était allongée sur un canapé plus grand que le précédent appartement que l'Organisation avait occupé. Le tableau des scores du GrandFight7 clignotait sur un écran monstrueux accroché au mur. Un petit homme aux oreilles pointues et aux crocs impressionnants sautait de haut en bas sans cesser de grogner : « Tu es le plus fort, tu es le meilleur… »

— Enlève tes pieds dégueulasses de là ! s'exclama Lou, secouant Scout par l'épaule.

Surprise, celle-ci bondit, se cogna contre le plateau de verre de la table basse. Du pied gauche, elle renversa son smoothie betterave-encre de seiche sur le tapis.

— Tu es cinglée ! s'écria Scout. De quoi je me mêle ? Si je bousille les apparts où on crèche, je peux perdre mon boulot.

— Tu n'avais qu'à pas mettre ces trucs infâmes là-dessus. Et en plus te vautrer sur ce canapé. Jouer avec une console qui ne t'appartient pas ! riposta Lou.

Lou aurait volontiers déversé le reste du smoothie sur son crâne rasé. Elle la détestait. Et c'était réciproque. Scout la surnommait « pétasse » parce qu'elle la trouvait trop jolie, trop lisse et trop conciliante.

Scout, c'était son opposé. Elle avait le crâne rasé, y avait fait réaliser des motifs semblables à des tatouages éphémères de toutes les couleurs de l'arc-en-ciel. C'était créatif et original. Ses yeux étaient trop éloignés l'un de l'autre, obliques comme ceux des caméléons et d'une couleur indéfinissable. Quant à ses vêtements, sans commentaire. Recyclage, surcyclage et seconde main. Scout avait l'air d'avoir été sapée par un ouragan.

Scout avait une valeur inestimable pour l'Organisation : pour commencer, elle suivait une formation à l'office de promotion et de gestion immobilières d'Ocean City, donc elle savait quels bureaux, appartements, entrepôts ou luxueux penthouses étaient vacants et pour combien de temps. Elle choisissait son lieu d'habitation, et le leur, en fonction de ses envies. Elle venait de s'installer provisoirement dans le district 4. Scout connaissait la Cité par cœur.

Ensuite, Scout avait la haine. D'abord, de la Cité. Mais, détester une structure n'étant pas productif, elle en abhorrait les représentants : principalement Lydia Tremont, officiellement sa marraine Soin & Oint, bien que Scout ne l'ait jamais rencontrée à titre personnel.

Lou alla chercher un torchon dans la cuisine.

— Laisse tomber, le truc est mort, lâcha Scout.

Elle sortit un cran d'arrêt de sa jambière moulante et découpa le bord sali du tapis avec adresse et rapidité.

— Maintenant, on n'a qu'à tirer le canapé dessus. Personne ne remarquera qu'il en manque un morceau.

Quand ce fut fait, Lou posa le plan de Crockie sur la table.

— Tu sais ce que c'est ?

— Un plan.

— Très drôle. J'avais déjà compris.

— En revanche, tu n'as pas compris que c'était le plan du métro. Ici, la ligne Fleur. Là, plus épaisse, la ligne Montagne-High. La seule ligne aérienne d'Ocean City.

Ceux affichés dans les stations de la Cité étaient pourtant différents. Plus colorés. Avec moins de graphiques et de signes.

— C'est un plan du centre de contrôle, expliqua Scout. Là, l'angle d'inclinaison. Là, la connectivité des signaux. Et ainsi de suite.

Elle tapa sur la carte.

— Mais ce plan est ancien. Regarde, là. La nouvelle station Parc-Timeline est indiquée en projet. Bon, et ça ? Tu sais ce que c'est ?

Scout posa le doigt sur un emplacement entouré en vert par Crockie. C'était un secteur éloigné du centre historique de la Cité.

— Non. Aucune idée, répondit Lou en haussant les épaules.

— C'est la station de métro désaffectée du district 404, reprit Scout avec jubilation. Qui s'appelle

Fire & Ice. C'est assez marrant quand on sait ce qui s'est passé. Elle a flambé il y a 2 ou 3 ans, je crois. Avec 25 % du secteur... Effet thermique généré par le rayonnement d'un incendie ou une explosion. Un superviseur des travaux de construction a mélangé le Präkautio-Simplex avec le composé de moulage par injection des blocs de construction. Autrefois, ce truc, c'était le top : ça stabilisait trois fois plus les blocs de ciment. Seul inconvénient : le Präkautio-Simplex devient un poison mortel quand il brûle. À l'époque, on l'ignorait. Justement, le Präkautio-Simplex a cramé. Une catastrophe. Depuis, le district 404 est condamné. Et ses habitants qui n'ont pas péri ont été évacués puis relogés.

Lou roula le plan. *Pourquoi Crockie avait-il entouré la station Fire & Ice ?* Il n'avait rien à faire là ! Pendant son stage, il devait seulement se rendre sur les quais et les postes de chargement de la Flotte de la pêche du plastique.

Scout reprit, comme si elle avait deviné ses pensées :

— Du coup, si tu veux aller aux docks et aux débarcadères, il faut faire un grand détour. C'est super long. Mais parfois, des trains blindés traversent le district 404, alors, si tu connais quelqu'un et si tu n'as pas peur de mourir, ça te fait un raccourci.

Rufus Gainsbourgh fit passer des crackers à l'ersatz de fromage.

— Ils sont bons. Ton père les a réussis, Henk, dit-il.

Au moins, personne n'avait été mort pendant 30 minutes comme ç'avait été le cas après une bouchée de petits pains au FCRT, songea Jackson.

Rufus Gainsbourgh posa une canette de Hubackle glacée devant chacun d'eux.

— Je me demande quel goût ces crackers ont pour vous, les garçons. Moi, je me souviens encore de celui des aliments d'antan… Quand j'avais votre âge, on importait du fromage produit avec du *vrai* lait de vache du Continent. Ça a cessé quand les prix ont augmenté et sont devenus vertigineux. J'ajoute que personne sur le Continent ne voulait être payé en minutes et heures !

Jackson fit la grimace. *Du lait, incroyable ! Une substance qui coulait du pis des vaches !* C'est fou ce que les gens mangeaient, autrefois, quand même ! Le fromage était encore considéré comme un mets très délicat par les personnes âgées. *Dégoûtant.*

— Le problème des Cités flottantes, c'est qu'elles sont dépendantes de ce qu'elles produisent. Pour le meilleur et pour le pire… continua Gainsbourgh. Nous n'avons presque pas de matières premières dont nous pourrions faire le commerce. Nos produits recyclés ne sont pas mal et plutôt bons, mais ils nous suffisent à peine. Une Cité comme la nôtre devrait consacrer des espaces supplémentaires aux usines spécialisées dans les marchandises d'exportation.

— C'est quoi, le rapport avec le commando Matt Fuller ? coupa Henk avec impatience.

— J'y viens. Tout le monde savait qu'un jour ou l'autre certains résidents de la Cité refuseraient d'être corvéables 24 heures sur 24, même si chacun a la possibilité de décider, après le niveau Starter 2, de devenir Partenaire ou Associé à part entière de la Cité et ainsi de contribuer à l'effort collectif. Mais quel jeune adulte est en mesure de prendre une décision si importante ?

Un sentiment de malaise envahit Jackson. Identique à celui qu'il avait ressenti pendant la Cérémonie de Céline. *Le décodeur, ce n'était peut-être pas le bonheur ni le premier pas vers l'indépendance parce qu'on n'était plus relié au compte de temps parental. Au contraire. Le décodeur, c'était le premier pas vers la soumission volontaire.*

— Il y a quelques années, Matt Fuller a réuni autour de lui des rebelles. C'était avant d'obtenir son diplôme de fin d'études à Kellington High. On affirmait qu'il était le successeur de Lydia Tremont, et qu'il pourrait même suivre les traces de Clark Kellington.

— Ça n'a pas marché, évidemment, fit observer Jackson.

— C'est exact. Matt Fuller est devenu le pire adversaire de Tremont, et le représentant d'un concept radicalement opposé, ou alternatif. Il voulait changer le Contrat social. Ouvrir la Cité aux Continentaux, qui n'ont que leurs devises.

— Devises ? C'est quoi ? demanda Jackson.

Henk leva les yeux au ciel.

— Tu devrais le savoir, tu suis les cours d'économie ! Ce qui peut être utilisé pour le commerce. Matières premières, or, pierres précieuses. C'est ça, les devises des Continentaux.

— Oui, on peut le dire de cette façon, renchérit Rufus Gainsbourgh. Matt Fuller a déclenché la colère, surtout des plus âgés, dont il n'a pas reçu le soutien. Pour ces derniers, tout Continental n'ayant pas les moyens de participer à notre économie représentait une menace pour notre survie.

Il se tut.

— Rares sont ceux qui savent à quoi ressemble la vie actuelle sur le Continent…

Il se tut, s'assombrit, et poursuivit :

— Voilà ce que disaient les opposants à Matt Fuller : « Si nous ouvrons nos portes aux Continentaux, même si nous les entrouvrons, nous serons envahis ! » Les partisans de Matt Fuller soulevaient cet argument : « Il faut mettre notre savoir-faire à la disposition de tous, des Continentaux y compris. Fonder de nouvelles Cités flottantes ! »

— Alors ce n'est pas seulement une question de « temps libre » ? interrogea Jackson.

Gainsbourgh haussa les épaules.

— Il n'y a pas beaucoup de gens qui ont une vision originale de la vie ou d'un système politique, voire philosophique. Matt Fuller était de ceux-là. Malgré son âge… La Cité a besoin de jeunes créatifs, intelligents et volontaires. Avec un charisme, pour gagner l'adhésion de la population. Comme Fuller. Il a vite réuni autour de lui de plus en plus d'adeptes. La Secrétaire générale a paniqué : personne n'a le droit de mettre en doute le Contrat social de la Cité. Et surtout de la faire vaciller sur son trône. Lydia Tremont a réussi à neutraliser Matt Fuller et sa garde rapprochée, et l'a expulsé sur le Continent. Privés de leur chef, les autres se sont rapidement dispersés.

Rufus Gainsbourgh mangea un cracker. Puis il prit une grande inspiration.

— Les jeunes, écoutez-moi bien…

Henk et Jackson acquiescèrent.

— Ocean City ne tolère pas les opposants. Tout y est strictement réglementé. Si on contrevient à l'une des règles, on peut perdre son droit de séjour dans la Cité. C'est écrit en toutes lettres dans le Contrat social, en minuscules. Il faut toujours lire les plus petits caractères d'un document, quel qu'il soit. L'exclusion est une menace réelle. Très peu parmi nous survivraient sur le Continent.

Il prit le tract.

— Incroyable, c'est du vrai papier… murmura-t-il, le déchirant en deux avec respect. Certaines personnes reprendraient les idées de Matt Fuller à leur compte ? Ne vous en approchez surtout pas, d'accord ?

Sa voix n'était plus ni calme ni amicale, elle était ferme.

— Maintenant, filez. Vous me volez mon temps !

Il éclata d'un rire faux, les poussa hors de son kiosque et retourna la pancarte sur *Ouvert : entrée libre*.

Jackson s'éloignait ; il se ravisa et revint sur ses pas.

— Monsieur Gainsbourgh… ?

— Je pense que tu peux m'appeler Rufus et me tutoyer, n'est-ce pas ?

— Euh, Rufus, pouvez-vous… peux-tu… ?

Gainsbourgh rit.

— Ce que je peux faire ? Oh, presque tout, Jackson.

Son rire devint sonore.

— Le district 404, continua Jackson. Pour le lycée, nous devons…

Il bégayait. Il n'avait pas l'esprit aussi vif que celui de Henk pour inventer un mensonge crédible.

— Faire un exposé ! acheva Henk.

— Sur le district 404 ? Je pensais que c'était la tâche de votre ami Crockie ? Du moins, c'est ce qu'il m'avait confié. Il m'a harcelé sur le sujet ! J'étais déjà à la retraite quand cette catastrophe aux graves conséquences s'est produite. Depuis, ce secteur est condamné. La prochaine fois que nous accosterons le Continent, nous devrions le démanteler et le décharger à terre par conteneurs. Vous voulez y aller ? Je vous le déconseille, jeunes gens ! De toute façon, c'est impossible.

— Que s'est-il passé au juste là-bas ? insista Jackson.

— Un accident. Un gigantesque, formidable incendie, marmonna Rufus. La zone est désormais contaminée… On a envisagé de couler le district 404 dans la fosse des Mariannes, l'endroit le plus profond de la croûte terrestre. Impensable. Trop de puits et canalisations traversent ce secteur de part en part : la moitié de la Cité risquerait de graves inondations. De plus, cela va à l'encontre des normes environnementales très strictes qui fondent notre communauté : il est interdit de déverser des déchets dans les mers du globe. L'océan est notre habitat, notre source d'alimentation… Du coup, et faute de trouver une vraie solution, on l'a condamné. En attendant mieux.

Rufus lissa ses sourcils touffus.

— Ça a été terrible, à l'époque. Il y a eu beaucoup de décès parce qu'il y avait un grand nombre d'unités de production dans cette zone… Et, à cette époque aussi, le métro et les puits d'approvisionnement étaient si proches les uns des autres qu'une station de métro a été détruite par l'incendie. Non, il n'y a plus rien de viable dans le 404… Des trains de ravitaillement blindés traversent parfois cette zone d'accès interdit ou strictement réglementé. Sur le Continent, on aurait construit un sarcophage. On aurait tout bétonné.

Un couple passa devant Jackson pour entrer dans le kiosque. L'homme précédait sa compagne de quelques pas. C'était un sportif dont le costume bleu foncé semblait avoir été cousu sur son corps musclé. La femme, en costume de la même couleur, regarda Jackson droit dans les yeux et lui sourit. Sa queue-de-cheval lui effleura le visage.

— Oups, désolée, s'exclama-t-elle avec un air froid qui contredisait son apparente contrition.

Rufus rentra s'occuper de ses clients. Jackson et Henk restèrent sur le trottoir.

— Le transpondeur *doit* être là-bas, murmura Jackson. J'en suis certain. Crockie n'a pas seulement utilisé le numéro du district. Il l'y a connecté. C'était l'endroit le plus sûr, en quelque sorte.

— Tu veux dire, pour s'empoisonner avec des produits chimiques ?

— Henk, tu connais Crockie ! Tu sais comment il est !

— *Était*, le corrigea Henk.

— Il aimait prendre des risques.

Henk hocha la tête, l'air sinistre.

— Au point de pénétrer dans une zone interdite ? Inaccessible ? Je ne te le fais pas dire.

Jackson se contint. La froideur de Henk, parfois, simplifiait les choses. Mais souvent ça l'énervait.

Le district 404 était immense. Il leur faudrait du temps pour passer en revue les câbles de connexion. Sans parler du fait que ce secteur était condamné. Sans preuves, sans autorisation exceptionnelle et sans combinaisons de protection, ils n'y entreraient jamais.

14

La chambre de Jackson n'avait qu'un hublot en guise de fenêtre et, ce matin-là, les rayons du soleil y passèrent et le réveillèrent. C'était le signe que le vent soufflait du nord-est et que la Cité tournait de quelques degrés.

Il avait fallu patienter avant que Henk trouve la première combinaison de protection individuelle, maintenant cachée au fond de l'armoire de Jackson. Dans les laboratoires de son père, on manipulait tellement de substances infâmes que le port d'un tel équipement était obligatoire. Grâce à ses nerfs solides et à une bonne dose de sang-froid, Henk avait accompli sa mission sans trop de mal. « Se procurer les casques sera plus difficile, avait-il annoncé. Ça se fera petit à petit. »

Hélas, ils n'en avaient toujours pas.

Jackson s'étirait de nouveau quand la porte de sa chambre s'ouvrit. Céline entra en courant.

— Tu viens me chercher à l'école aujourd'hui ? S'il te plaît, s'il te plaît ! Dis ouiiiii !

— Pourquoi ? Qu'est-ce qu'il y a de spécial ?

Jackson se redressa et s'assit dans son lit. Sa mère entra à son tour.

— Le Jour du grand frère, l'informa-t-elle. Tu dois aller chercher Céline à la sortie des classes. Tu l'as oublié ?

Complètement.

Jackson resta silencieux parce qu'il avait honte.

— J'ai la permission de dormir chez Mary ce soir, mais je n'ai pas le droit de prendre le métro toute seule. Les parents de Mary seront prêts à 16 heures. Quand j'arriverai chez eux, on ira à la piscine.

— Depuis quand les cacahuètes sont-elles autorisées à nager ? plaisanta-t-il.

Sa sœur lui donna une petite tape.

— AÏE ! cria-t-il de façon exagérée.

Céline se remit à parler, toujours volubile. *Un vrai moulin à paroles. Comme chaque matin…* Néanmoins, Jackson parvint à faire le tri des informations : la moitié des employés du centre de physio de sa mère étaient malades, cette dernière devait travailler plus longtemps. Son père ne pouvait pas non plus. Et, de toute façon, c'était le Jour du grand frère.

— Tu viendras, hein, Jackson ?

Céline lui adressa un sourire de miel. Jackson rit. Il ne savait rien lui refuser.

— Bien sûr, ton super grand frère sera pile à l'heure devant ton école et te portera sur ses épaules. Selon les désirs de miss cacahuète, enfin je veux dire de miss petite sœur…

— Hourraaaa !

Céline courut à la table du petit-déjeuner, dévora gloutonnement ses derniers flocons de plancton et se précipita vers la porte fermée de la salle de bains.

— On y va, papa ?

Peu après, Jackson se rendit à Clark Kellington High. Il emprunta l'itinéraire qu'il avait pris avec Crockie le matin du drame. Tout était calme. Pas de contrôleur. Rien de suspect. Il chercha, comme chaque fois qu'il passait par là, le balayeur de rues, qu'il avait revu le jour de la Cérémonie dans l'uniforme jaune soleil des bénévoles – celui qui lui avait adressé un clin d'œil et connaissait son prénom. Ce type aux yeux vairons et avec une cicatrice sur la joue.

Jackson embrassa le parc Timeline du regard.

Rien. Personne.

Il tourna la tête dans la direction du canal, après quoi il décida de prendre le raccourci et franchit les blocs de pierres affleurant à la surface de l'eau. Ça faisait mal. C'était une épreuve, mais il se forçait. Il ne voulait pas éviter cet endroit ni refouler les images liées à la mort de Crockie. De plus, ici, il se sentait proche de son ami. S'il avait pu bâtir un monument à sa mémoire, il aurait choisi ce lieu où l'impensable était arrivé.

Au check-point, Heather Blue lui adressa un regard éloquent dont Jackson ne comprit pas le sens.

— Vous êtes attendu, cher monsieur Jackson Crowler. Vous êtes la personne la plus recherchée de cet honorable établissement, ironisa la concierge avec un sourire carnassier. Peut-être de cette Cité ? Quelle popularité, si jeune !

Jackson déglutit. *On l'attendait ?* Pour un nouvel interrogatoire ? Di Gallo ? La police avait trouvé quelque chose ?

— La direction du lycée vous mande pour un entretien, cher monsieur Jackson Crowler, persifla Heather Blue.

Jackson poussa un soupir de soulagement. *OK, a priori rien de grave.* Gobbins avait-il interprété son infâme gribouillis au fusain de la dernière fois comme un acte de rébellion ? En avait-il été offensé ? Jackson, conscient du regard ironique de Heather Blue dans son dos, se précipita dans le bureau de la directrice et frappa à la porte déjà ouverte. La voix de Frida Ingaaden s'éleva :

— Merci, il est là, miss Blue !

Sa joie était feinte. Mal jouée.

Méfiance.

— Crowler, mon cher Crowler. Vous voilà ! On a désespérément besoin de vos lumières !

Ingaaden se leva, contourna son bureau. Elle le saisit par les épaules et le regarda droit dans les yeux.

— Je vous avais demandé d'aider Louise Clermont. Je vous prie, Crowler, de ne pas faire faux bond à votre nouvelle camarade de classe ! Il ne s'agit que de soutenir un projet scolaire.

Et, moqueuse, elle ajouta :

— Pas de l'épouser dans la minute !

Cette idiote de Lou avait donc couru se plaindre chez la directrice.

— Je compte sur vous, Crowler ! Louise Clermont doit faire un brillant exposé. Je vous ai libéré 1 heure afin que vous la lui consacriez. Ça devrait suffire. Mais, si vous avez besoin de plus de temps, veuillez me le faire savoir. Vous ou Clermont. Mieux, tous les deux.

Jackson allait riposter, la directrice le congédia avec un sourire froid.

— C'est réglé ; alors on se ressaisit et on travaille dur, jeune homme !

Et elle reprit place derrière son bureau.

Lou l'attendait devant la salle de classe et s'illumina à sa vue.

— Y a pas de quoi, fit Jackson.

— Hein ?

— Pas de quoi sourire.

Lou le regarda de biais.

— Pourquoi tu me détestes, Jackson ? Parce que je remplace Crockie ? reprit-elle. Ça te déplaît, OK, mais pour moi, c'est une super chance.

Il resta ébahi par sa franchise inattendue. Elle inclina la tête. La voix du professeur Babafemi s'éleva dans leur dos :

— Vous avez une autorisation d'absence de 1 heure. Allez vous disputer ailleurs. Au café des élèves ? Vous ne devriez gêner personne, là-bas.

Le professeur de mathématiques caressa sa barbe blanche, entra dans la classe et en ferma la porte.

— Je te paie un truc à boire ? demanda Lou. Pour te remercier de dépanner la remplaçante la plus détestée jamais enregistrée à l'honorable Kellington High ?

Jackson haussa les épaules et remonta le couloir à ses côtés.

— Je n'ai rien contre toi.

— C'est ça. Et les flotteurs géants de la Cité vont se transformer en tapis volant ! riposta Lou. Vide ton sac.

— OK, je n'apprécie pas que tu remplaces Crockie et que tu te plaignes à Ingaaden à tout bout de champ.

Ils arrivaient au café des élèves. Lou prit un thé Tang et Jackson, un Hubackle.

— Tu aimes le Hubackle ? Tu es bien le seul. C'est dégoûtant.

Jackson ouvrit sa boisson.

— Ouais. C'est pour ça qu'il y en a toujours. Rien que pour moi.

Ils s'assirent à l'une des tables près des hublots.

— Écoute, Jackson. Je ne m'intéresse pas plus que toi à cette histoire de déchets. Mais il faut en passer par là.

— *Toi,* pas moi, rectifia Jackson.

Et il singea Frida Ingaaden.

— « Alors on se ressaisit et on travaille dur, jeunes gens ! » Bon. Qu'est-ce que tu ne comprends pas au juste ?

— La mer, la pêche du plastique, ça intéressait vraiment Crockie ? Il t'avait parlé de son projet ?

— Bien sûr. C'était mon meilleur ami.

En réalité, ils évoquaient rarement ce qu'ils faisaient au lycée.

— Crockie avait l'air tout mou comme ça, mais il avait du mal à rester en place. Les cours, ça l'ennuyait. Il adorait la mer. Pourtant, il ne savait pas nager.

— Un type plein de contradictions.

Jackson hocha la tête.

— Carrément. La contradiction incarnée.

— OK, je vois.

Lou soupira.

— Moi je me demande comment il est arrivé à Kellington High et a pu y rester. Il ne passait pas inaperçu. Avec Ingaaden, il suffit d'avoir un foulard multicolore dans les cheveux pour qu'elle fasse une jaunisse.

— C'est vrai, il faisait impression avec ses dreads et son chignon.

Les professeurs frémissaient d'horreur quand ils portaient les yeux sur la masse de cheveux de Crockie.

— Mais rien n'interdit les dreads dans le code vestimentaire de Kellington High, ajouta-t-il.

— J'imagine que Crockie était un rebelle ?

Elle avait insisté sur ce dernier mot.

— C'est pas avec des dreads et un chignon qu'on fait la révolution, objecta Jackson, méfiant.

— Avec quoi ?

— Pourquoi se révolter ? biaisa-t-il.

— Pour avoir plus de temps libre. Ça serait pas mal, non ? insinua Lou.

Elle le testait ? Ambrose di Gallo lui avait demandé de l'interroger ?

Jackson hocha la tête.

— Quoi ? s'enquit Lou.

— Rien. On devrait commencer à bosser. On n'a que 1 heure.

— Si tu le dis.

Lou sortit les dossiers de Crockie.

— Voilà ce que je ne comprends pas : Crockie devait faire un exposé sur la pêche du plastique. Au lieu de ça, il a de la doc qui n'a rien à voir avec le sujet. Ce plan, là, par exemple. OK, on voit le port et les débarcadères, tout en bas, mais je ne vois pas le rapport.

Jackson observa le document. *Pas clair, ce truc. Un plan du métro d'Ocean City, peut-être ?* De loin seulement. De près, ça ressemblait un schéma d'alimentation électrique avec des chiffres, des balises, des numéros et des suites de nombres. On y distinguait les contours de la Cité, ses districts, dont les numéros étaient indiqués en rose pastel. Il y avait aussi beaucoup de pointillés.

— On dirait les mandats ou attributions de chaque agence, filiale et succursale de gestion temporelle, déclara Jackson. Ces pointillés, là…

— Oui, on dirait bien, coupa Lou.

Elle déploya mieux le plan.

— Regarde ici. Il y a un emplacement que Crockie a entouré. Tu vois le rapport avec la gestion des déchets et la pêche du plastique ? Sauf si c'était un raccourci secret qu'il empruntait pour se rendre sur le port ?

Jackson repéra le cercle en vert. *C'était la station de métro du district 404. Une zone condamnée. A priori inaccessible. Lou l'ignore ?*

Il préféra mentir et acquiesça.

— Oui. Sans doute. Les raccourcis, c'était le truc de Crockie. Il m'avait expliqué qu'il pouvait traverser ce district grâce au train de ravitaillement blindé qui le déposait à cette station désaffectée. Crockie était toujours fauché. S'il pouvait économiser quelques minutes de métro, il ne s'en privait pas.

— Et tu arrives à déchiffrer ça ?

Lou lui montra les notes gribouillées de Crockie. Chapeau si Lou s'y retrouvait. L'écriture, épouvantable, ressemblait aux enregistrements d'un sismographe qui aurait reproduit les vibrations du monde intérieur de Crockie. Jackson avait l'habitude, mais il mit longtemps à décrypter ces étranges oscillations alphabétiques. En gros, les collecteurs de plastique avaient voulu agrandir le puits d'attaque de la station de métro du district 404 pour accéder au tunnel de ventilation, et en faire un lieu d'entreposage intermédiaire et temporaire. Une décision désormais impossible pour des raisons logistiques et à cause des risques chimiques.

Jackson traduisit et résuma le projet de Crockie. Lou prit des notes. Il évita de s'appesantir sur quelques points développés par son ami : … *toutes les gaines d'alimentation, etc., sont effectives, donc la zone 404 pourrait être exploitable du jour au lendemain, seulement voilà, elle est contaminée et condamnée. C'est malheureux, car on manque d'espace à Ocean City.*

— C'est tout ? fit Lou, étonnée.

— Je pense, oui, mentit Jackson.

— Merci, Jackson. Je suis sincère.

— De rien, dit Jackson. Le plan, je peux te l'emprunter ?

— Pourquoi ?

Jackson sentit son front se couvrir de sueur. Il ne savait pas mentir, il ne saurait jamais.

— Ton exposé… doit être impeccable. C'est ce qu'a dit Ingaaden. Maintenant, par ta faute, elle me tient à l'œil, lâcha-t-il avec hésitation. Je veux seulement m'assurer que Crockie a validé toutes ses affirmations.

— C'est gentil de ta part.

Jackson expira, soulagé.

— Mais je ne peux pas, ajouta Lou. Ingaaden me tient aussi à l'œil. Tu as le droit de me dépanner, mais c'est moi qui dois faire les recherches. Si jamais on apprend que j'ai triché à peine arrivée à Kellington High, mon compte est bon.

Elle rangea le plan.

— Je dirai à Ingaaden que tu m'as aidée, Jackie.

Lou sourit.

— Je peux t'appeler Jackie ?

Seul Crockie l'appelait « Jackie ».

Il me faut ce plan, pensa-t-il ensuite. Et si pour cela elle devait l'appeler « Jackie », tant pis. Et Jackson regretta d'avoir été hostile avec Lou.

Quand Jackson arriva en classe, Henk lui montra un grand carton à côté de sa table. Dessus figurait un ballon de basket-ball *Champ3Points* qu'un géant radieux de près de 2,20 mètres brandissait et qui, dans une bulle, promettait qu'un joueur pouvait accomplir un miracle grâce à ce ballon.

Jackson haussa les épaules.

— Ouais. Génial, chuchota-t-il, étonné.

Henk excellait à tous les sports *sans ballon*. Dès qu'il en avait un entre les mains, il devenait stupide.

Son ami sourit et souleva le couvercle. À l'intérieur se trouvait un casque de protection.

— On a le casque numéro un, mec, murmura Henk.

15

Jackson essaya le casque dans les toilettes sous-marines du département d'océanographie.

— Moi, je suis sûr que Crockie a ouvert une Agence de Temps virtuelle et remis en fonction le réseau du district 404. Il a écrit que toutes les lignes d'alimentation électrique étaient en état de marche, donc que cette zone pourrait vite être réhabilitée !

— Tu es complètement cinglé ! fit Henk. C'est impossible. L'exécutif sait combien il y a d'Agences de Temps, de succursales et autres filiales dans la Cité. On en a beaucoup parlé. Ça se saurait s'il y avait eu une connexion dans le secteur 404 !

— Aïe, mon oreille, coupa Jackson.

— Il te va super bien ! conclut Henk.

La voix de Jackson, sous le casque, ressemblait à celle d'un personnage de bande dessinée.

— Crockie a aussi écrit qu'il y avait des révisions et vérifications seulement en début de trimestre.

Alors pourquoi le piratage de Crockie avait-il été repéré si récemment ?

— Ça nous laisserait 3 semaines pour pirater du temps… commença Henk.

Jackson restait pensif.

— Possible si on retrouve le transpondeur, dit-il d'une voix lente. Où Crockie l'a-t-il caché ? Dans le périmètre du cercle vert ?

Puis il s'impatienta.

— Henk ? Ça suffit maintenant. Ôte-moi ce truc de la tête. J'étouffe là-dedans !

Henk tira sur le casque.

— Désolé, c'est la plus petite taille.

Contrit, il haussa les épaules.

— Je vais tenir Lou à l'œil et essayer d'obtenir ce plan. C'est notre seule piste pour retrouver le transpondeur, l'interrompit Jackson.

Henk hocha la tête.

— J'espère que ça va marcher. Et que mon père ne remarquera pas qu'un casque a mystérieusement disparu, sinon il va faire un scandale. Et ses assistants vont se poser des questions… Je dois m'en débarrasser : tu l'emportes chez toi ?

Il tendit le casque à Jackson, qui jeta un coup d'œil à son décodeur.

— Ah merde !

— Quoi encore ?

— Ma sœur ! Je dois aller la chercher.

— Super. Et moi, qu'est-ce que je fais de ce casque ? Et si je me fais piquer en rentrant chez moi ?

— Rufus ! coupa Jackson. Refile-le à Rufus.

— Arrête, c'est super loin… se plaignit Henk, tandis que Jackson déjà partait.

Il ne serait jamais à l'heure.

Il imaginait sa sœur derrière l'une des portes vitrées décorées de gommettes de papillons et de dinosaures, son sac de sport dans les bras et au bord des larmes. Elle aimait tant qu'il vienne l'attendre. Jackson courut sur les derniers mètres jusqu'à l'école primaire Dolphin Circus.

C'était la sortie des classes. Les enfants affluaient dans sa direction. Certains montaient sur leur vélo, d'autres attendaient le métro, des petits de CP et de CE1 prenaient le e-bus. À chaque sortie, une enseignante saluait les élèves et aidait les plus jeunes au check-point. Il n'y avait pas de dragon façon Heather Blue, ici. Tout était encore ludique et très, très doux.

Céline n'était pas encore là, et ne le guettait pas derrière les portes vitrées du hall d'entrée. Elle avait toujours besoin de temps pour ranger ses affaires de classe. *Ouf.* Il n'était pas en retard. Quelle chance. Soulagé, il s'appuya contre l'un des bancs à l'arrêt de bus. La place et le parvis se vidèrent ensuite à une vitesse hallucinante.

Jackson se réjouissait qu'ils aient au moins un casque. Henk avait prédit que ce serait difficile de s'en procurer un second. *Patience*. Il n'y avait pas d'autre solution. Si seulement il avait pu s'emparer du plan de Crockie sans éveiller davantage l'insupportable curiosité de Lou. Il commençait à l'apprécier, en fin de compte. Ç'avait été sympa de passer 1 heure avec elle à la cafétéria, et de la surprendre parce qu'il était accro au Hubackle.

Le dernier e-bus bourdonna. Soudain conscient du silence ambiant, Jackson s'arracha à ses pensées. Il regarda autour de lui.

Plus un seul enfant ne sautillait sur la place. Une enseignante verrouillait les trois portes vitrées l'une après l'autre. Jackson monta les quatre marches d'un bond, sauta sur le premier palier, prit les quatre suivantes pour atteindre la porte de droite avant que l'enseignante ne s'en éloigne.

— Attendez ! Ma sœur… appela Jackson, à bout de souffle.

La jeune femme sourit paisiblement.

— Que se passe-t-il avec ta sœur ?

— Elle… est… Je suis… en retard, articula Jackson.

Même au parkour, jamais son pouls ne s'était autant accéléré. *Il paniquait.*

Sans doute l'enseignante vivait-elle ce genre de situation chaque jour. Elle reprit, légèrement agacée :

— Calmez-vous. Comment s'appelle-t-elle ?

— Céline.

— Mais encore ? Des « Céline », nous en avons au moins trois ou quatre…

— Crowler. Céline Crowler.

— Quelle classe ?

— CE2.

— Elle a donc déjà son décodeur. On va la localiser très vite. Attendez-moi ici, je reviens.

L'enseignante se dirigea tranquillement vers un petit édicule sur le côté.

— Magne-toi un peu les fesses, marmonna Jackson entre ses dents.

La jeune femme fit immédiatement volte-face.

— Pardon ?

— Non. Rien.

Jackson lui adressa un sourire forcé.

L'enseignante ouvrit la porte de l'édicule, se pencha sur un pupitre que Jackson ne pouvait voir de là où il se trouvait. Sans doute tapa-t-elle le nom de Céline sur un terminal.

Elle se redressa.

— Le système fonctionne à la vitesse d'un escargot, aujourd'hui, lui annonça-t-elle. Comme d'habitude, paralysé par une équipe de construction et de maintenance de nos services.

Jackson, impatient, se dandina d'un pied sur l'autre. La sensation nauséabonde dans son estomac se transforma en une crampe nauséeuse.

Enfin, l'enseignante revint.

— Tout va bien !

Comment ça, tout allait bien ?

Elle était rayonnante.

— Céline s'est fait enregistrer à la sortie comme une grande ! En conformité.

Impossible. Céline n'avait pu partir seule. Pas le Jour du Grand Frère.

— Non. Vous mentez ! s'écria Jackson.

— Un peu de retenue, jeune homme, je vous prie ! On ne crie pas, ici. Nous apprenons et enseignons la gentillesse et la douceur selon le principe Gentil & Chéri. Comme dans toutes les autres écoles primaires de la Cité.

— Désolé… lâcha Jackson, confus.

— C'est mieux. Ah, voilà ma collègue. C'est elle qui a supervisé le check-point de la porte numéro 3, par où votre sœur est sortie.

Elle l'appela.

— Rose ?

Rose lui adressa un sourire radieux.

— Oui, Linda ?

— Tu connais Céline Crowler ?

— Bien sûr. Classe de CE2. Elle joue merveilleusement de la guitare dans le petit orchestre que j'ai monté !

N'importe quoi, Céline détestait jouer de la guitare. Jackson préféra le garder pour lui.

— Tu viens de l'aider au check-point, avec son décodeur, n'est-ce pas ?

— Oh non ! Elle n'a plus besoin de mon aide ! Elle se débrouille comme une grande.

— Le jeune homme s'inquiète. Il a manqué sa sortie. Il est inquiet pour elle.

— Bonjour, jeune homme, lui dit Rose avec un immense sourire.

Jackson se contenait pour ne pas exploser.

— Où est-elle ? demanda-t-il entre ses dents.

— Où elle est censée être. À la maison, avec tes parents.

Non. Impossible.

— Puisque c'est son père qui est venu la chercher.

Jackson fut pris d'un vertige si soudain et si violent qu'il vacilla. *Ce n'était pas normal.* Si son père avait quitté son travail pour passer prendre Céline, cela signifiait qu'il était arrivé quelque chose de grave.

— Vous ne vous sentez pas bien, jeune homme ? Avez-vous besoin d'aide ? s'enquit Rose.

Jackson secoua la tête, prit une grande inspiration et courut vers le métro. À peine dévalait-il l'escalier qu'il entendit une annonce.

— « … la ligne Rouge a dû être complètement fermée. Sur les autres lignes, il faut compter sur un retard de… »

Jackson chercha un téléport des yeux. Il y en avait à tous les coins de rue depuis l'abolition des supports de télécommunications mobiles survenue 60 ans plus tôt. La quarantaine de métaux précieux nécessaires à la fabrication des smartphones et des tablettes, si populaires dans le passé, étaient déficitaires ; ces ressources étaient épuisées.

Jackson tendit son décodeur à l'appareil dans la capsule. Il dut attendre une éternité avant que le message d'accueil habituel se déclenche. Parfois, celui-ci était précédé par une publicité. Ce jour-là, Amber Lucky apparut sur l'écran. Elle priait l'usager de prendre soin du téléport, un appel d'urgence pouvant sauver des vies. De plus, endommager la propriété de la Cité était un délit susceptible d'entraîner des poursuites judiciaires.

Enfin, un message d'avertissement rouge surgit : « Solde de temps bas : veuillez alimenter votre décodeur au plus vite ! » Jackson appuya sur la touche Recall afin que son interlocuteur assume le coût de la communiportation, du moins si celui-ci l'acceptait. Il n'avait que 30 secondes gratuites à sa disposition.

La voix de Bruno, le supérieur de sa mère, s'éleva :

— Centre de physio…

— Ici Jackson Crowler, coupa Jackson. Allez chercher ma mère ! Vite…

— Pas de « recall », Jackson. Les conversations privées ne sont pas autorisées et certainement pas à nos frais, répondit Bruno. De plus, Amelia n'est pas là, elle a…

« Veuillez confirmer la prise en charge des coûts de cette communiportation par OUI ou NON », interrompit une voix féminine affable.

— NON, dit Bruno.

La connexion fut coupée.

Jackson téléphona à la maison, cité Parkfield. Il tomba sur le répondeur.

— Merde !

Son vertige empirait. Il ne lui restait qu'un moyen : traverser le parc Freeline, remonter sa longue allée bordée d'arbres fruitiers, espèce végétale protégée, sans dévier. En réalité, un vrai parcours d'obstacles formé par des canyons d'immeubles, de passages inférieurs et supérieurs, d'autoroutes, etc.

Jackson n'hésita pas. Il fila.

Ambrose di Gallo quitta l'antichambre de Lydia Tremont pour aller chercher un Hubackle dans la cantine du personnel. Le compartiment réfrigéré réservé au Hubackle était plein. Quel que soit le distributeur automatique, il l'était toujours. Di Gallo se demandait souvent pourquoi cette boisson infâme continuait à être fabriquée et produite en série. Il était certain d'être le seul habitant de la Cité à la consommer et à en trouver le goût acceptable.

Il s'était assuré que Lydia Tremont ne lui échappe pas pendant ces quelques minutes d'absence. Il revint à son poste et reprit sa place sur le petit pouf étroit que l'insupportable assistant personnel de Tremont avait mis à sa disposition.

— Ça peut durer, monsieur, lui avait annoncé ce dernier 2 heures plus tôt.

— J'ai tout le temps, avait répondu di Gallo.

Une de ses phrases préférées.

Le pouf était bien sûr très inconfortable. Clairement destiné à épuiser sa patience. La plupart seraient partis au bout de 20 à 30 minutes. Pas di Gallo. C'était un coriace.

James O'Reilly portait un kit mains libres, plus pratique pour les communiportations téléport, et faisait du tri, c'est-à-dire qu'il transvasait des dossiers de sa droite à sa gauche. Il alla chercher du café trois fois et fit passer quatre appels à Lydia Tremont. En présence du policier, il n'osa pas les écouter.

O'Reilly se tourna vers lui.

— Mme Tremont ne vous recevra pas aujourd'hui, monsieur. Dans 15 minutes, Mme Tremont a une réunion avec les chefs de service. Ensuite, sa séance de physiothérapie. Et après le bazar de charité Soin & Oint et…

— Dans ce cas, ne perdons plus de temps ! l'interrompit le policier en se levant. Je n'ai besoin que de 5 minutes, 10 au maximum, pour entretenir Lydia Tremont de mon affaire. Rien de chronophage, comme vous le constatez.

Et, sans hésitation, il se dirigea vers la lourde porte à deux battants derrière laquelle Lydia Tremont était retranchée.

— Non, monsieur, ce n'est pas possible ! le rappela O'Reilly, s'interposant.

Di Gallo fut plus rapide. Il ouvrit et entra dans le centre de commande de Tremont.

— Tout va bien, O'Reilly ! cria Lydia Tremont de son bureau. Quel plaisir de vous voir. La journée a été agitée, veuillez m'en excuser, dit-elle à di Gallo.

Celui-ci s'épargna un échange de politesses. L'affabilité de la Secrétaire générale était seulement feinte. Il appuya les deux poings sur le plateau poli de la table. Tremont ne tressaillit pas.

— Je n'aime pas qu'on se moque de moi.

— *Cher* monsieur di Gallo. Je…

— Gardez vos amabilités pour d'autres, coupa le policier. Je n'apprécie pas qu'on me cache des indices ou pistes au cours d'une enquête. Même si c'est mon métier de partir à la pêche aux informations. Mais, lorsqu'on me met des bâtons dans les roues, je deviens très désagréable.

— Je ne sais pas de quoi vous voulez parler.

Tremont avait laissé tomber le masque, elle n'était plus affable.

— Je n'apprécie pas qu'on vienne dans mon bureau m'agresser.

— Vous aurez vraiment des raisons d'être contrariée lorsque j'aurai rédigé mon rapport. Vous me prenez pour un imbécile ? Comme tout enquêteur qui se respecte, je me suis entretenu avec les proches de Crockie Fleming. Dont Khaled Omar.

— Qui est-ce ?

— Un de vos employés, que, bien sûr, vous ne connaissez pas. Le CTP Omar gère le compte de Crockie Fleming et de sa famille. Et, comme moi, il s'interroge : pourquoi n'a-t-il pas été contacté par les services de thanatologie pour désactiver l'implant sous-cutané et le compte horaire de Crockie Fleming ? Vous savez que c'est une étape incontournable dans la gestion du capital temps en cas de décès !

— Les subtilités de procédure m'échappent, désolée. Vous croyez que je connais tous les concierges et portiers des agences de la Cité ?

— Dans ce cas, vous ne connaissez pas non plus Tom Sorano, l'embaumeur du service de thanatologie du district. Le nom de Fleming lui est inconnu. On ne lui a jamais remis le corps d'un garçon de 14 ans le jour de l'accident présumé. Il n'a pas non plus reçu de message confirmant la désactivation de l'implant sous-cutané et la clôture du compte de Crockie Fleming : en clair, la puce sous-cutanée du garçon est toujours active.

Di Gallo fixa Lydia Tremont. Cette femme, si glacée fût-elle, ne pouvait pas le tromper. Il avait le nez absolu pour débusquer les mensonges.

— Des erreurs peuvent se produire, déclara Tremont d'une voix sèche. Je vais vérifier.

— Inutile, je m'en suis déjà occupé. C'est mon boulot, voyez-vous. Je le fais plutôt bien depuis 20 ans. Cette affaire est plus grave qu'il n'y paraît, n'est-ce pas ? Il ne s'agit pas seulement de l'escroquerie de quelques lycéens en mal de sensations fortes ?

Tremont frappa sur la table du plat de la main. Di Gallo resta de marbre.

— Votre travail, c'est de cuisiner les complices de ce lycéen criminel ! Où en êtes-vous avec ces garçons « inoffensifs » ? Qu'avez-vous de neuf ? Vous devriez vous occuper d'eux au lieu de m'insulter, di Gallo !

— Henk Vermeulen…

— Qui est Henk Vermeulen ?

— L'un de ces lycéens. Donc, Henk Vermeulen…

— Mais encore ?

— Laissez-moi parler ! Henk Vermeulen et Jackson Crowler…

Tremont tressaillit, fit la grimace et se passa une main sur la nuque.

— *Crowler* ? Est-il parent avec Amelia Crowler, ma physiothérapeute ?

Di Gallo acquiesça.

— Oui, c'est sa mère.

— Eh bien, il ne manquait plus que ça, gémit Tremont, appuyant sur le bouton de l'interphone. O'Reilly, annulez mon rendez-vous avec Crowler. Cherchez-m'en une autre.

Puis elle reprit à l'attention du policier :

— Que vous ont avoué ces garçons ?

— Rien. À mon avis, ils n'ont pas grand-chose à révéler.

— Ne tournez pas autour du pot. Je veux la vérité. Comment se fait-il que le compte d'un des garçons ait été crédité d'un montant de temps aussi important ?

Tremont n'attendit pas la réponse. Elle attrapa son sac et marcha d'un pas incertain jusqu'à la porte. Là, elle s'arrêta brièvement et dit :

— Croyez-moi, di Gallo, du succès de cette enquête dépend votre avenir. Ça vous dirait de travailler 20 ans de plus ?

Ambrose di Gallo se retourna lentement et dévisagea la femme la plus puissante de la Cité.

— C'est ce qu'on verra, murmura-t-il, glacé.

De loin, Jackson remarqua que quelque chose n'allait pas. Il en avait eu l'intuition tout au long du chemin, une trajectoire qui l'avait forcé à passer par des immeubles vertigineux ou des potagers verticaux de la cité des Jardiniers. Il ne lui avait fallu que 30 minutes pour arriver à la cité Parkfield, mais chacune avait été de trop.

En route, il avait de nouveau essayé d'appeler à la maison. Cette fois, une inconnue avait décroché et parlé. Une voix brève. Glacée. Jackson avait raccroché.

Il gardait pourtant l'espoir que tout allait bien. Il traversa l'autoroute à quatre voies, zigzaguant entre les voitures à hydrogène et autres vapos, ce qui déclencha un furieux concert de klaxons. Lorsqu'il arriva dans la zone résidentielle de la cité Parkfield, il aperçut d'abord Ramil. Pour une fois, celui-ci n'était pas dans sa capsule vitrée. C'était exceptionnel, d'ailleurs Jackson s'était souvent demandé s'il accédait à sa capsule par un souterrain.

Ramil faisait les cent pas en hochant la tête, se tordait nerveusement les mains. Les petits cailloux blancs en plastique recyclé roulaient sous ses pieds.

Soudain il sortit un mouchoir et s'épongea le visage.

— Mon Dieu, Jackson ! gémit-il à sa vue. Tes parents ! Les… les… tu sais qui… sont venus…

Ramil hésita, chercha le mot juste :

— … les arrêter.

Jackson passa devant lui en courant et remarqua, devant l'entrée principale, les mêmes vapos banalisés et noirs qu'il avait vus devant chez les Fleming le jour de la mort de Crockie. Deux types massifs montaient la garde devant son immeuble. Un autre, bien campé sur ses jambes, se tenait à côté d'un fourgon hydro. Les battants de la porte tournèrent. Un sac de voyage, que Jackson reconnut aussitôt, apparut. Celui de son père quand il partait plusieurs jours sur les plates-formes extérieures pour l'entretien et la maintenance des installations d'approvisionnement en eau douce.

Son père portait Céline et sa couverture Jayjay-Jellyfish que Jackson lui avait offerte pour son 5e anniversaire.

Jackson sentit l'air se retirer de ses poumons, l'adrénaline monter en lui et le gonfler à bloc. Mais ce qui se déroula ensuite fut si rapide qu'il n'eut pas le temps de réagir.

Un mouvement sur sa droite.

Quelqu'un était caché derrière les buissons de laurier au bord de l'allée. Qui avait attendu son heure avant de passer à l'action. *Le frapper.* Sur le moment, Jackson n'eut pas mal. Puis des étoiles dansèrent devant ses yeux. La cité Parkfield se transforma en spirale, comme de l'eau s'écoulant dans un siphon. Il sentit ses jambes se dérober sous lui.

Et quelqu'un qui le rattrapait. Puis il entendit un murmure :

— Vite. Éloigne-le d'ici.

Après, une obscurité d'un noir de fusain enveloppa Jackson.

Silence.

16

« Docteur… ? » – « … t'es malade ou quoi ?… » – « … blessure… » – « … jour… » – « … nuit… »

Des voix. Des mots épars. Une odeur que Jackson reconnaissait. Ça venait de loin. Ça se rapprochait et ça s'éloignait. Puis ça revenait. *Combien étaient-ils ?*

Jackson essaya d'ouvrir les yeux. *Trop mal.*

— Tu l'as cogné trop fort !

Une voix douce… Il la connaissait. Douceur de plumes ? Duvet ? Fusain. Thé Tang. Hubackle. Les mots défilèrent dans son esprit et s'assemblèrent pour former un souvenir.

— … pas le choix. Fallait faire vite.

Deux personnes. Deux femmes ? Deux filles.

— J'ai le premier dan en taekwondo. Je sais mettre quelqu'un au tapis sans le massacrer. Alors pourquoi tu ne m'as pas… ?

— Tu nous casses les pieds avec ta stupide ceinture noire ! Tu t'es déjà battue *pour de vrai* ? Avec quelqu'un prêt à te massacrer ? C'est moi qui ai agi parce que c'était convenu comme ça, et pas autrement. Parce que personne ne devait te voir ! Et parce que…

Jackson réussit à soulever un peu les paupières.

— Il se réveille ! dit l'autre voix.

Je peux t'appeler Jackie ?

Oui, il connaissait cette voix. Quand l'avait-il entendue ? Où ? Ça rugissait, ça bourdonnait dans sa tête. Ça faisait mal, ça l'empêchait de penser. C'était pire qu'après une chute pendant le cours de maître Chang.

Lycée ? Voilà, c'est ça. *Il avait entendu cette voix à Kellington High.*

— Pousse-toi et va me chercher un nouveau paquet de glace, Scout.

— Excuse, mais je ne suis pas ta bonne.

Les projets de Crockie. L'exposé. La remplaçante.

— L-l-ou… balbutia Jackson.

Sa voix avait été à peine audible, même pour lui.

— Jackie ? Tu as dit quelque chose ?

Jackson entrouvrit les yeux. *Douleur*. Il les referma. Derrière ses paupières, c'était la nuit noire. Ça faisait moins mal. La pièce était sombre, mais un rai de lumière lui avait vrillé le crâne. Il sentit la personne à son chevet bondir. Il eut la nausée. Il entendit le grincement d'un volet qu'on déroule. *Ouvrir les yeux. Nouvel essai.*

Mieux, beaucoup mieux cette fois.

De nouveau, il fut pris de vertige. Quelque chose monta en lui. *Comme une vague.* Jackson se redressa dans un spasme et vomit de la bile.

— Le mec, il est à peine arrivé qu'il craint déjà, aboya l'autre voix. Vous me fatiguez tous, à la fin. Est-ce que je vais devoir découper tous les tapis de la baraque ?

Jackson souleva les paupières avec précaution. Dans la pénombre, il reconnut Lou. Avec un mec, non, une fille qui avait le crâne rasé mais avec des motifs dessinés.

— Où suis-je ? Toi, qu'est-ce que tu fais ici ? Qui est... ?

Jackson ouvrit plus grand les yeux.

— Céline ? Où est ma petite sœur ?

— C'est compliqué. Avant qu'on t'explique, tu dois te reposer, dit Lou.

— Tu n'as pas d'ordre à me donner. Où est Céline ?

Jackson voulut se lever et prit appui sur ses coudes. Sans succès : il était sur quelque chose de super mou. Comme du sable mouvant ? Tout tournait de nouveau.

— Tu es sur un matelas à eau.

Lou passa son bras dans son dos.

— Attends, je vais t'aider.

La voix ironique de l'autre fille s'éleva :

— Oh, la belle âme !

Ces deux-là se détestent.

— Infirmière Lou au rapport !

La fille qui venait de parler posa le paquet de glace qu'elle avait apporté sur la table de chevet et sortit de la chambre.

— Je vais continuer l'impression sur la machine. Il y aura au moins quelqu'un qui se rendra utile ici.

Un bruit que Jackson ne put identifier lui parvint. Un claquement. Ou un bourdonnement ? En alternance et répété.

Lou plaça un oreiller dans son dos.

— Surtout, ne bouge pas, Jackie. Je vais t'expliquer. Scout t'a bien amoché, il vaut mieux que tu restes au calme.

Jackson se palpa la tempe. Il sentit quelque chose d'épais. Un gros bandage. Il tressaillit et gémit.

— Quatre points de suture, le renseigna Lou. Tu auras une cicatrice très chic sur le sourcil. Bien sûr, c'est Scout qui t'a recousu. Elle ne fait pas dans la dentelle. L'œil au beurre noir aura bientôt disparu.

— Que s'est-il passé ? coupa Jackson. Quelqu'un m'a assommé. Qui ?

Chaque mot semblait faire des claquettes dans sa tête.

Lou sourit.

— Nous. Scout. S'il te plaît, ne t'énerve pas. C'était le seul moyen.

De nouveau, Jackson eut la nausée. Il respira pour contenir ses spasmes. *Frappé ? Blessé ? Pourquoi ?*

— On va passer un marché, d'accord ?

Lou n'attendit pas la réponse.

— Ne bouge pas, je te dis. Pose cette poche de glace sur ton sourcil et écoute-moi. C'est tout ce que tu peux faire pour aider ta sœur et tes parents.

Jackson la lui prit des mains, ferma les yeux et la posa sur son front.

— La vie dans la Cité, c'est loin d'être le bonheur, continua Lou. J'espère que tu l'as compris ?

— Qu'est-ce que tu racontes ?

Jackson se tut abruptement. Il souffrait encore trop pour parler.

— À Ocean City, tout va bien tant que tu restes dans les clous, poursuivit Lou. Un numéro comme celui de Crockie avec son compte ? Tu es foutu. Complètement cuit.

— Cuit sans preuves ?

Jackson, étourdi, se rendait à peine compte que ses propos étaient confus.

Lou sourit.

— Tu sais comment Crockie a fait ?

— Fait quoi ?

— Si tu sais quelque chose, tu dois me le dire, Jackie. Crockie est au secret, mais il finira par parler ou il sera expulsé. Avec ses parents. Et toi. Et ta sœur, ton père et ta mère. Tu comprends ?

— Non. Crockie est mort.

— Non, Jackie. Crockie est vivant.

Jackson déglutit.

— Hein ? bégaya-t-il.

Lou le regarda bien en face.

— *Crockie est vivant !*

Jackson ne put donner un sens à ces mots. *C'était impossible.* Il était sur les lieux du drame. Il avait entendu les coups de feu. Il avait vu son corps sans vie !

— Tu dis n'importe quoi !

Il crispa convulsivement les doigts sur sa couverture, ferma les poings.

— J'étais là ! Je l'ai vu ! Il n'a pas survécu. On a fait feu sur lui. Il s'est noyé dans le canal !

Lou lui pressa la main.

— Il a été blessé et peut-être été inconscient pendant un moment. Mais il a survécu ! Nous le *savons.* Nous en avons les preuves !

Jackson secoua la tête et se raidit face à la douleur.

— Montre !

Lou sortit un petit objet de sa poche. *Une clé USB.* Lou l'introduisit dans le moniteur mural au pied du lit.

— Surtout, pas de panique quand tu le verras. On lui a rasé le crâne, le prévint Lou.

Elle déclencha l'enregistrement vidéo. Jackson poussa un cri. *Crockie !* Sans ses dreads laineuses. La boule quasi à zéro, avec quelques mèches inégales. Crockie assis à une table qu'il regardait fixement. Dans une salle d'interrogatoire dépouillée. *Mon vieux Freaky Crockie en chair et en os.* Avec un homme et une femme. *Il les avait déjà vus quelque part ? Où ?* Ils menaçaient son ami. Ils posaient des questions et exigeaient des noms.

La surprise passée, Jackson se ressaisit.

— Mais… l'ambulance ?

Lou hocha la tête.

— Une mise en scène. Parce qu'ils se doutaient que tu étais toujours sur les lieux. Il fallait que tu croies Crockie mort. Comme nous tous. Pour mieux nous terrasser.

Jackson n'avait pas envie de se souvenir du jour où Crockie avait été tué ou qu'on le lui rappelle, même si la scène n'avait jamais quitté son esprit. *Crockie avait survécu ? Possible.* Il était trop loin pour bien voir. Et le compte de Crockie était toujours actif, comme l'avait constaté Omar. *Ça pouvait coller, oui.*

— Henk et moi, on a découvert que son compte n'avait pas été clôturé, dit-il donc. Comme c'est l'usage après un décès.

— La cause de ces événements, ce n'est pas le piratage du temps.

— Ah bon ? Alors à cause de quoi ?

Lou faisait des mystères, ça l'énervait.

— De nous. Ils veulent que Crockie donne des noms : le mien, celui de Scout et des autres. Ils pensent que Crockie fait partie de l'Organisation et que, grâce à lui, ils peuvent nous anéantir.

Lou lui remit l'un des tracts qui avaient été dispersés devant le Townhall le jour de la Cérémonie. *Le temps libre, c'est la liberté.*

— Nous l'imprimons sur une vieille machine que Matt avait réussi à se procurer.

Jackson se souvint des paroles de Rufus Gainsbourgh. « Certaines personnes reprendraient les idées de Matt Fuller à leur compte ? Ne vous en approchez surtout pas, d'accord ? »

Jackson toucha le papier. L'encre n'était pas encore sèche.

— Organisation ? Des noms ? Anéantir ? C'est quoi, ces conneries ? Comment tu as eu cette vidéo ? Tu bosses pour la Section Z ?

— Ça va pas, non ? Si c'est une plaisanterie, elle n'est pas drôle. Nous avons des gens bien placés dans la Cité. À des postes-clés. Pas beaucoup, mais quand même. S'ils dégagent, on est finis.

— Si Crockie avait un lien avec cette organisation, je le saurais. C'est mon meilleur ami. On n'a pas de secrets l'un pour l'autre.

— Aha, persifla Lou. N'empêche, il a agi de sa propre initiative pour pirater du temps !

Jackson jeta la poche de glace à travers la pièce.

— Tu me prends pour un imbécile ? Tu crois que je n'ai pas compris que tu me tendais un piège ? J'ai encore toute ma tête, même si l'autre folle m'a fracassé le crâne ! Je connais déjà ta prochaine question : « Dis-moi où se trouve la boîte magique » ! C'est tout ce qui t'intéresse, pas vrai ?

— Exact.

Jackson bondit. *Vertige*. Il ferma les yeux, ce fut pire. Il les rouvrit, s'appuya sur la commode à côté du lit et serra les poings. Lou était restée immobile.

— Si tu veux tout casser, pas de problème. Mais j'espère que tu es bien assuré, ironisa-t-elle. Ah, mais j'oubliais, tu es riche : tu as un crédit de temps illimité ! Grâce à la « boîte magique » de Crockie.

— J'achète tout l'appartement si je veux.

Jackson se mordit les lèvres. Il avait reçu un coup sur la tête, son cerveau fonctionnait plus lentement que sa bouche.

— Merci pour l'info, ironisa Lou. Ç'aurait été bête si on s'était donné autant de peine pour un piratage à la petite semaine. Parce qu'on a vraiment besoin d'un gros, très gros crédit de temps.

— Pour quoi faire ?

Jackson se domina et réussit à s'asseoir sur la chaise devant une table de toilette. Il sursauta à la vue de son reflet dans le miroir.

— Scout ne t'a pas raté. Mais on voulait t'empêcher de te jeter dans la gueule du loup.

Scout surgit devant la porte.

— Comment il va ?

— Il a besoin de temps pour récupérer, dit Lou.

— Rien du tout. On doit dégager vite. Les propriétaires de l'appart reviennent plus tôt que prévu. Tu ramasses les trucs et les ordures, et tu fais le ménage. Les garçons viennent démonter la machine à imprimer. Bon, et lui, il est avec nous ou pas ?

Elle pointa le doigt vers Jackson.

Je suis avec eux ou pas ? se demanda Jackson. Pour participer à quoi au juste ? Il l'ignorait, donc il ne répondit pas. Lou non plus.

— Quoi ? Tu ne lui as rien dit ? s'exclama Scout, énervée.

— On n'en était pas encore arrivés là !

— Je rêve !

Scout s'approcha en deux enjambées, saisit Jackson par les épaules, lui fit faire volte-face puis le secoua.

— Il n'y a pas à réfléchir. Décide-toi, mon pote.

Jackson, en proie au vertige et à la nausée, la repoussa.

— Tu disais que ce serait un jeu d'enfant ! cria Scout à Lou. Qu'il te mangerait dans la main !

— La ferme, lâcha Lou d'une voix sifflante.

— Toi-même.

Scout le regarda droit dans les yeux.

— Je vais t'annoncer le programme, Jackson Crowler : on va ramener Matt Fuller dans la Cité.

— Pourquoi ? demanda Jackson.

— D'après toi, mon grand ?

Scout était prête à exploser.

— Au moins, tu sais qui est Matt, super. Nous, on veut le rapatrier à Ocean City et mettre fin à la dictature du temps.

— Je t'explique, Jackson, enchaîna Lou. Le groupe que Matt a formé il y a plusieurs années n'a jamais été complètement anéanti. Plusieurs ont continué à travailler dans l'ombre et recherché de nouveaux partisans et alliés. Ils espéraient que Matt reviendrait dans la Cité, puis certains ont fini par se décourager et renoncer. On s'est dispersés. Mais Matt est toujours sur le coup. On a besoin de lui. Il faut le ramener. C'est le plan. Nous recevons parfois des messages de sa part, introduits clandestinement dans la Cité. Le moment est venu parce que Ocean City va accoster la pointe ouest du Continent et s'y arrimer. Bientôt.

Lou changea de sujet.

— Tu savais que Matt avait aussi fréquenté Kellington High ?

Ses yeux brillèrent soudain. *Des larmes ?* s'étonna Jackson. Il garda le silence et hocha la tête négativement.

— Il n'apparaît nulle part dans les annuaires du lycée, ajouta Lou avec passion. Kellington High n'est pas comme les autres établissements d'Ocean City, tu sais. Tous les Secrétaires généraux de la Banque centrale y ont fait leur scolarité. Le but de cet établissement élitiste, c'est de faire de l'un d'entre vous le grand patron de la Cité.

— Nous, dit Jackson.

— Nous ? demanda Lou.

— Pas l'un d'entre *vous*, l'un d'entre *nous* : tu es désormais à Kellington High.

— Parce que j'ai été pistonnée.

— En clair ?

— Certains des nôtres siègent dans le…

— Je ne vous dérange pas ? Vous voulez peut-être que je vous serve le thé et des petits gâteaux ? persifla Scout. On n'est pas dans le talk-show d'Amber Lucky sur TV4 ! Je te résume la situation, Crowler : la Cité est en train de pivoter, les courants nous font dériver vers l'ouest du Continent. Non loin de l'endroit où Matt Fuller a été débarqué. Ces dames et messieurs du Conseil prévoient une manœuvre d'abordage à l'un des quais flottants dans 5 jours chrono.

Jackson se souvint qu'il s'était réveillé avec le soleil sur le visage.

— Et vous savez qui sera débarqué ? Les rebelles qui refusent la dictature de la *Liberté flottante*, Gentil & Chéri et Soin & Oint. Tous ceux qui veulent du temps libre et la liberté. Les innocents. Comme tes parents, Crowler. On a besoin d'un crédit de temps maximum pour louer un bateau et chercher Matt sur le Continent avant qu'Ocean City ne reprenne le large et sa dérive. Puis revenir et le réintroduire dans la Cité. Au nom de la liberté. Si on échoue, tes parents seront débarqués et expulsés. Ta mignonne sœurette finira sous la garde juridique de la Cité, et plus de Jayjay-Jellyfish. Ça, je te le garantis, bonhomme.

Scout lui jeta une couverture au visage.

La couverture de Céline.

Jackson la pressa sur son visage et sentit un faible effluve du parfum Jayjay-Jellyfish que sa sœur vaporisait partout. Sucré, écœurant, mais c'était sa petite cacahuète. Scout la lui arracha si vite qu'il n'eut pas le temps de la rattraper. Elle lui en couvrit la tête et la lui noua autour du cou. Jackson se débattit, haletant.

— Tu es complètement tarée ? entendit-il Lou crier.

— Gricha, Fiodor ? appela Scout. Laissez tomber l'impression, on s'en occupera plus tard. Vous devez déjà nous débarrasser de *ça*.

Scout s'approcha de lui, prit sa tête dans ses mains et lui souffla d'une voix sifflante contre l'oreille :

— Si tu changes d'avis, reviens donc nous voir, Crowler. Et, si tu nous dénonces, je te jure que tu auras de mes nouvelles.

17

Jackson était sous la pluie. Il pleuvait rarement sous ces latitudes à cette époque de l'année. C'était comme un signe du ciel.

Il s'était débattu, mais Gricha et Fiodor étaient costauds. Ils l'avaient ligoté, menotté, sorti du bel appartement pour le balancer dans leur véhicule comme un vulgaire paquet. Le silence était tombé. Seule la pluie martelait le toit de l'hydro. Jackson n'avait pu estimer la longueur du trajet.

Quand ils s'étaient arrêtés, les costauds, toujours muets, l'en avaient éjecté et lui avaient retiré les menottes, après quoi ils avaient filé. Jackson s'était dépêtré de la couverture.

Pluie. Migraine. Couverture de Céline. Jayjay.

Il essaya de s'orienter. Pas un chat dans la rue. *Une chance dans son malheur*. Il devait avoir une mine à faire peur, l'air de sortir du laboratoire du docteur Frankenstein. Il remarqua un téléport non loin, ce qui lui permit de se localiser. *District 11. OK. Un quartier populo.* Appartements basiques. Des habitants résignés à leur sort. *Gros découverts de temps.*

Il ne pouvait plus rentrer chez lui. Ni contacter quelqu'un ni acheter à manger, pas même un Hubackle dans un distributeur automatique. Le moindre débit de temps de son décodeur signalerait sa position.

Appeler Henk ? Impossible désormais. Aller chez ce dernier ? Les Vermeulen vivaient dans une zone hyper sécurisée réservée aux responsables des instituts de recherche : les équipes de nettoyage des parkings subissaient à elles seules trois contrôles avant de pouvoir se mettre au boulot. La famille de Henk avait-elle subi le même sort que la sienne ? *Arrestation en règle ? Expulsion imminente ?*

Que se passait-il au juste ? Ces histoires sur Matt Fuller, elles étaient vraies ou pas ? Seule certitude : ses parents et sa sœur avaient été arrêtés, et les agents de la Section Z devaient le rechercher.

Jackson s'approcha des immeubles, tous identiques : cubes géants d'environ trente mètres de long s'élevant sur vingt étages et d'autres en dessous du niveau de la mer. Les buanderies et le parking étaient sous-marins, mais rares étaient les habitants qui possédaient leur propre moyen de transport. Dans l'un des blocs, il découvrit une porte ouverte qui conduisait à une buanderie.

La nuit tombait, il était tard. Avec un peu de chance, personne ne viendrait faire sa lessive. Jackson s'assit dans un coin et s'enveloppa de la couverture Jayjay-Jellyfish de Céline.

Il avait mal à la tête. Il avait dû rester inconscient pendant au moins 2 jours dans l'appartement de luxe de Lou. Convalescent, il était exténué. Il s'adossa au sèche-linge, encore chaud. Ça sentait le détergent. Il ferma les yeux.

Lorsqu'il les ouvrit, il les plongea dans un regard vert de mer sur lequel retombait une frange blonde en bataille. La petite fille tendit le doigt vers son œil et toucha le bandage avec précaution.

— Oh là là là, chuchota-t-elle. Ça fait mal ?

Jackson lui sourit.

— Tu peux parler à haute voix, tu sais.

La fillette posa son index sur ses lèvres.

— Je ne crois pas.

— Tu préfères qu'on murmure ? fit Jackson très bas. Pourquoi ? Parce que tu appartiens à la tribu des Grands Silencieux ? Tu es la squaw de la Langue tranquille ?

La petite fille gloussa.

— Moi je suis le chef de la tribu des Yeux bleus, ajouta Jackson.

Il prit l'air d'un conspirateur, regardant à gauche puis à droite.

— Tu ne devrais pas être au lit à cette heure ?

La petite fille se remit à glousser.

— C'est le matin depuis longtemps. Maman est déjà partie travailler.

Jackson se leva et jeta un coup d'œil par l'un des vasistas. *Exact*. Le soleil brillait. Il avait passé la nuit contre le séchoir. Un vertige le fit chanceler. Son estomac grogna.

— Comment tu t'appelles ? demanda-t-il à la petite.

— Marli. Et toi ? Tu es qui ?

— Je suis…

Jackson hésita.

— Bobby.

— Tu as une jolie couverture, Bobby, fit observer Marli.

— Tu as sauté le petit-déjeuner ? interrogea Jackson.

Marli secoua la tête.

— Nan. Il est dans le frigo. Maman travaille le matin.

— Et ton père ?

— On est sans papa. On se débrouille sans les hommes. C'est ta couverture ?

— Oui. Tu la veux ?

Les yeux verts de Marli se mirent à briller. Puis elle se rembrunit.

— Je n'ai pas le droit d'accepter des choses des inconnus.

— On n'est pas des inconnus : nous appartenons tous les deux à la tribu des Grands Silencieux, dit Jackson en posant la couverture sur les épaules de Marli. Si on te questionne, tu diras que tu l'as trouvée.

Cette fois, les yeux verts de Marli étincelèrent.

— Il faut que j'y aille, dit Jackson.

Il se dirigea vers la porte.

— Au revoir, Bobby ! chuchota Marli.

Jackson se retourna, comme s'il se ravisait.

— Dis-moi, petite squaw de la Langue tranquille, le chef de la tribu des Yeux bleus a un autre problème.

Et il serra les jambes comme s'il avait un besoin urgent d'aller aux toilettes.

Henk vit la lumière bleue clignoter sur le télé-port Vermeulen numéro 1. La famille ne possédait pas seulement un de ces coûteux appareils, mais trois. Deux pour l'usage privé, dans la cuisine-salle à manger et dans la chambre de ses parents. Le troisième était dans le bureau à domicile de son père et avait son propre numéro. Ce matin-là, son père avait depuis longtemps quitté la maison, sa mère était en train de sécher sa crinière au sèche-cheveux. Seul Arjen était dans la cuisine. Attablé devant un bol de muesli, il feuilletait une bande dessinée. Au moment où la lueur bleue qui précédait le signal sonore clignota, Arjen planta sa cuillère dans le muesli et se jeta sur l'appareil sur le comptoir entre le coin kitchenette et le coin repas.

Henk fut plus rapide. Depuis 2 jours, il attendait un appel de Jackson et surveillait le téléport.

— J'étais le premier ! se plaignit Arjen.

— Pas de chance, c'est moi qui tiens le combiné, répliqua Henk.

Appelant inconnu, indiqua l'écran avec un numéro commençant par un 11. Donc l'appel venait du district 11. Henk n'y connaissait personne. Une voix affable s'éleva : « Veuillez confirmer la prise en charge des coûts de cette communiportation par OUI ou NON. »

Henk pressa sur la touche et répondit à la hâte, à haute et intelligible voix :

— OUI.

— Maman dit qu'on n'a pas le droit d'accepter les Recall, fit remarquer Arjen.

— Toi, la ferme.

— Pardon ? fit Jackson, surpris.

— C'est pas à toi que je parle, déclara Henk à voix basse. Tu es où ?

— Aucune importance, fit Jackson après un silence. Ou en terre indienne, si tu veux.

— Tu es tombé sur la tête ?

— Pas loin. Je pourrais aussi te demander où tu es ? répondit Jackson.

— Tu es sûr que ça va ? Tu appelles chez moi, donc je suis chez moi.

— Tiens donc.

Jackson avait été glacial.

— Mes parents et Céline ont été arrêtés, expliqua-t-il ensuite.

Henk entendit une petite voix s'élever près de Jackson.

— Chef Yeux bleus, ça veut dire quoi *arrêté* ?

— J'ai aussi d'autres nouvelles, poursuivit Jackson. Et des questions. Il faut qu'on se voie. Ça urge.

— Je dois être au lycée dans 1 heure, ce n'est pas possible. Cet après-midi, avant mon cours de construction, ça marche ?

— Non ! riposta Jackson. Pas du tout. Vu les derniers événements, je n'irai plus jamais à Kellington High. Ça pue. Du moins, pour moi. Tu sais où on peut se voir ?

— Chez Ru…

— Pas de noms ! Dans 1 heure.

La ligne grésilla. L'écran annonça que l'appel était terminé.

— « Merci d'avoir utilisé les services Téléport d'Ocean City, chuchota la même voix suave. Ils sont facturés 5 minutes au taux Recall de base. »

— C'était qui ? demanda Arjen.

— Tu es trop curieux.

Arjen insista :

— C'était Jackson, hein ? Maman a dit à papa que les Crowler étaient dans un drôle de pétrin. Maman a dit que c'était embarrassant pour nous, parce que, grâce à papa, Céline a quand même eu l'honneur d'avoir sa Cérémonie au Townhall. Ça pourrait nous causer de gros ennuis et il faut les éviter, récita Arjen.

Mais moi, je ne comprends pas pourquoi j'aurais des ennuis si Jackson et…

Henk s'assit à côté de son frère. Il prit la bande dessinée sur la table.

— Oh ! Dis donc, *Capitaine Octopus !* C'est drôle, justement, j'ai les dix prochains numéros.

Arjen écarquilla les yeux.

— C'est vrai ? Tu vas me les donner tout de suite ?

— Oui. Mais à une condition. Tu la fermes : pas un mot à propos de cet appel, compris ?

Arjen promit, prenant ses lèvres entre le pouce et l'index pour montrer qu'il les scellait. Puis il courut dans sa chambre en poussant des cris de joie.

Une fois seul, Henk tapa un numéro sur le téléport. Il n'attendit pas longtemps. Une voix enregistrée s'éleva :

— « Ambrose di Gallo. Laissez-moi un message après le signal, je vous rappellerai. »

De 8 à 9 heures, la population active allait travailler. La circulation était dense, le métro bondé. Le risque de se faire repérer était donc faible. Si Jackson voulait arriver au lieu de rendez-vous dans 60 minutes comme convenu, il devait prendre le métro sans payer. Il était à peu près sûr que Rufus Gainsbourgh ne le dénoncerait pas et n'informerait pas non plus les services secrets, la Section Z ou di Gallo.

Dans sa tête, ça restait confus. *Céline et ses parents arrêtés. Crockie vivant, prisonnier et enchaîné. Henk chez lui. Épargné. La famille Vermeulen qui poursuit tranquillement sa vie quotidienne. Normal ?*

Crockie avait-il cité son nom pendant son interrogatoire ? *Non. Impossible.* Jamais Crockie ne le trahirait.

Un homme en face de lui qui suivait les publicités intégrées aux vitres des wagons le regarda. Jackson était passé inaperçu jusque-là malgré sa mine sinistrée. Il baissa la capuche de son sweat sur son front, rentra la tête dans les épaules et tourna le dos au voyageur. Vite, il sortit de la rame alors qu'il lui restait encore une station à parcourir. Il avait peur d'attirer l'attention. Il termina le trajet à pied et décida dans la foulée d'éviter l'entrée principale.

En passant par-derrière, par-dessus les anciens entrepôts, il accéderait au toit plat du kiosque et entrerait par l'œil-de-bœuf que Crockie, Henk et lui avaient déjà utilisé pour se hisser dessus et admirer le coucher du soleil. Pourquoi ce vieux kiosque d'à peine un étage existait-il et parasitait-il l'espace, si restreint à Ocean City ? Jackson s'était souvent posé la question.

Il se haussa sur les tuyaux de ventilation d'un des entrepôts. Il eut du mal. Il était faible. Affamé. Marli lui avait donné une crêpe de la veille, un truc collant qui l'avait laissé sur sa faim. Il traversa à croupetons le toit plat de l'entrepôt jusqu'à ce qu'il voie le kiosque de Rufus et la rue devant.

Et là, mauvaise surprise. Poil de carotte et son collègue le putois attendaient dans la cour. En civil. Comme s'ils se préparaient à passer un bon moment entre potes pour regarder un match des Dragons de l'océan à la télévision.

La porte arrière du kiosque s'ouvrit sur Ambrose di Gallo dans son imperméable froissé. Aucun des trois policiers ne leva les yeux et ne le remarqua.

Il faut que je m'arrache ! pensa Jackson.

Mais il se figea.

L'enquêteur parlait à quelqu'un qui était resté à l'intérieur du kiosque. L'échange, paisible, était inaudible. Avant même que l'interlocuteur de di Gallo ne sorte à son tour et n'apparaisse en pleine lumière, Jackson avait déjà compris.

Henk l'avait trahi.

18

C'était très embêtant : il avait perdu Jackson Crowler de vue pendant 2 jours. Le gamin avait-il des soupçons ? Avait-il remarqué, sur l'une des pistes qu'il avait tracées à son intention, des indices qui avaient éveillé sa curiosité et sa perplexité ? Compris qu'on essayait de le manipuler ? De le déplacer comme un pion sur un échiquier ? Avait-il reçu une aide inattendue ?

Aucune importance.

Plus Jackson le surprenait, plus il se réjouissait.

Parce qu'il était en tout point parfait pour son projet !

Quelle chance, aussi, d'avoir espionné les connexions téléport d'Ambrose di Gallo ! Après l'appel que Henk Vermeulen avait passé à l'inspecteur, il avait deviné que ces deux-là se donneraient rendez-vous au kiosque. Donc il s'était retiré dans les entrepôts derrière le kiosque pour leur laisser le champ libre. Une bonne cachette. Dommage, il n'avait plus la possibilité de rentrer chez lui pour se grimer et se déguiser. Pas grave. Il serait de toute façon aux premières loges.

Le verre dépoli des fenêtres de l'entrepôt était translucide de l'extérieur, mais transparent de l'intérieur. Et le kiosque comportait des caméras de surveillance et des micros haute sensibilité. L'atelier étant devenu le QG des trois garçons au cours de ces derniers mois, il n'avait rien voulu manquer de leurs activités.

Une voix s'éleva par le haut-parleur de son système de surveillance :

— Il viendra.

La promesse de Henk Vermeulen. Les micros ultrasensibles captaient les moindres nuances sonores.

— Il viendra, c'est sûr ! répéta Henk.

Le tremblement dans sa voix était à peine perceptible. *Signe qu'il n'y croyait pas.*

— Je l'espère, déclara le policier. En tout cas, il est en retard.

Di Gallo était un homme utile, surtout depuis que celui-ci avait découvert que Lydia Tremont jouait un double jeu. S'il soupçonnait qu'une troisième personne brouillait les cartes, il démissionnerait. *Ça serait dommage.*

— Promettez-moi qu'il ne m'arrivera rien, ni à moi ni à ma famille, supplia Henk Vermeulen.

— Je ne peux rien te promettre. Quand j'aurai mis la main sur ton ami, tu poseras tes conditions.

Une pause.

— Enfin, peut-être.

Le prix de la trahison… ou tel est pris qui croyait prendre… Dure leçon, Henk, pensa le vieil homme.

Henk Vermeulen ? Décevant, finalement. Mais il ne voulait pas le mettre hors jeu tout de suite. Henk pouvait encore être utile, disons qu'il était utilisable. Dans les services secrets, par exemple. La Section Z : Henk Vermeulen était du même calibre que Meier et Schmidt.

Sans scrupules.

Lorsque, plusieurs années plus tôt, il s'était intéressé à Crockie Fleming, Henk Vermeulen et Jackson Crowler, il ne savait pas lequel des trois serait sélectionné. Il hésitait.

Les tests qu'il avait effectués à leur insu pour les évaluer avaient donné des résultats très supérieurs à la moyenne. Ces gamins étaient intelligents, et leur force de caractère, leur talent pour résoudre les problèmes et pour travailler en groupe étaient aussi au-dessus de la moyenne.

Il devait éviter de reproduire l'erreur, tragique, qu'il avait faite avec Matt Fuller.

Après, il avait parié sur Crockie. Parce que, selon lui, les adolescents qui n'entraient pas dans les moules et qui d'entrée de jeu avaient été cabossés par la vie étaient résilients et avaient une capacité d'adaptation étonnante. Crockie lui confirmait sans cesse qu'il était à part. Encore maintenant. Résister à ces longs et épuisants interrogatoires sans craquer ni trahir les amis ? *Bravo, petit.*

Mais Jackson aussi avait des ressources. *Plus que jamais.* Il en eut une nouvelle preuve. Car, dans le reflet de la vitre du kiosque, il vit soudain une forme sur le toit de l'entrepôt.

Jackson Crowler.

— Bienvenue, mon grand, murmura le vieil homme, ravi. Cette fois, je te jure que je ne te perdrai plus de vue.

Henk l'avait trahi.

Jackson avait du mal à le croire. Il connaissait Henk depuis plus longtemps que Crockie. Depuis le premier jour de la rentrée scolaire en primaire, où ils avaient été voisins de table. Une amitié était née.

Mais c'était peut-être une coïncidence ? La police avait-elle surveillé les connexions téléport des Vermeulen ? Avaient-ils parlé de Rufus et du kiosque lors de leur échange, tout à l'heure ? *Non.* La police avait découvert que le kiosque de Rufus était leur QG ? Bon, ça n'avait jamais été un secret. Crockie l'avait reconnu pendant son interrogatoire.

Cesse de lui trouver des excuses ! OK, vous êtes tous les deux dans le collimateur. Mais tes parents ont été arrêtés. Pas ceux de Henk.

Pas d'illusions, Jackie !

Henk avait toujours redouté que l'éventuelle présence du sceau identifiant sur le boîtier du transpondeur le trahisse. Le reste ne comptait pas. *Même la mort de Crockie.*

Les policiers et Henk s'éloignèrent. Avec prudence, Jackson se laissa glisser du toit de l'entrepôt dans l'arrière-cour du kiosque. La douleur dans sa tête était infernale ; ses jambes se dérobèrent sous lui. Il s'adossa aux fenêtres en verre dépoli de l'entrepôt. Cette fille, Scout, l'avait fracassé, carrément massacré.

Pour l'instant, il était en sécurité. Ces entrepôts étaient condamnés depuis longtemps, Henk, Crockie et lui n'y avaient jamais vu personne.

La cour était à l'abandon, l'accès au kiosque, verrouillé. Jackson ramassa une pierre en saillie sur le mur. Deux coups suffirent pour détruire le bouton de la porte et la serrure. Il entra dans l'atelier. La pénombre familière l'enveloppa. Il parcourut des yeux les rayons avec les composants microélectroniques en cobalt, nickel, cuivre, zinc, etc., et divers autres déchets minutieusement recueillis par Rufus. Personne ne négligeait la récupération de métaux ferreux et non ferreux dans la Cité. Il passa en revue les étagères qui couvraient trois pans de mur et où étaient stockés de vieux appareils informatiques et électroniques en panne, périphériques, ordinateurs, imprimantes, écrans et autres, réparables avec un peu d'habileté et d'imagination… Ils s'étaient largement servis dans ce stock pour fabriquer le transpondeur. Rufus n'avait jamais posé de question sur l'usage qu'ils faisaient de ces rebuts.

Ce qu'il cherchait, c'était un vieux sac à dos qu'il finit par trouver dans le tiroir de l'établi. *Armée suisse* y était imprimé avec une croix blanche sur écusson rouge. Jackson en jeta le contenu, de petits fermoirs et autres vis à œillet. Son estomac grognait de plus en plus fort. *Direction le kiosque*. Il se servit dans le frigo à boissons, prit des friandises et des snacks sur l'étagère avec un sentiment de culpabilité. Il fourra ces provisions dans son sac à dos, attrapa un vieux ciré jaune pendu à un crochet. Trop voyant, mais si grand qu'il pourrait s'y envelopper, la nuit, et serait bien protégé de la pluie et de l'humidité. *Il fallait s'adapter.*

Jackson sortait quand son regard tomba sur un tiroir sous le comptoir. Il hésita.

— Pardonne-moi, Rufus, murmura-t-il.

Avec un tournevis qu'il avait pris dans l'atelier, il tenta de forcer la serrure. Le tournevis glissa et entailla sa paume. Un filet de sang coula.

— Merde.

Si ça continuait comme ça, il finirait écorché vif.

Il recommença, prudemment. La serrure craqua, céda. Dans le tiroir, il vit la bague de Rufus. Jackson la prit et l'examina de près. C'étaient bien trois roses entrelacées. Mais ce n'était pas ce qu'il cherchait. Il sortit un étui, l'ouvrit et vit les couteaux multifonctions sur la feutrine vert foncé. Ils avaient une poignée rouge et une croix blanche identique à celle imprimée sur le sac à dos.

Jackson s'empara du plus gros canif.

— Merci, Rufus, murmura-t-il.

Une fois dehors, il ne coupa pas par le toit des entrepôts mais longea le kiosque, passant par la ruelle qui conduisait à la route. Il regarda à gauche et à droite, ne vit que des passants. Aucun vapo banalisé de la police. Jackson passa les bretelles du sac à dos, garda le ciré sous son bras et se mit en marche.

Mais, à moins de dix mètres du kiosque, il les aperçut. Pas Poil de carotte, le putois ou di Gallo. Mais la femme à la queue-de-cheval qu'il avait vue interroger Crockie sur l'enregistrement vidéo de Lou. Il la reconnaissait. Ce n'était pas la première fois qu'elle venait au kiosque. Elle était avec un homme qui lui aussi avait interrogé Crockie.

Costume bleu.

Cette pensée le traversa en un éclair. Déjà, il entendait des pas derrière lui.

Il regarda autour de lui.

C'était l'homme. Il lui sourit. Jackson jeta le ciré jaune et se débarrassa du sac à dos. De son butin, il ne lui restait que le canif dans la poche de son pantalon.

Il va m'arriver la même chose qu'à Crockie.

Cinq mètres devant lui, la femme et, cinq derrière lui, l'homme. Jackson courut. Un e-bus roulait sans bruit dans sa direction. Le conducteur fixa le garçon les yeux écarquillés et freina.

Jackson atteignit le trottoir d'en face in extremis. Un motard l'évita de justesse et tomba. Jackson entendit des cris, puis il vit une camionnette dont la porte latérale s'ouvrit. Et les sourires de Gricha et Fiodor.

— Maintenant tu sais où est ton intérêt ? demanda Fiodor.

Sans attendre sa réponse, il lui saisit le bras gauche. Gricha lui crocheta le droit.

— *Go*, Scout ! cria Gricha.

Scout était derrière le volant.

— Avec plaisir, les gars !

Jackson, tenu par les garçons, vola à côté de la camionnette jusqu'à ce qu'ils le tirent à l'intérieur. La portière latérale coulissante se referma automatiquement.

19

Scout, Gricha et Fiodor le conduisirent dans le district qui jouxtait le district 404. Transporté sans couverture sur la tête, Jackson se repéra grâce à la signalisation routière. Quelques rues avant d'arriver à destination, Gricha prit le volant et fit sortir tout le monde de la camionnette.

— Gricha va s'en débarrasser, lui expliqua Fiodor.

Il entraîna Jackson vers l'un des bâtiments qui se trouvaient à cinquante mètres environ du secteur condamné.

— C'est la zone de prescription. Les gens qui habitent dans le coin n'ont plus 1 seconde sur leur compte, précisa Fiodor. Les appartements sous le niveau de la mer sont vides depuis des années.

À l'entrée de l'immeuble, Fiodor le retint.

— Lève les bras.

— Pourquoi ? demanda Jackson.

— Sécurité. Jimmy ne te connaît pas. Scout n'a pas confiance en toi et Lou…

Il claqua de la langue.

— Lou porte des lunettes roses.

Il eut un sourire en coin. Jackson rougit. Fiodor le fouilla, sortit de la poche gauche de son pantalon la vieille montre-bracelet de Crockie.

— C'est quoi, cette camelote ?

— Cette camelote vaut plusieurs semaines, voire des mois. Cette montre appartenait à Crockie.

Jackson la lui reprit et la remit dans sa poche. Fiodor sortit le canif de son autre poche.

— Armé. Je le garde.

Jackson haussa les épaules.

L'appartement où Fiodor le fit entrer était envahi de moisissures. Ses occupants l'avaient clairement quitté du jour au lendemain. Les chaussures dans le couloir étaient rongées par les rats. Des araignées avaient tissé des toiles grandes comme des casques de vélo sur les étagères. Le salon n'était éclairé que par une lampe à incandescence suspendue à une chaîne au plafond. Un petit groupe était réuni autour d'une table en matériau composite à base d'algues qui avait dû être blanc, autrefois. Le plan de Crockie était déployé dessus.

Scout grignotait l'ongle de son pouce pendant que Lou parlait à un type qui avait l'air de mauvaise humeur et semblait sortir d'un magazine de mode. Il détonnait dans ce décor improbable.

— Je vous ramène l'enfant prodige ! s'exclama Fiodor en guise de salut.

La conversation s'interrompit.

— Heureusement qu'on a gardé un œil sur toi, renchérit Scout, hostile. À cause de ton pote, tu es dans la m…

— Scout, c'est vraiment nécessaire ? coupa la gravure de mode.

— OK. Je peux le dire avec plus d'élégance. Tu t'es fait avoir par ton pote, mec. Voilà, c'est mieux comme ça, Jimmy boy ? répliqua-t-elle. Et ne te la joue pas, Jimmy. On est tous pareils. Logés à la même enseigne. Dans cette pièce, du moins.

Fiodor s'approcha et posa le canif sur la table.

— Il avait ça sur lui. Sinon, il est clean.

— Impec, dit Jimmy. Quand et où t'es-tu enregistré pour la dernière fois avec ton décodeur, Crowler ?

— Plus une fois depuis qu'on m'a fracassé le crâne, répondit Jackson.

— Parfait. Tu as déjà appris à parcourir la Cité sans laisser de traces. Tu devras le faire plus souvent si tu te joins à nous.

Jackson fut agacé par le ton condescendant de ce Jimmy.

— Je ne fais rien du tout. Je veux savoir à qui j'ai affaire.

— Tu es bouché ou quoi ? On vient de te le dire : commando Matt Fuller, grogna Scout.

— Ne sois pas agressive ! intervint Lou.

Jackson repensa aux mots de Fiodor : *Lou porte des lunettes roses.*

— Si vous continuez, il va se braquer et ça va de nouveau mal se terminer. On a besoin de Jackson et il a besoin de nous. Alors, faites un effort.

Jackson allait objecter, Lou lui fit signe de se taire.

— On va jouer cartes sur table. Confiance à fond. Donnant-donnant, OK ?

Elle prit le canif et le rendit à Jackson, qui le remit dans sa poche.

— Je veux savoir qui vous êtes, poursuivit-il. Et arrêtez avec votre « commando Matt Fuller ».

— D'accord.

La gravure de mode s'avança et lui tendit la main.

— James O'Reilly. Assistant personnel de Lydia Tremont. Mes amis m'appellent Jimmy.

— Ly… Lydia… Tre-mont… ? articula Jackson, ébahi.

— Sans les informations de Jimmy, on n'existerait même pas ! intervint Lou. Et, si Jimmy saute, on deviendra aveugles et sourds. Grâce à lui, on a une longueur d'avance sur les responsables du QG des Agences de Temps et des services secrets.

— Sans Jimmy, on ne saurait pas non plus où est ce cher Crockie, enchaîna Scout, à peine moins hostile.

Elle lui tendit la main.

— Sophia Petrello. Et aussi pour mes ennemis : Scout.

— Scout travaille au cadastre et à l'office de promotion et de gestion immobilières de la Cité. Elle a perdu ses parents quand elle avait moins de 4 ans, expliqua Lou.

— C'est quoi, ce numéro ? Tu veux le faire chialer ? coupa Scout. Parents *perdus* ? Mes vieux ont été expulsés, point. Surendettement. Plus 1 seconde sur leurs comptes et plus aucun espoir d'en avoir.

— Ses parents avaient le choix : emmener Scout avec eux sur le Continent ou la laisser aux bons soins de la Cité, ajouta Jimmy.

— La proposition classique faite aux expulsés.

— Le problème, c'est qu'ils ont pris la mauvaise décision. Ils auraient dû me prendre avec eux. De toute façon, ils n'ont pas survécu longtemps sur le Continent. Enfin, j'imagine.

Pour la première fois, Jackson vit presque de la douceur, ou de la nostalgie ?, dans les yeux de Scout.

Les autres restant silencieux, Lou enchaîna :

— D'après nos infos, les conditions de vie sur le Continent sont catastrophiques. Dans la plupart des régions, c'est l'anarchie. C'est le droit du plus fort qui prévaut. Enfin, si on peut encore parler de « droit ».

C'était la première fois que Jackson entendait ce genre de choses. Il ne connaissait personne qui avait « quitté » la Cité pour le Continent. Certains individus étaient parfois transférés dans un autre district ou dans un appartement de base. Mais une expulsion ? Ça dépassait l'imagination ! Tout le monde sur Ocean City savait que la vie, plutôt la survie, sur le Continent était difficile. C'est pourquoi, en cas de surpopulation, de nouvelles communautés se formaient dans de nouvelles métropoles flottantes, en dérive sur les mers et océans du globe.

Lou continua les présentations.

— Gricha et Fiodor Omelchuk, fit-elle, montrant les deux jeunes hommes qui l'avaient enlevé avec la complicité de Scout.

Gricha les avait rejoints discrètement. Lou sourit.

— Nos gros bras pour le gros boulot. En réalité, des fantômes.

— Hey, Jackson !

Fiodor tapa son front avec son index en guise de salut.

— Il y a 2 ans, ils vivaient dans les bois sur l'un des continents.

— « Fantômes » ? C'est quoi ? coupa Jackson.

Jimmy posa la main sur le bras de Lou et la regarda au fond des yeux.

— Moi je lui fais confiance, répéta Lou.

Jimmy soupira et acquiesça. Lou continua :

— Avant son expulsion d'Ocean City, Matt Fuller avait trouvé un moyen d'intégrer dans le système d'Ocean City des existences fictives et libres, ou, si tu préfères, créées de toutes pièces : il avait fabriqué sept puces d'identification Subku avec les décodeurs correspondants. Fiodor et Gricha en ont chacun une. Ce sont des existences complètes, mais qui n'existent pas. On a aussi une famille de quatre membres et tout. Avec des enfants de moins de 9 ans, donc niveau Kid, qui n'ont pas encore de décodeur niveau Starter 1. Le problème, c'est que personne ne sait comment Matt a procédé ou s'il a créé d'autres fantômes et, dans ce cas, où sont stockés les implants sous-cutanés Subku et les décodeurs correspondants. À toi maintenant, Jackie.

Jackson raconta la conception et la fabrication du transpondeur et sa connexion au réseau par Crockie.

— Fortiche, le Crockie, murmura Scout.

— C'était notre idée de départ, enchaîna Jimmy. On a renoncé, car elle ne tient pas la route. Il suffit d'une vérification générale du système pour que ça crashe. Trop risqué.

— Alors pourquoi tant d'enthousiasme pour le transpondeur de Crockie ? s'enquit Jackson.

— Parce que l'appareil a le mérite d'exister. Qu'il a fait ses preuves, d'une certaine façon. À cause de la somme de temps qu'il peut pirater. Les « fantômes » ne disposent que de quelques heures, jours et au maximum de 1 semaine. Avec votre transpondeur, nous disposerions d'un montant tel que nous aurions tout le temps nécessaire pour aller chercher Matt Fuller sur le Continent et le ramener en douce. Puis créditer les fantômes existants. On est sûrs qu'il y a encore plus de gens qui pensent comme nous, mais les localiser est impossible. Partout, c'est la méfiance et la peur. Matt Fuller connaît sûrement les autres cellules, du moins s'il en existe encore.

Jackson récapitula et réfléchit.

— Je vous donne le transpondeur en échange de quatre fantômes.

— Tu es fou ou quoi ? s'exclama Scout. On ne peut pas. On en aura besoin pour le retour de Matt Fuller.

— Où est le problème ?

Jackson désigna les deux frères, leva deux doigts.

— Deux identités fantômes pour Fiodor et Gricha. Une pour Fuller. Quatre pour mes parents, ma sœur et moi. En tout, ça fait sept. Et il existe sept « fantômes », si j'ai bien compris ?

— Je savais qu'il essaierait de nous entuber ! grommela O'Reilly.

— Ton plan comporte des faiblesses, Jackson, objecta Lou avec calme. Premièrement, tu n'as pas le transpondeur. Et ce n'est pas demain la veille que tu remettras la main dessus. Si j'ai bien compris. Et moi aussi j'utilise l'une des identités fantômes, donc il n'en reste que trois. Je retranche le fantôme dont on a besoin pour rapatrier Matt. Alors, dans ta famille qui n'en recevra pas ? Céline ? Ta mère ? Ton père ?

Jackson, hors de lui, bondit. Gricha et Fiodor, prêts à le neutraliser, l'imitèrent. Lou s'interposa :

— Nous devons attendre l'avis du leader.

— Le leader ? Pourquoi ? Il y a encore quelqu'un d'autre dans votre organisation ? Je croyais que c'était lui, le leader ?

Jackson pointa le doigt vers Jimmy. Scout renifla, dédaigneuse.

— Pourquoi ? Parce qu'il porte des costumes chics et qu'il l'ouvre à tout bout de champ ?

— Toi, tu finis par me taper sur le système ! s'exclama Jackson, à bout de patience.

Il entendit à ce moment-là une voix qu'il connaissait. Il l'avait si souvent entendue : « Du calme, du calme. Douceur et doigté avec les jeunes poulains ! »

Il se retourna. Il ne l'avait jamais vue en civil. Mais l'uniforme lui allait comme une seconde peau. Ni Crockie, ni Henk, ni lui-même n'avaient jamais pensé qu'elle avait une vie privée ni ne possédait de robe fluide au tissu bleu vif avec rayures blanches irrégulières. Elle s'approcha à la hâte et pirouetta. Le tissu de sa robe virevolta.

— Merveilleux, n'est-ce pas ? Fait maison. Technologie « batik ». Un peu de cire, un peu de teinture, un seau et de la ficelle, et hop, le tour est joué, s'exclama Heather Blue d'une voix gaie. Ferme ta bouche, mon garçon, sinon un cafard va y ramper et ça ne va pas te faire plaisir.

Jackson restant muet, elle ajouta :

— Les surprises, c'est le sel de la vie. Je t'assure que ce ne sera pas la dernière… insinua-t-elle.

— Miss Blue… articula Jackson.

— Tu peux m'appeler Heather, mon grand. Ou leader. La cheffe, je préfère. Enfin, c'est comme tu veux.

30 minutes plus tard, Jackson, inspiré, avait exposé son idée. Les autres le regardaient comme s'il avait perdu la tête. Pourtant il n'y avait que cette possibilité.

La surprise générale passée, Heather Blue acquiesça.

— Crowler a raison : il faut organiser l'évasion de Crockie Fleming.

Elle s'éloigna, ouvrit la porte.

— Comment le faire sortir de sa prison à l'Agence de la Sécurité nationale ? Réfléchissez. Faites travailler vos petites cellules grises, les enfants. Vite, je vous prie. Maintenant, vous m'excusez, mais j'ai rendez-vous avec un très gentil monsieur assez âgé que je ne peux pas faire attendre.

Elle sortit.

— Comment ça « réfléchissez » ? soliloqua Jimmy sur le ton avec lequel il aurait dit : « J'en ai vraiment marre, c'est n'importe quoi, moi je me casse. »

Jimmy aimerait être le chef à la place de la cheffe, en déduisit Jackson.

— C'est impossible ! continua Jimmy, qui, se dégageant le visage, fit les cent pas. Elle nous prend pour les Quatre Fantastiques ? Des superhéros ? Avec Jackson dans le rôle du petit génie ! Toi, tu n'as pas l'air de comprendre ce que signifie le mot « impossible », Crowler.

Il s'arrêta pour le regarder droit dans les yeux.

— Impossible, ça signifie *no way*. Oublie ton plan. Sors-le de la tête.

Impossible. *No way*, songea Jackson.

Il trouverait le moyen. Parce que retrouver le transpondeur sans Crockie, c'était impossible. Et, sans transpondeur, rien de possible. Sauf pirater tous les systèmes. Trouver la faille. Un tel système de sécurité, c'était comme une énigme à décrypter. Il fallait procéder par élimination et avec méthode. *Le problème : ça prendrait trop de ce précieux temps. OK. C'était bien beau, tout ça, mais il mourait de faim.*

— Il nous faut des pizzas et des plans de l'Agence de la Sécurité nationale, conclut Jackson.

Il rit avec gêne et exagération. À peine intégré dans le groupe, il exigeait. A priori, seuls Jimmy et Scout donnaient des ordres.

— De bonnes idées ! fit Lou.

— Évidemment… grogna Scout.

— Pizzas et plans, c'est jouable ? demanda Jackson, impatient.

— Les plans ? Oui. Pas de problème. Les pizzas, non.

Et, sur ces mots, Scout sortit.

— Je suppose que c'est à moi de commander les pizzas ? s'enquit Gricha en la suivant.

Quelques pizzas plus tard, Scout rota et en poussa les cartons.

— C'était dégueu, lâcha-t-elle.

Même l'estomac plein, elle était de mauvaise humeur.

Lou s'assit sur le sol à côté de Jackson. Devant eux, les plans précis de l'immeuble de l'Agence de la Sécurité nationale, avec ses câbles d'alimentation, puits de ventilation et conduits verticaux, individuels et collectifs.

— Bon, alors ? Quelqu'un sait comment on va entrer à l'étage du bloc pénitentiaire A vivants et en ressortir avec Crockie ? demanda Jimmy. Non ? Personne ? C'est bien ce que je pensais.

Scout croisa les bras.

— On peut tout faire péter à coup d'explosifs ?

Jimmy leva les yeux au ciel et se recoiffa une mèche devant un morceau de miroir accroché au mur. Il se tourna vers Jackson.

— Comment sommes-nous censés libérer un détenu de l'Agence de la Sécurité nationale, l'immeuble le plus surveillé et sécurisé de la Cité ? Matt Fuller et ses hommes n'ont pas réussi à s'en évader : aucun moyen d'entrer ou de sortir.

— Mais si, il en existe un pour entrer, insinua Jackson.

— Oui : si tu es arrêté ! coupa Jimmy, énervé. Ou si tu es vigile. Si tu fais partie du personnel de cuisine, d'entretien et de maintenance. Mais on n'a personne des nôtres parmi ces gens-là. Il faudrait des mois avant de les gagner à notre cause, et on n'a pas des mois devant nous.

Jimmy s'interrompit. Il réfléchissait.

— Je viens de virer un mécano qui réparait et… Bref, je pourrais le réinjecter, comme ça…

Il claqua des doigts. Puis il secoua la tête et se ravisa.

— Mais je ne vois pas comment un simple mécano incapable de réparer un système de ventilation et qui a eu le malheur de provoquer la colère de la mauvaise personne pourrait nous aider. Déverrouiller les portes de l'intérieur ? J'en doute. Il y a des gardiens armés, des contrôles aux points d'accès.

Jimmy était trop impatient. Son mécano n'était peut-être pas la solution miracle, mais c'était un début.

— Pour entrer, il faut se faire arrêter, proposa Jackson.

Absurde. Mais logique.

Jimmy se laissa tomber sur une vieille chaise à côté de Scout.

— Il est cinglé ! Tu sais ce qui se passera, dans ce cas, Crowler ? Ce qu'ils te feront ? Moi je le sais. Même ma patronne, qui ne fait pas la fine bouche et a une conscience élastique, se plaint du sort que les agents de la Section Z réservent à leurs victimes.

Il se tut. Jackson le regarda bien en face.

Vas-y, crache le morceau, Jimmy, tu m'intéresses.

— Ah, tu m'énerves ! s'exclama Jimmy.

Il montra des salles sur le plan.

— D'abord, on t'enferme dans une des deux chambres noires, là, à cet étage. Tu y restes à l'isolement complet au minimum pendant 1 heure. Pas de lumière, pas de toilettes, pas de fenêtres. Les pièces sont insonorisées et ne sont pas non plus munies de micros ou de caméras.

Jackson hocha la tête. L'absence de lumière ? À la fois un avantage et un inconvénient.

— Au bout de 1 heure, dans le meilleur des cas, tu es conduit dans les salles d'interrogatoire, continua Jimmy. Qui se trouvent là.

En face des chambres noires.

Jackson se pencha sur le plan.

— OK. Passons aux accès extérieurs. Il y en a deux. Le portail…

Jimmy l'interrompit :

— Surveillé par des caméras. Des gardiens qui contrôlent les entrées et les sorties. Des tireurs d'élite postés là 24 heures sur 24.

Jackson ne se laissa pas démobiliser. *Pense parkour.* Évaluer le terrain. « Ne pense jamais à la rue, seulement à la voie ! C'est le seul moyen d'avancer quand surgit un obstacle », répétait maître Chang.

L'expérience du parkour lui permettrait de pénétrer dans les quartiers de haute sécurité de l'Agence.

— L'autre accès se fait par le pont.

— Un itinéraire emprunté par les camions poubelles et les vapos ou hydros des services de thanatologie, intervint Scout en ricanant. Tu as trouvé la solution, petit génie : tu entres prisonnier, tu sors plus mort que vif. Bravo !

Jackson scruta le plan. Il laissa les derniers mots de Scout faire leur chemin dans son esprit.

— D'où viennent ces documents ?

— Documentation cadastrale. Office de promotion et de gestion immobilières. Ses archives. Tout ce qui a été construit dans la Cité, expliqua Scout. Seulement, pour cet immeuble, je n'ai que les plans originaux, pas les éventuelles mises à jour. Si jamais il y a eu des aménagements ou des modifications, on est mal.

Jackson réfléchissait. Il prit la règle.

— Allons bon. Quoi encore ? interrogea Scout.

Lou lui fit signe de se taire.

— Laisse-le. Il a sans doute trouvé quelque chose !

Jackson mesura la largeur du puits de ventilation et des conduits latéraux. Il consulta l'échelle du plan.

— Où est le bloc pénitentiaire A ?

Jimmy le lui montra.

— À cet étage. Crockie y moisira jusqu'à ce qu'il parle. Tout transfert, quel qu'il soit, n'est possible que sur ordre de Tremont. À partir de là, la machine se met en marche.

Jackson prit un crayon et dessina dans le plan du bloc A. Ça ressemblait à un jeu. Une énigme. Il connaissait cette exultation. Il l'avait ressentie lorsqu'il avait dessiné les plans d'un autre projet délirant : le transpondeur. Pirater le temps des comptes bancaires semblait irréalisable mais, à force d'énumérer toutes les possibilités avec Henk et Crockie, il avait trouvé le moyen. De nouveau il dessinait, mais cette fois pour remettre de l'ordre dans le désordre. Toujours à cause du transpondeur.

Jackson jeta un coup d'œil sur le bloc pénitentiaire B, où, selon Jimmy, se trouvaient Céline, ses parents ainsi que ceux de Crockie. *Par sa faute.* Il se sentait malheureux. Coupable. Penser à sa famille lui donnait le vertige. *Crockie, le crâne rasé, enfermé dans le bloc A, une zone de haute sécurité. Ses parents et sa sœur Céline dans une cellule du bloc B.*

Et lui ?

Il gribouillait des plans. Il se prenait pour un agent secret dans un film d'espionnage. Mais ce n'était pas un jeu. Ni du cinéma. C'était la réalité. *Brutale.*

Soulevé par la nausée, Jackson jeta son crayon. Tout lui paraissait vain et inutile, soudain. Il n'était qu'un lycéen. Ses parents et sa sœur étaient en prison à cause de lui. *Tels étaient les faits.*

Lou lui posa la main sur l'épaule.

— Continue. Je vois où tu veux en venir. C'est intéressant.

Jackson secoua la tête.

— On va utiliser les puits et conduits de ventilation pour passer. Il faudra y laisser du matériel. Pas mal de choses.

Jimmy secoua la tête à son tour, l'air défaitiste et incrédule.

— Ah bon ? Quoi ? Un chalumeau soudeur ? Une mitrailleuse ? Des explosifs, comme le proposait Scout ? ironisa-t-il. Pourquoi pas un char d'assaut ?

Il reprit son sérieux.

— Le mécano dont je vous parlais tout à l'heure pourrait s'en occuper. Des outils seulement. Pas d'explosifs. C'est hors de question.

Jackson prit une grande inspiration. Il refoula ses soucis et inquiétudes et, de nouveau, se creusa la tête. *Imaginer que le bloc pénitentiaire A n'est qu'un itinéraire de parkour. Du coup, il faut…* Et il fit la liste du matériel nécessaire sur un morceau de papier.

— Le mécano devra déposer tout ça dans le puits de ventilation d'une des deux chambres noires. Et mon canif dans la chambre noire correspondante.

Jimmy parcourut la liste. Il haussa les sourcils.

— Ah, tu connais l'existence du FCRT et de ses effets, Crowler ? Par quel horrible miracle ?

Jackson sourit.

— Tu n'es pas le seul à avoir des sources privilégiées, Jimmy !

— C'est quoi, le FCRT ? intervint Lou.

Jimmy répondit en continuant de parcourir la liste :

— Un truc infect qui te fait mourir et ressusciter.

— Tu pourrais être moins énigmatique, insista Lou.

— Le FCRT est une substance qui a été testée il y a quelques mois. Une levure pour la farine. Avec des effets secondaires stupéfiants. Tu tombes raide mort et tu reviens à la vie au bout de 30 minutes. C'est évidemment interdit. Très difficile à obtenir.

Il sourit à la ronde.

— Sauf pour votre serviteur, qui a les codes d'accès aux zones réglementées de certains labos.

Scout applaudit.

— Super, Jimmy. Tu es un héros. Je n'ai rien compris à tes explications, mais ça me plaît.

— Je peux obtenir une dose de FCRT en injection. Mais, quand tu seras dans la cellule de Crockie, comment comptes-tu ressortir avec lui ?

Jackson sourit à Fiodor et Gricha.

— Vous deux, vous pouvez nous trouver un transport funéraire ?

Fiodor et Gricha se consultèrent du regard et acquiescèrent.

— On s'en occupe.

Jackson reporta son attention vers Jimmy.

— Il reste un dernier problème pratique : construire un cercueil avec un double fond. Pour trois personnes.

Jackson le dessina dans la marge du plan. Scout hocha la tête.

— OK. On gère. Mais je suis perdue ? Le plan, c'est de libérer Crockie, hein ? À trois ? Comment entrer et sortir ?

Jackson regarda Lou, qui elle aussi avait l'air interrogateur.

— Comme tu l'as dit, Scout : vivant et puis mort. Une double arrestation pour cent pour cent de chances de récupérer le matos parce qu'il y a deux chambres noires. Un cercueil à double fond pour sortir à trois.

Scout se frotta les yeux. Jimmy garda le silence.

— Super, j'en suis ! On commence quand ? s'exclama Lou.

20

— C'est le comble : aller au lycée uniquement pour attirer les services secrets, murmura Jackson à Lou en entrant à Kellington High ce matin-là. Ce que je redoutais il y a 2 semaines.

À leur vue, Heather Blue, dans sa capsule de verre, pâlit.

— Jackson ? Lou ? Mais qu'est-ce que vous fichez là ? chuchota-t-elle. Allez. Sortez. Filez !

— On ne veut surtout pas manquer les cours ! déclara Lou d'une petite voix flûtée.

— Vous avez perdu la tête ? Je ne peux pas enregistrer votre entrée ! La police est dans les parages. Je l'ai vue. L'inspecteur di Gallo a le lycée dans le collimateur.

Jackson soupira. C'était vraiment le monde à l'envers. Heather Blue les protégeait de la police et des services secrets. Il passa son décodeur dans le lecteur électronique.

— Jackson ! Non ! lança Heather entre ses dents.

La voix de Frida Ingaaden déjà s'élevait par le haut-parleur :

— Heather, je vous prie de conduire Jackson Crowler et Louise Clermont dans mon bureau ! Tout de suite.

— Vous êtes complètement idiots ! murmura Heather en se levant.

Elle les précéda dans le bureau de Frida Ingaaden.

— Entrez ! Et fermez la porte. Clermont et Crowler, asseyez-vous, s'exclama Ingaaden.

Parkour ! Patience et persévérance, pensa Jackson. Un obstacle est un défi. Une nécessité pour trouver une autre voie. Être créatif. Il était sur la voie, il poursuivait un but : libérer Crockie. Désormais, impossible de revenir en arrière.

— Que se passe-t-il, madame Ingaaden ? interrogea Lou de la même petite voix flûtée.

— Ce n'est pas à moi qu'il faut poser la question. Mais plutôt à ces dames et messieurs qui sont sur le point de…

On frappa. *Ils avaient été rapides*. Un homme qui se présenta comme Meier et la femme coiffée cette fois d'une tresse stricte entrèrent dans le bureau.

— Jackson Crowler ? demandèrent-ils sèchement.

Jackson opina.

— Nous avons des questions à vous poser. Suivez-nous.

Première montée d'adrénaline.

— Qu'est-ce qui se passe ? interrogea Jackson.

— Pas ici. Venez.

Meier et Schmidt ouvrirent la porte.

— Et si on refuse ? intervint Lou.

— Qui est-ce ? s'enquit l'homme auprès d'Ingaaden.

— Louise Clermont. Elle remplace Crockie Fleming.

— C'est sa complice. Elle a fabriqué avec lui un petit appareil qui pourrait drainer un gros capital temps du QG des Agences de Temps. Au moins 2 décennies, pas vrai, Clermont ? persifla Jackson.

Il glissa un regard en biais à Lou, qui l'imita.

— Exact. *Au moins* 3 décennies, persifla Lou à son tour.

Avec une vitesse surprenante, la femme se plaça derrière Lou, lui fit une clé dans le dos et lâcha d'une voix sifflante :

— Dans ce cas, tu viens aussi.

— Aïe. Je plaisantais seulement ! s'exclama Lou pendant que la femme la poussait.

Meier fit un signe à Jackson.

— Vite ! Dépêche.

Jackson regarda la directrice. Frida Ingaaden gardait la tête baissée. En revanche, de sa capsule de verre, Heather Blue les suivit des yeux, l'air triste et fataliste.

— Par là ! Plus vite !

Ils sortirent dans la cour du lycée. L'homme poussa Jackson sur la banquette arrière d'une voiture noire. Lou prit place à côté de lui. Le vapo roula avec une vitesse indécente dans les rues de la Cité, sans freiner ni s'arrêter. Meier et sa collègue programmaient les feux de circulation pour qu'ils soient au vert à leur passage.

Jackson ne tenta pas de communiquer avec Lou. Et réciproquement. C'était convenu.

Il remarqua qu'elle ne cessait de bouger son bras gauche, se massait l'épaule. Elle avait mal. Lou n'était pas une petite nature. La femme la lui avait-elle démise ? Pourvu que non. Les heures à venir seraient physiques. Lou devrait mobiliser son énergie et ses ressources.

Leur arrivée ne fut pas suivie par un interrogatoire. C'était la procédure. Personne ne leur adressa non plus la parole. Ils furent séparés. Jackson entra dans une pièce carrelée blanche où il dut se déshabiller. Complètement.

— Face au mur, jambes écartées, lui ordonna un gardien.

— Le médecin arrive, dit un autre.

— Un médecin ? Pourquoi ?

Pas de réponse. Les deux gardiens le laissèrent debout. Nu. Pour rien. Ou pour l'humilier seulement.

Ne pas y penser, se répéta Jackson. Ne pas penser non plus à Céline. Ni se demander si son père, sa mère, sa sœur eux aussi s'étaient trouvés dans cette situation à leur arrivée dans ce bâtiment.

Parkour. Obstacle. Voie. But. Ce n'était qu'une étape sur son itinéraire. Le médecin arriva. Il regarda dans sa bouche et dans ses oreilles, même dans la raie des fesses.

— Rien à signaler. Rhabille-toi.

Un gardien s'approcha et lui jeta une combinaison vert clair.

— Enfile ça en vitesse.

Jackson obtempéra.

— Suis-moi !

Jackson obtempéra de nouveau.

OK, le couloir en S. Il se repérait. La pièce carrelée blanche où il s'était dévêtu pour se faire examiner était signalée comme « aire de réception » sur les plans de Scout. Ce couloir sinueux était ponctué par des portes : deux à gauche, deux à droite. Celles de gauche conduisaient aux deux salles d'interrogatoire, celles de droite aux deux chambres noires, entre lesquelles s'intercalait une pièce très petite, sans doute réservée aux écoutes. Au bout, il y avait les locaux destinés à la domotique de service. Cet étage, à l'usage de la Section Z, était affecté aux interrogatoires et à la mise au secret. Aux étages inférieurs se trouvaient les blocs pénitentiaires A et B.

Lui et Lou avaient passé 48 heures à mémoriser le plan des lieux. Scout et Jimmy leur avaient même bandé les yeux et les avaient fait tourner trois fois sur eux pour mieux les tester.

« Après l'aire de réception ? Où sont les escaliers ? Droite ou gauche ?

« Gauche.

« Faux. À droite… On recommence. Les ascenseurs sont à droite… »

Et de nouveau.

— Entre ! ordonna le gardien.

Il ouvrit la porte de gauche. *De gauche ? Déjà l'interrogatoire ?* Le gardien continua jusqu'au fond et ouvrit une autre porte. La pénombre qui y régnait surprit Jackson, qui cligna des yeux, comme ébloui par la lumière.

Merde. Ce sont pourtant les portes de droite qui conduisent aux chambres noires ? L'avait-il oublié ? À moins qu'il n'y ait eu des modifications au cours des ans ? Les avertissements de Scout lui revinrent en tête. Elle n'avait que les plans originaux de l'Agence de la Sécurité nationale.

Soudain, Jackson comprit. La pièce destinée à la domotique et indiquée en tant que telle sur les plans d'origine était devenue l'aire de réception : il était donc entré à l'autre extrémité de cet étage. Il devait tout inverser. *Conclusion : à gauche se trouvaient les chambres noires et à droite les salles d'interrogatoire.*

— Entre !

Le gardien le poussa à l'intérieur et verrouilla derrière lui. Aussitôt, il fut enveloppé par le noir complet.

Le cœur de Jackson battit à vive allure. Il savait ce qui l'attendait. Le savoir, c'était une chose. Le vivre, c'en était une autre.

Allait-il supporter cet isolement, même moins de 1 heure ?

Ce n'est qu'une étape, se répéta-t-il pour se donner du courage. Il fredonna et se mit à genoux. Le sol était en latex. *Ou en caoutchouc ?* Une odeur désagréable. Âcre. Soudain, un léger bourdonnement lui parvint. *OK, le système de ventilation.* À partir de maintenant, Lou et lui avaient au minimum 60 minutes pour mettre leur plan à exécution avant que le gardien ne vienne les chercher, avant que Crockie dans sa cellule ne subisse le « contrôle des signes vitaux ».

Jackson palpa le sol. Le mécano de Jimmy avait caché son canif dans la chambre noire du fond. Là où il était. Si Lou avait mémorisé les infos et les plans, elle avait dû en tirer les mêmes déductions et conclusions : c'était à lui que revenait la mission de trouver le canif pour passer à l'action, non à elle.

Difficile de s'orienter dans cette nuit épaisse. *Sur le sol, rien.* Jackson tâtonna sur le mur. De gauche ? De droite ? Impossible à dire. *Et merde, toujours rien.* Le mécano avait-il vraiment obéi aux ordres de Jimmy ? Avait-il eu peur et renoncé ? Ou avait-il mal compris les indications, s'était-il trompé et avait-il caché le canif dans l'autre chambre noire ?

Aucun moyen de le savoir. Jackson douta de leur opération. *S'en remettre à un mécano que Lydia Tremont avait pris en grippe ? Conneries !* Jimmy avait juré que le type accepterait sa mission avec reconnaissance, mais le pouvoir de nuisance de Tremont était illimité. Le transfert de citoyens dans les usines de traitement des eaux usées, ou pire, était redouté. Se venger de la Secrétaire générale et être découvert, c'était le risque de subir un châtiment encore plus terrible, avait expliqué Jimmy.

Stop, pas de défaitisme ! Pensée positive. *Maître Chang, la voie, le but. Ne pas s'appesantir sur les obstacles,* se répéta Jackson. *Concentre-toi. Cherche !*

Il explora avec méthode sur les quatre pans de mur, comptant les coins pour se repérer. Il se haussa sur la pointe des pieds. Se mit à plat ventre et étendit les bras. *Merde. Rien.* Il rampa mains projetées vers l'avant. Rien. Il revint à son point de départ. La porte.

Le canif devait être sur les plinthes. Y avait été, n'y était plus ? Et si cette chambre noire était régulièrement contrôlée ? Jackson tâta de nouveau, cette fois, les plinthes capitonnées. Il désespérait et…

Le canif était là !

Il retint un cri de victoire, s'en empara, en déplia le tournevis. Il localisa le conduit de ventilation à l'aveuglette sentit sous ses mains la grille fixée par des vis. *Quatre en tout.*

Il dévissa à l'aveuglette, retira lentement, précautionneusement la grille. *Maître Chang, vous êtes un as !* pensa-t-il, reconnaissant envers son prof de culture physique et exercices spirituels, qui lui avait appris la patience, la persévérance et la concentration. « Encore un essai et tu y arriveras ! Soumets chaque molécule de ton corps à ton cerveau. Le mental, Jackson ! C'est le secret ! » répétait Chang. Jackson, dans cette situation de tension extrême, comprenait la portée de ces paroles. Chaque goutte de sueur, chaque effort avait eu un sens.

Aujourd'hui, il était payé de retour.

Il s'introduisit dans le conduit de ventilation où le reste du matériel devait être stocké. Une fois dans la gaine chemisée d'acier, il progressa dans l'obscurité. *Rien*. Ah si ! Là, à droite, un sac. Il palpa. *Corde double. Baudriers. Mousquetons. Chronomètre. Lampe de poche.* Il l'alluma sans tarder, en dirigea le faisceau vers le fond du conduit.

Lumière ! Jackson poussa un soupir de soulagement. Puis il déclencha le chronomètre. Les secondes défilèrent. Pendant combien de temps avait-il cherché le canif ? Difficile à évaluer.

Il enfila l'un des baudriers, fixa le deuxième et le canif dans les boucles porte-matériel, passa le câble et les mousquetons dans la sangle et le pontet. Enfin, il prit le tube de colle Superstick. *Mieux que soudé, collé !*, affirmait le slogan publicitaire. C'était vrai : des véhicules hydro et vapo avaient été assemblées par collage avec le Superstick ! Jackson en étala une fine couche sur la grille de ventilation qu'il repositionna, et qui adhéra immédiatement à son cadre. Si tout se déroulait conformément à leur plan, ils seraient partis avant que les gardes remarquent leur disparition. Jackson aurait aimé être présent pour voir leur tête.

Le conduit était étroit. *Sacrément poussiéreux*. Jackson dirigea le faisceau de sa lampe vers la droite : Lou se trouvait là, dans la seconde chambre noire.

Arrivé là, il donna deux coups : le signal convenu.

Il entendit Lou s'approcher furtivement et orienta sa lampe par les lamelles de la grille.

Lou claqua de la langue imperceptiblement. Deux fois, pour lui faire savoir qu'elle l'avait repéré. Jackson introduisit le canif entre les lamelles d'aération. Lou claqua de nouveau de la langue. *OK, elle l'avait.*

Inquiet, Jackson consulta son chrono. Il était certain d'avoir perdu de précieuses minutes à chercher les outils. Lou devait faire vite pour dévisser la grille de ventilation. Au même instant, elle la retira. Jackson lui tendit son baudrier, puis la main, pour l'aider à se hisser dans le conduit. Toujours sans un mot. Ils avaient au préalable mis au point les détails de la procédure, convenant de ne jamais parler, sauf en cas d'urgence.

Une fois dans le conduit, Lou lui sourit. Jackson lui rendit son sourire. Ils remirent en place la grille, la collant, et rampèrent dans le conduit, veillant toujours à ne pas faire de bruit. Ce n'était pas facile avec les mousquetons accrochés au baudrier et la nécessité d'agir vite. Mais Jackson était concentré sur la voie. Son but.

Ils se dirigèrent vers l'extrémité du conduit et débouchèrent dans le puits de ventilation principal. De là, ils devaient descendre en rappel sur deux étages et gagner le conduit de ventilation du bloc pénitentiaire A.

Lou poussa un gémissement de douleur quand, arrivant à la hauteur du puits, elle fixa un mousqueton à la corde. Elle porta la main à son épaule, un mouvement rapide qui n'échappa pas à Jackson.

— Ça va ? ne put-il s'empêcher de chuchoter.

Lou mit un doigt sur ses lèvres et acquiesça.

Le puits principal était plus large que le conduit, et très profond. Le faisceau de la lampe ne dissipait pas les ténèbres de ses profondeurs. Jackson leva les yeux. Tout en haut du puits, un ventilateur se mit en marche. À chaque étage se trouvaient des ventilateurs qui aspiraient l'air dans les conduits latéraux. Le système était gigantesque et sensible aux moindres dysfonctionnements.

Jackson s'arrima à sa corde. S'il perdait le contrôle, il tomberait et pourrirait là, en bas. Et, un de ces quatre matins, on s'étonnerait de l'odeur pestilentielle dans l'immeuble.

— Jackie ?

Il se retourna. Lou le regarda droit dans les yeux.

— Oui, quoi ?

Lou l'embrassa sur la joue.

— Tu es génial, murmura-t-elle.

— Attends avant de crier victoire, chuchota Jackson.

Il s'engagea dans le puits de ventilation. Sa descente en rappel lui parut durer une éternité. Il ne se précipitait pas, afin de ne pas perdre le contrôle. La corde lui entaillait les paumes. Jackson s'efforçait de ne pas y penser. Surtout, il évitait de consulter le chronomètre.

Au niveau du canal de ventilation latéral, il donna une poussée énergique contre le mur, laissa un peu de mou à sa corde pour se projeter vers l'ouverture et la lâcha au dernier moment. Il s'engagea dans le conduit sans attendre Lou et y rampa. Il regarda dans les cellules par les grilles de ventilation. Vides. D'après les indications de Jimmy, Crockie était dans la dernière, au fond à gauche.

Tout en progressant, il se décida à jeter un coup d'œil au chrono : *30 minutes environ venaient de s'écouler. S'il évaluait la recherche du canif à 20 minutes, il restait environ 10 minutes pour atteindre la cellule de Crockie et lui administrer le FCRT.* Jackson rampa plus vite, mais il fit la grimace et ralentit. *Trop bruyant.* Il se raidit lorsque le baudrier heurta la gaine métallique du conduit. Enfin, il atteignit la cellule de Crockie. Il regarda au travers de la grille de ventilation. Crockie était allongé sur son lit.

Jackson poussa un énorme soupir. *Crockie* ! Boule à zéro. Amaigri. Mais vivant. La caméra était placée juste à côté de la grille et des toilettes.

— Crockie !

Celui-ci ouvrit les yeux.

— Chut. Pas un mot. C'est moi ! On va te sortir de là, appela Jackson à voix basse. Grille de ventilation. Canif. Chut !

Crockie se leva et s'approcha. Il se déplaçait avec difficulté. Souffrait-il ?

— Tu es cinglé ou quoi, Jackie ? chuchota Crockie.

Jackson lui tendit le canif.

— Tu vas passer pour mort. Une évasion parfaite !

Crockie. Freaky Crockie ! Il l'aurait volontiers embrassé !

Pendant que Crockie dévissait la grille, Jackson sortit la seringue de FCRT et en retira le capuchon. Crockie avait maigri au cours de ses 2 semaines de prison, Jimmy y avait-il pensé pour effectuer le dosage ? Ils n'avaient pas été en mesure de tester cette partie de l'opération. Mais ils n'avaient qu'une seule seringue ; et pas le droit à l'erreur.

Crockie détachait la grille quand Lou arriva.

— Écoute-moi bien maintenant, expliqua Jackson à voix si basse qu'il espéra que Crockie l'entendrait. Tu vas te faire cette injection en restant sous le conduit de ventilation, pour ne pas te faire repérer par la caméra de surveillance, puis me rendre la seringue. Tu seras *out* en moins de 1 minute. Donc, pour ne pas tomber et te blesser, file t'allonger.

Quand Lou apparut derrière Jackson, Crockie eut un mouvement de recul involontaire.

— T'inquiète, elle est avec moi, le rassura Jackson. Je t'expliquerai plus tard.

Crockie hocha la tête. Il avait l'air différent. Parce qu'il avait le crâne rasé ? Pas seulement, il y avait aussi l'expression de son visage et de ses yeux. *Qu'est-ce que ces malades lui avaient donc fait ?*

— Dernière chose. Si tu te réveilles dans un cercueil, ne panique surtout pas. C'est le signe que tu es presque sorti. Continue à faire le mort !

Crockie hocha de nouveau la tête, prit la seringue, se fit l'injection et la rendit à Jackson. *Si ça c'est pas de la confiance…*

Jackson fit coulisser la corde d'acier d'un côté d'une lamelle de la grille ; Lou la rattrapa de l'autre. Chacun tira sur l'une des extrémités pour la retenir. Ils s'accroupirent dans le conduit de ventilation et attendirent.

Il ne restait plus qu'à patienter encore un peu… et à espérer.

21

Lorsque Mitch Cooper prenait son service, il commençait par une ronde des cellules des deux blocs pénitentiaires. Il avait appris que de nouveaux arrivants « mijotaient » à l'étage du secret, dans les deux chambres noires capitonnées. Deux Starters. Comme le détenu dans le bloc A. *Des ados*. Mitch refoula cette pensée dérangeante. *Moi, je ne fais que mon devoir. Ceux de l'exécutif, ils savent ce qui est bon ou pas pour la Cité*, se disait-il lorsque sa conscience le tourmentait. *Et ce qui était bon pour la Cité l'était pour lui, pas vrai ?*

Mitch Cooper leva le cache de surveillance sur le judas de la cellule. C'était un œil-de-bœuf avec un angle très large qui permettait de voir chaque recoin de la cellule, même les toilettes. En vérité, personne ne regardait les vidéos des caméras de surveillance, le service était en sous-effectif, c'était impossible de garder un œil sur les écrans. De toute façon, le règlement spécifiait d'effectuer un « contrôle des signes vitaux » régulier : le personnel pénitentiaire devait vérifier si les prisonniers étaient encore en vie en les réveillant et en leur parlant.

Ce que Mitch Cooper vit dans la cellule l'alerta. Il approcha le micro de son interphone de ses lèvres.

— Krystof, ramène-toi en vitesse ! cria-t-il. Bloc A, Fleming !

Il y eut aussitôt de l'effervescence dans le couloir. Krystof sortait des toilettes, courait, boutonnant la braguette de son pantalon et fermant la boucle de sa ceinture. Mitch chercha sur son porte-clés celle de la cellule et l'ouvrit.

— Suicide ? demanda Krystof, rentrant derrière lui.

Mitch testa les fonctions vitales du détenu.

— Pouls : négatif, marmonna-t-il. Respiration : négative.

Il le tourna sur le dos. Le visage du garçon était bleui, ses lèvres bleu foncé. Mitch commença la réanimation cardiaque, plaça le talon d'une de ses mains au milieu de la poitrine nue, le talon de l'autre main dessus, les solidarisa et effectua des compressions thoraciques. Il pratiqua deux insufflations par la technique du bouche-à-bouche. Alternance de compressions, insufflations. Nouvelle vérification. Rien. *Toujours rien.*

— Trop tard… chuchota Krystof.

— Quand as-tu fait le contrôle des signes vitaux pour la dernière fois ? coupa Mitch, hors de lui.

Krystof bégaya. Mitch ne comprit pas un mot de ses explications.

— Quand, bon sang ? répéta Mitch. Combien de temps es-tu resté aux chiottes à lire le journal ?

Nouvelle réponse inintelligible de Krystof. Mitch avait déjà tiré les conclusions qui s'imposaient : *trop longtemps.*

— C'est toi qui vas assumer les conséquences de ta négligence ! dit-il donc.

— C'est toi le chef d'équipe, riposta Krystof. C'est arrivé pendant ton service.

Mitch se contint pour ne pas exploser. Le gamin s'appelait Crockie Fleming. Il avait vu sa pièce d'identité dans le dossier. Et aussi cette directive : *donner l'alerte immédiatement en cas d'événement grave.* Un détenu mort, c'était grave. Mais normalement, s'il y avait un problème, Mitch devait informer son supérieur direct, le chef de service. Pas dans ce cas précis. Mitch savait qu'il allait passer un mauvais quart d'heure. Il revint dans le bureau du gardien, carra les épaules et respira profondément puis contacta « qui de droit ».

Le visage de Lydia Tremont apparut à l'écran. Avec cette expression d'impatience et d'exaspération caractéristique.

— C'est à propos du dossier Fleming, commença Mitch.

— Fleming a parlé ? coupa Tremont.

— On peut refermer le dossier, biaisa Mitch.

— Il a avoué ? s'exclama Tremont, ravie. Comment ça s'est passé ? J'arrive !

— Ça ne sera pas nécessaire. Parce qu'il n'a rien dit.

Mitch hésita. Mais il n'avait pas le choix. Il prononça donc les mots fatidiques :

— Il est mort.

— Quoi ? À cause des méthodes d'interrogatoire de Schmidt et Meier ?

— Madame la Secrétaire générale, je l'ignore. Je m'assure juste que les détenus sont vivants en effectuant un contrôle des signes vitaux à intervalles réguliers, répondit Mitch. Le détenu Fleming a fait un arrêt cardiaque. Il avait perdu beaucoup de sang suite à la blessure par balle lors de son arrestation, et nous ne sommes pas un hôpital.

Lydia Tremont resta silencieuse. Son souffle était devenu plus rapide et plus lourd. Mitch retenait le sien. Il se préparait au plus gros orage de sa vie. *Un tsunami.* Au rejet, ou au transfert, vers l'une des stations d'épuration puantes qui filtraient les derniers rebuts utilisables des eaux usées de la Cité.

— Ne raccrochez pas ! s'écria Lydia Tremont.

Mitch l'entendit hurler :

— O'Reilly ? Il faut contacter le service de thanatologie du district et organiser un transport funéraire.

Mitch attendait. Et Lydia Tremont, glaciale, reprit à son attention :

— Quant à vous, cher monsieur, nous allons maintenant vous chercher un nouveau poste. Dans les stations d'épuration, on a toujours besoin d'individus avec vos compétences. Vous pouvez accumuler beaucoup de minutes en bonus ; c'est un avantage non négligeable, n'est-ce pas ?

Le couperet était tombé. Mitch, impuissant, serra le poing, se réjouissant que cette sorcière ne puisse pas le voir. Maintenant, il comprenait mieux pourquoi cette femme était détestée dans la Cité. La majorité la haïssait et sans doute espérait qu'elle s'étouffe avec sa propre bile. C'était en tout cas le vœu de Mitch.

Jimmy avait les mains moites lorsqu'il contacta par téléport le service de thanatologie du district. *Angoisse et excitation.* Il adorait jouer des rôles quand il était gamin. Pas se costumer, non, animer des marionnettes à fils. Il était en sueur, et en joie, dès le début des petits spectacles de marionnettes organisés par ses soins. Il était accro aux montées d'adrénaline au lever du rideau. L'enjeu était de poids. Il ne devait pas embrouiller ses fils ni s'agiter, il devait maîtriser la situation.

Après avoir réglé les détails avec les transporteurs funéraires, il entrerait en contact avec Gricha et Fiodor, proches d'un téléport et du service de thanatologie. Le signal convenu : faire clignoter le téléport deux ou trois fois.

Mais avant, un thanatologue devait décrocher. Or, ça sonnait dans le vide. *Pourquoi ces crétins sont-ils infichus de répondre ?*

Jimmy sentit le stress monter. Tremont allait exiger qu'il appelle un autre service de thanatologie. *C'était exclu !* Il perdrait le contrôle de la situation, les fils s'emmêleraient. Gricha et Fiodor devaient intercepter le transport funéraire au départ, en virer les conducteurs, s'emparer de leur véhicule et de leurs combinaisons pour se rendre au bloc pénitentiaire A.

C'est Jackson qui avait eu l'idée de ce plan, pas lui. Mais Jimmy ne le jalousait pas. Crowler était intelligent et avait des ressources. Et Jimmy adorait jouer. Il se fichait de savoir qui écrivait les pièces du moment qu'il pouvait les *jouer* comme autrefois il jouait ses spectacles de marionnettes.

Tout avait été préparé avec soin : Jackson, Lou et Crockie seraient exfiltrés par Gricha et Fiodor. Ensuite tous auraient encore assez de temps, du moins Jimmy l'espérait, pour affréter le bateau pour la pointe ouest où Ocean City allait bientôt accoster. *Toujours en restant dans les clous.* Car c'est lui qui le louerait. Personne ne se demanderait pourquoi l'assistant personnel de la femme la plus puissante de la Cité avait besoin d'une embarcation. Tout le monde penserait que Tremont avait une mission sur le Continent ou encore que cette dernière l'y avait envoyé pour une raison ou pour une autre. C'était presque trop facile !

Enfin, un visage apparut sur l'écran du téléport.

— Oui ? J'écoute ?

— Bureau de Lydia Tremont. Nous avons besoin d'un transport funéraire jusqu'au bloc pénitentiaire A de l'Agence de la Sécurité nationale, débita Jimmy.

Il avait parlé trop vite.

— Ah bon. Pour quand ?

C'était quoi, cette question débile ?

— Tout de suite. Bien sûr, répondit Jimmy posément.

La voix de Lydia Tremont s'éleva de l'interphone :

— O'Reilly ? La voiture funéraire doit passer me chercher ! Je vais accompagner le transport !

Ça se compliquait. Comme autrefois, quand les fils de ses marionnettes s'embrouillaient.

— Ce n'est pas possible ! protesta-t-il. Enfin, je veux dire…

— Bon alors, qu'est-ce que je fais, jeune homme ? coupa le superviseur du service de thanatologie, toujours à l'écran. Nos clients, c'est sûr, peuvent attendre, à l'heure qu'il est. Mais pas les chauffeurs. Eux, ils n'ont pas volé leur temps !

Du calme, Jimmy. Active tes méninges.

James prit une grande inspiration.

— Un instant, s'il vous plaît, lâcha-t-il.

Il coupa le son du téléport et reprit poliment à l'attention de Tremont, alors qu'il avait envie de lui tordre le cou :

— Il s'agit d'un transport *funéraire*. Un corbillard. Avez-vous vraiment le désir de monter là-dedans ?

— Pourquoi ? Vous craignez pour ma sécurité, O'Reilly ? Pas de quoi. Le passager qui a les honneurs de ce véhicule est passé de vie à trépas, non ? Je ne risque donc rien.

Jimmy regarda ses mains moites, soudain tremblantes.

— Mais, avez-vous pensé… Enfin, je veux dire… Comment s'organiser avec les services de sécurité et votre protection rapprochée ?

Tremont poussa un énorme soupir.

— Ça suffit, O'Reilly ! Je veux que le transport funéraire passe ici dans 2 minutes !

Jimmy connaissait l'obstination de Lydia Tremont. Toute objection était inutile. Tremont avançait à la façon d'un char d'assaut, c'est-à-dire qu'elle abattait les obstacles. C'est d'ailleurs cet entêtement qui lui avait permis d'obtenir le poste de Secrétaire générale. Et lui, James O'Reilly, il n'était qu'une nuisance insignifiante qui ne l'empêcherait pas de monter dans ce foutu corbillard.

— J'avertis le service de thanatologie qu'il y aura une personne supplémentaire, déclara Jimmy, vaincu.

— Pas une ! deux ! Parce que vous m'accompagnez aussi, O'Reilly ! Précisément pour assurer ma sécurité ! riposta Tremont.

James O'Reilly eut un vertige. *Ça ne se compliquait pas, pire, ça tournait au fiasco.* Un peu comme si les fils de ses marionnettes formaient des nœuds impossibles à dénouer.

— Le véhicule de transport funéraire doit d'abord passer prendre deux personnes au QG des Agences de Temps, annonça Jimmy au thanatologue.

— Ah bon. Des individus morts ou vifs ? interrogea son interlocuteur avec ennui. Moi, je demande, c'est tout, hein. Nos corbillards vapo et hydro sont tous équipés de plates-formes d'accompagnement à droite et à gauche du cercueil. Donc il y a de la place.

— C'est exactement ce qu'il nous faut. Vite.

— C'est parti, monsieur, répondit le thanatologue.

Jimmy donna le signal lumineux convenu, par téléport, à Fiodor et Gricha. Là-dessus, il alla se laver les mains et les sécha avec un soin exagéré. Il avait le cerveau en ébullition. Tremont, cette créature diabolique retranchée dans son bureau, planquée derrière cette porte, le rendait fou de haine et de rage. Elle essayait de le prendre en défaut, de le mettre à l'épreuve ou hors de lui. Elle le traitait comme un moins que rien, même lorsqu'elle avait besoin de lui. Elle l'insultait quand quoi que ce soit ne se passait pas selon ses désirs. *Et maintenant, il l'avait sur le dos. Quelle sangsue !*

Que faire ? Comment rester en infiltration auprès de Tremont sans risquer que Jackson, Lou ou Crockie soient découverts et le paient de leur vie ? Jimmy réfléchissait, sans trouver de solution. Il ne pouvait plus joindre Fiodor et Gricha. Son petit spectacle continuait, les marionnettes faisaient ce qu'elles voulaient et, quant à leurs fils… *Un embrouillamini.* Inutile d'y penser plus longtemps. Maître du jeu, il devrait coûte que coûte débrouiller ses fils.

Même si ça relevait de l'impossible.

Bientôt la voix de la réceptionniste s'éleva par l'interphone :

— Une voiture est arrivée pour vous.

Jimmy rectifia sa cravate et frappa à la porte de Lydia Tremont.

— Madame Tremont ? Nous sommes attendus, annonça-t-il avec respect.

Jackson soupira de soulagement lorsque la porte de la cellule de Crockie s'ouvrit. Il avait mal évalué le temps nécessaire à l'arrivée de Fiodor et Gricha avec le cercueil.

Ces derniers poussèrent le chariot en acier inoxydable fermé par des parois en acier, qui ressemblait à un vulgaire chariot de manutention (bon, mais qui se souciait du design de ce type de transport ?), et le roulèrent à côté du lit de Crockie. Le cercueil (plutôt un baquet géant en zinc recyclé avec couvercle) était fixé dessus. Ce qui, en apparence, ressemblait à un transport funéraire pratique et rapide était en réalité le plus sûr moyen d'exfiltrer et d'évacuer Jackson et Lou en même temps que Crockie. C'est Jackson qui en avait eu l'idée et en avait dessiné les plans. Gricha, Fiodor et Scout l'avaient ensuite assemblé et soudé.

Jackson et Lou allaient retirer la grille de ventilation qu'ils retenaient quand, derrière Gricha, un gardien entra.

Ils n'y avaient pas pensé, c'était pourtant prévisible.

Jackson tira sur sa corde à temps pour empêcher la grille de tomber. Par chance, Lou eut la même impulsion et l'imita. La grille vacilla. Le gardien leva la tête, mais ne sembla pas le remarquer.

Gricha et Fiodor étendirent un drap sur Crockie. Gricha poussa le gardien dans le couloir.

— Vous venez ? J'ai besoin de votre signature.

Jackson entendit la porte de la cellule se refermer.

— Vite ! chuchota-t-il à Lou.

Fiodor roula le chariot sous le conduit de ventilation, qui se trouvait dans l'angle mort de la caméra. Il souleva le couvercle puis le fond du cercueil, dévoilant le compartiment secret. Jackson fut le premier à s'y glisser et s'y fit tout petit. Lou le suivit et s'y recroquevilla à son tour.

— Remets la grille, murmura Jackson à Fiodor.

Déjà Fiodor reposait la plaque de métal sur eux, les plongeant dans l'obscurité.

Fiodor déposa le corps de Crockie sur ce socle au-dessus d'eux et fixa le couvercle du cercueil. Jackson entendit les voix étouffées de Gricha et du gardien. Ils parlaient de choses et d'autres. Enfin, le chariot se mit en mouvement. Il sentit la main de Lou chercher la sienne.

Avant qu'ils n'atteignent le premier point de contrôle, Jackson se rendit compte qu'ils avaient oublié un détail pourtant capital : l'oxygène. Déjà il se raréfiait. Lou lui pressa la main. Sans doute l'avait-elle aussi remarqué.

La voix de Gricha leur parvint :

— Ça va ?

Jackson pressa la main de Lou en retour. Il essaya de maîtriser sa respiration. De respirer calmement. Peu. Surtout, ne pas bouger.

À l'extérieur, Gricha s'entretint avec le gardien qui déverrouillait les portes les unes après les autres. Jackson connaissait les plans du bâtiment au détail près. Il se souvenait qu'il y avait au total cinq points de passage avec contrôle systématique.

C'était lent. Il avait mal au dos. Son pied gauche était engourdi. Il se sentait étourdi par le manque d'oxygène. Lou pressa de nouveau sa main. *Ne pas penser à quel point ça faisait du bien…* Il ne fallait pas que son pouls s'accélère inutilement. *Économise l'oxygène.*

Ils franchirent le quatrième point de passage. Jackson entendit la voix de Gricha :

— Mec, c'est vraiment hyper sécurisé, ici !

— C'est indispensable, répondit le gardien. Rien ne passe entre les mailles du filet.

Gricha gloussa.

— Qu'est-ce qu'il y a de drôle ? demanda le gardien.

— Non. Rien, fit Gricha.

Il ne restait qu'un point de passage. Enfin, ils parvinrent à la sortie réservée aux ordures et aux morts.

La sortie vers la liberté. La voix d'un gardien s'éleva :

— Transport funéraire.

— Je dois de nouveau vérifier vos décodeurs. Mais vous aviez l'autorisation, n'est-ce pas ?

— Oui. Quatre de vos collègues ont déjà effectué les contrôles de routine, répondit Fiodor, désagréable.

L'air se raréfiait. Jackson sentait la confusion l'envahir. Désorienté ? *Mauvais signe.*

Une autre voix lui parvint :

— Qu'est-ce qui se passe ? Pourquoi ne sont-ils pas encore partis ?

Scout avait eu raison, pensa Jackson, de plus en plus oppressé. Il n'y avait qu'une seule façon d'entrer. Et une seule de sortir : la mort.

De l'air !

Jackson était au désespoir. Ses poumons brûlaient. *Respirer.* C'était trop exigu. Il fallait qu'il sorte d'ici.

Ne pas s'énerver. Ne pas s'agiter. Le vapo funéraire se mit en mouvement. Ou pas ? Jackson ne remarquait plus rien. Il s'en fichait presque. Il ouvrit la bouche et aspira. *De l'air !*

Ne pas lâcher prise. Mais il n'avait plus un atome d'oxygène à respirer. Alors il laissa échapper un dernier souffle et sombra.

22

Un baiser ? *Sans blague ?* Une voix de loin. Une gifle ? Et un autre *baiser*. Jackson aspira à pleins poumons. *Enfin, de l'air.* Il ouvrit les yeux et croisa le regard gris-brun et oblique de Scout.

Scout ? Penchée sur lui ? *Qui l'embrassait ?* Elle avait vraiment un grain, la pauvre fille.

— Ça va pas la tête ? balbutia Jackson.

Il essaya de se redresser, mais il se cogna à une paroi en acier.

— Où suis-je ?

— De retour ici et maintenant, dit une voix familière.

Freaky Crockie.

— On est sur la route. On a failli y passer à cause du manque d'oxygène.

Lou. Assise à côté de Crockie sur la plate-forme latérale du vapo de transport funéraire.

Jackson comprit que Scout l'avait ranimé à l'ouverture du compartiment sous le cercueil, qui aurait pu être le lieu de son dernier repos. Il voulut en sortir, mais, au même moment, le véhicule prit un virage serré. Il retomba. *Trop faible.*

Il fit un nouvel effort. À sa droite et à sa gauche, il n'y avait guère de place sur les deux bancs face à face. À sa gauche, Lou, Crockie et Scout. Crockie et Lou portaient encore leur tenue verte de détenu.

Crockie avait vraiment l'air changé. Pas seulement parce qu'on lui avait rasé le crâne. De nouveau son regard frappait Jackson. Égaré. À l'affût. Les mains tremblantes, la jambe gauche agitée par des soubresauts.

Scout posa sa main sur le genou de Crockie.

— Hé, Freaky Crockie, tu es pire qu'une anguille électrique. On t'a sorti de là. Alors cool, mec. Décompresse.

Crockie fixa la main de Scout. Il se força à sourire et cessa un instant de trembler.

— On a réussi, les gars ? demanda Jackson à voix basse.

— Presque. Mais on a quand même un gros problème, insinua Jimmy.

Jackson tourna les yeux vers lui, sur la droite.

À côté de Jimmy, une femme ligotée, bâillonnée et les yeux bandés. Jackson faillit éclater de rire. Lydia Tremont ? *Sérieusement ?*

— Qu'est-ce qui te fait rire ? interrogea Jimmy.

— Ben, elle ressemble à…

Jackson hésita. La femme bouillonnait de rage.

— C'est bien elle, dit Jimmy sèchement.

— Elle qui ?

— *Elle.* Tu sais qui.

— L-lydia…

— Tremont, oui. Il n'y avait pas d'autre moyen. Sinon la jeter à la mer.

Tremont essaya de parler. *Sans doute de vociférer*. Son bâillon l'en empêchait ; elle dodelina de la tête.

— La ferme, chef ! lâcha Jimmy. Puisque mon camouflage est découvert, autant en profiter. Alors je répète : la ferme, Lydia ! Je peux dire « Lydia » ? Oui ? Non ? Peu importe. Je fais ce qui me plaît ! Je me défoule !

Le vapo roula vers une sortie. S'arrêta. Les portières s'ouvrirent. Fiodor monta.

— Vite ! Sortez ! Mme T. reste à l'intérieur. On trouvera une solution pour lui régler son compte.

Tremont parut paniquée et se mit à trembler. Elle essaya de crier et se débattit en vain, toujours en dodelinant de la tête. Jusqu'à ce que Jimmy la lui prenne entre les mains.

— Du calme, sinon on sera obligés de vous faire une méchante petite injection, lui dit-il avec froideur et mépris. Ce n'est pas ce que vous voulez, n'est-ce pas ?

Lydia Tremont se figea pendant que Jackson et les autres sortaient de la voiture et pénétraient dans le parking souterrain. Jackson sentit l'odeur des ordures et de la graisse de poisson pourri lui monter aux narines. Une nausée lui souleva l'estomac.

Jimmy fit un geste dans la direction de Fiodor.

— Toi, tu surveilles Tremont. À la moindre alerte, tu t'en occupes avec *ça*, OK ?

Il mit la main dans une poubelle, en sortit un sac en papier qu'il chiffonna exagérément puis donna à Fiodor.

— Ça marche. Je peux lui régler son compte maintenant ? *Avec ça ?* demanda Fiodor d'une voix volontairement forte et menaçante. Sécurité avant tout, pas vrai ?

— Non ! Laisse-lui une chance ! répondit Jimmy sur le même ton.

Tremont, sans doute épouvantée, resta coite. Jackson sourit en voyant ce que Jimmy avait donné à Fiodor. L'emballage en plastique recyclé d'un Hubackle dont le nom se détachait en lettres turquoise. Scout ramassa une lourde ceinture de charpentier sur le plancher du siège passager et la jeta sur son épaule comme s'il s'agissait d'un petit sac pour une soirée de gala au Townhall. De sa main restée libre, elle saisit un coupe-boulon.

Jackson, Lou, Crockie la suivirent dans un débarras attenant au parking. Scout y avait déposé des vêtements de rechange. Trop grands pour Crockie.

— Désolé, Freaky, marmonna Scout.

— Je ferai avec, répondit Crockie.

Le chandail pendouillait sur son corps amaigri, mais ça lui donnait l'air cool d'avant son arrestation.

— Où sommes-nous au juste ? demanda à voix basse Jackson à Lou.

Ils entraient dans un tunnel circulaire qui empestait.

— Tu n'as pas encore pigé, petit génie ? demanda Scout en secouant la tête. Pourtant, c'est la suite logique : direction le district 404 !

Jackson acquiesça. OK. Logique. Ils devaient s'emparer du transpondeur pour charger à bloc tous les comptes disponibles. Grâce à Crockie, c'était possible. Cette intrépidité lui plaisait. Il était de plus en plus impressionné par la conviction du groupe à défendre sa cause. Mais il aurait aimé parler à cœur ouvert avec Crockie, afin de comprendre pourquoi il tremblait autant.

Encore un peu de patience.

— Vous avez assez de combinaisons de protection et de casques ?

Ils atteignaient une lourde porte en fer rouillé solidement vissée dans son cadre, munie de scellés de haute sécurité « plomb bouteille » marqués et numérotés. Les panneaux d'interdiction s'écaillaient.

Scout brisa les scellés de haute sécurité avec son coupe-boulon.

— Tu es trop sensible ? Tu as peur de te salir, Crowler ? Quelle chochotte ! Qui a besoin d'une combinaison de protection ?

Jackson avala sa salive. Après ce qu'il avait entendu dire sur le district 404, un équipement approprié lui paraissait être une mesure raisonnable et prudente.

— Vous pouvez me dire pourquoi on va dans un secteur contaminé ? intervint Crockie. Vous n'avez pas trouvé une meilleure cachette dans tout Ocean City ?

Jimmy et Lou se regardèrent. Scout, stupéfaite, lâcha son coupe-boulon. Jimmy se raidit, puis se détendit et sourit à Crockie.

— Tu as failli m'avoir, mec ! Allez, on sait que tu as fabriqué un transpondeur et que tu l'as planqué dans cette zone interdite. Cool. Fais-nous confiance, Freaky ! C'est Jackson qui nous l'a dit. On a besoin d'alimenter nos comptes avec un max de temps.

Crockie fixa Jimmy sans sourire.

— Excuse, je n'y comprends rien. Moi, pas question que je mette les pieds là-bas. Je ne suis pas suicidaire !

Jackson fit un signe d'intelligence à Crockie.

— Détends-toi, Crockie. Tu as caché le transpondeur dans le district 404. Je l'ai vu sur ton compte de temps. Tout le monde ici le sait. C'est bon. Ils ne sont pas de l'Agence de la Sécurité nationale ou de la Section Z.

— Ça, je n'en doute pas ! répondit Crockie. En revanche, il faudrait être complètement débile pour planquer quelque chose dans le district 404. J'ai passé 1 an à l'étudier dans le cadre de mon projet de merdannuel. Il faudrait le démanteler et l'assainir avant de pouvoir y mettre le nez. J'ai vu des gens qui y ont travaillé pendant presque 2 ans et surtout l'état dans lequel ils sont.

Crockie secoua la tête.

— Complications dues à un rayonnement de plus de 6 sieverts : destruction de la moelle osseuse et des muqueuses, y compris dans le système digestif. Brûlures de la peau et des voies respiratoires. Pas beau à voir.

— Mais je pensais… commença Jackson, consterné.

— Mon accident, quand j'étais petit, m'a suffi. J'aime le risque, mais il y a des limites.

Crockie eut un rire sans joie.

— Je te jure que j'aime la vie, Jackie. OK, j'ai connecté le transpondeur, mais pas à partir du district 404. Tu devrais quand même le savoir !

Son regard brillait. Scout fit un pas en avant. Le coupe-boulon qu'elle avait ramassé lui donnait l'air menaçant. Des flammes jaillissaient de ses yeux.

— Alors comme ça, tu nous balades depuis le début, Crowler ?

— Vous pensez que j'ai fait tout ça pour m'amuser ? riposta Jackson.

Il cherchait le regard de Lou. Elle l'évitait. Son visage était fermé, dubitatif.

— Non, pour faire sortir Freaky de prison, lâcha Scout d'une voix dure.

Crockie plongea les yeux dans ceux de Jackson. Jackson connaissait ce regard. Crockie essayait de lire en lui. « Je peux entrer là-dedans, lui disait-il autrefois en lui tapant sur le front. Tu peux rien me cacher, mon pote ! »

Crockie cherchait maintenant à savoir s'il était venu avec l'Organisation de sa propre volonté ou si ses membres le tenaient d'une façon ou d'une autre. *On peut faire confiance à ce commando, à ce Matt Fuller ?* C'était la question qu'il lisait sur les traits de Crockie.

— On peut rester seuls un instant ? demanda Jackson.

Lou acquiesça. Scout baissa le coupe-boulon et Jimmy leva le nez en l'air, mais ils obtempérèrent.

— Raconte. Qu'est-ce qui se passe ? commença Crockie. Tu ne sais *vraiment* pas où se trouve le transpondeur ? Ou est-ce que ces cinglés te menacent d'une façon ou d'une autre ?

Jackson, fataliste, hocha la tête.

— Lou, Scout, Jimmy et les garçons ont un grain, ça c'est une certitude.

Il hésita à poursuivre. Crockie supporterait-il d'entendre la vérité dans son état ? Jackson aurait préféré la lui révéler plus tard, au calme. Il sentit sa bouche devenir sèche.

— Écoute, Crockie, le transpondeur, c'est notre seule chance de libérer nos familles.

— Nos familles ?

Crockie tripota l'ourlet de son pull trop grand. Son pied gauche trépignait sur le sol en béton sale.

— La Section Z a arrêté tes parents… continua Jackson. Et les miens. Même…

Jackson déglutit. Crockie écarquilla les yeux et lâcha la suite après une profonde inspiration :

— Céline ?

Jackson acquiesça.

— Ils les ont raflés.

— Henk aussi ? insista Crockie.

Jackson secoua la tête.

— Fils de pute ! s'écria Crockie. Je l'ai toujours su ! Ils ont réussi à le briser, n'est-ce pas ? Et il nous a trahis ?

— Je pense, oui, mais ça n'a plus aucune importance. Ce n'est pas nous, le problème. L'Agence de la Sécurité nationale, la Section Z, la police pensent que nous sommes des rebelles de mèche avec le commando Matt Fuller. Mais ça n'a pas d'importance non plus. Ce qui compte, c'est que, avec Scout, Jimmy et Lou, on pourrait empêcher l'expulsion de nos parents et de Céline sur le Continent. Matt Fuller peut nous aider.

Jackson parlait si vite qu'il avalait ses mots.

— Bientôt, la Cité va accoster. Là où Matt Fuller serait. Il faut le ramener à Ocean City. Pour cela, on a besoin de beaucoup de matériel : bateau, jumelles de vision nocturne, outils. On doit aussi soudoyer des gens. Donc, avoir beaucoup de temps pour payer.

Crockie regarda nerveusement dans la rue.

— OK, j'ai compris l'essentiel, dit-il avec détermination. Pirater du temps. C'est possible avec le transpondeur. Sauf que le transpondeur n'est pas dans le district 404, Jackie.

— Mais c'était indiqué sur ton compte de temps... insista Jackson. On est allés voir le CTP Khaled Omar.

— L'identifiant 404 indiqué sur la transaction n'était qu'une diversion. C'était tellement gros que ça a pu marcher.

— Où est le transpondeur ? coupa Jackson.

Crockie sourit, mais reprit vite son sérieux.

— Sans blague, tu ne devines toujours pas, Jackie ?

Di Gallo n'appréciait pas les opérations coups de poing. Il préférait les approches psychologiques et faire fonctionner ses petites cellules grises. Mais son supérieur hiérarchique l'entendait d'une autre oreille, ne lui avait pas non plus demandé son avis et l'avait convoqué. Ambrose di Gallo était le meilleur enquêteur de la Cité, mais il était sous ses ordres.

Comment Paul Richmond avait-il réussi à s'élever aussi haut dans la hiérarchie de la police ? Non seulement c'était un mauvais policier, mais c'était aussi un mauvais tireur. *Aucun talent, ce type-là. Sauf celui de sa parfaite nullité.*

Lorsqu'il fit irruption dans le bureau, Paul Richmond rentra la tête dans les épaules. Signe de tension.

— Ah, di Gallo. Vous voilà ! Nous avons des visiteurs importants, déclara-t-il. Je ne vous présente pas, vous les connaissez.

Les agents mutiques et sinistres de la Section Z. Repérables à des lieues à la ronde. Il y avait un homme, un certain Dieter Meier. Et une femme avec une queue-de-cheval stricte qui lui tirait les traits du visage. Mechthild Schmidt. Dieter Meier et Mechthild Schmidt. *Identité de carnaval*, pensa di Gallo, ironique. Avec la panoplie : costumes bleu foncé pour passer inaperçus. Il ne manquait que des lunettes de soleil miroir pour qu'ils soient conformes en tout point au cliché de l'agent secret des vieux films d'espionnage du siècle dernier.

— Que se passe-t-il au juste ? demanda di Gallo.

— Avez-vous ou avez-vous eu des contacts avec Lydia Tremont récemment ? interrogea Meier, qui, ignorant Richmond, prit place sur son bureau.

— Je ne l'ai pas vue depuis plusieurs jours, répondit di Gallo d'un ton bref.

— Avez-vous eu des nouvelles de l'assistant personnel de Lydia Tremont, James O'Reilly ? insista Meier. Lui avez-vous parlé ?

Di Gallo secoua la tête.

— Non. Pourquoi ?

Dieter Meier le toisa. Une façon de lui faire comprendre que c'était lui qui posait les questions, traduisit le policier agacé.

— Nous avons obtenu vos dossiers sur Jackson Crowler et Henk Vermeulen. Savez-vous où sont ces garçons ?

Di Gallo haussa les épaules.

— Classifié. Désolé.

Dieter Meier sourit d'un air las.

— Voulez-vous retourner faire la circulation ? Dépoussiérer les étagères des archives dans les soussols ? Non ? Dans ce cas, coopérez.

La femme qui se faisait appeler Mechthild Schmidt se plaça derrière le policier.

— On n'est pas très patients, comme vous le constatez. Nous sommes sur le point d'organiser une traque à grande échelle.

— Je sais. Qui recherchez-vous ? Jackson Crowler ? Henk Vermeulen ? Crockie Fleming ?

Le nom de Crockie provoqua un véritable étonnement chez les deux agents.

— Que savez-vous au sujet de Crockie Fleming ? s'enquit Meier.

— Rien. Seulement qu'on le dit mort. Je doute qu'il le soit. C'est un avis qui n'engage que moi.

— Votre avis ne nous intéresse pas, répliqua Schmidt. Où sont les garçons ?

Di Gallo soupira et écrivit une adresse sur un bout de papier.

— C'est leur QG.

— Le kiosque de ce vieil homme ? s'enquit Meier. Son nom ?

Le policier jeta un regard dans son carnet comme s'il avait oublié l'identité de ce vieillard, alors que, bien sûr, il s'en souvenait parfaitement. À vrai dire, il n'avait pas besoin de ce carnet, car il avait une excellente mémoire, mais sa petite manœuvre lui permettait de temporiser.

— Gainsbourgh, répondit-il après un moment. Rufus Gainsbourgh.

— Merci, di Gallo. On ne vous retient pas, conclut Schmidt.

L'enquêteur fit un geste de la tête, se leva et sortit. Les agents de la Section Z avaient un don pour saboter les enquêtes de police. Il l'avait toujours soupçonné et il en avait désormais la certitude. Schmidt et Meier connaissaient l'existence de ce kiosque : ça n'allait pas plus loin. Di Gallo, lui, avait étudié les plans de ce minuscule bâtiment et de ses environs, sans oublier le réseau souterrain. Les agents de la Section Z allaient piéger les garçons, mais ceux-ci avaient une issue de secours que di Gallo avait découverte et que les adolescents traqués emprunteraient sûrement. Il n'aurait qu'à les cueillir sans avoir à lever le petit doigt. C'était agréable d'utiliser la Section Z à ses propres fins, songea-t-il, un sourire aux lèvres.

Si Meier et Schmidt ignoraient où étaient Lydia Tremont et James O'Reilly, personne à coup sûr ne le savait. Évidemment, la nouvelle de la disparition de la Secrétaire générale devait rester secrète.

L'intérêt des deux agents pour O'Reilly donnait du piquant à la situation : l'assistant personnel de Tremont était-il de mèche avec sa supérieure ? Ou au contraire l'avait-il piégée afin de la faire disparaître ? Quoi qu'il en soit, cette affaire-là n'était pas de son ressort, mais de celui de la Section Z.

Un détail qui titillait di Gallo. *Pourquoi Meier et Schmidt avaient-ils réagi si vivement lorsqu'il avait prononcé le nom de Crockie Fleming ?* Il savait où se renseigner. Il devinait aussi plus ou moins où se trouvait Crockie actuellement. Dernier détail significatif : Tremont disparue, la Cité n'était plus gouvernée comme stipulé dans le Contrat social. Et, enfin, si vraiment le jeune Crockie Fleming était mort, la Terre était peut-être plate, après tout ?

23

— Explique-moi pourquoi, Crockie…

Jackson observait un écheveau compliqué de câbles sur le mur de la cave, une pièce aveugle, du kiosque de Rufus Gainsbourgh. Lou l'éclairait, mais le faisceau, trop faible, rendait l'ensemble encore plus inextricable.

— Pourquoi tu ne nous as rien dit, à Henk et à moi ? insista Jackson. Pourquoi ne nous as-tu pas au moins donné un code ou laissé un message crypté, enfin, je ne sais pas, moi, quelque chose en cas d'urgence ?

Crockie haussa les épaules.

— Rufus savait. Si ça tournait mal, il devait vous informer.

— Rufus était dans le secret ?

Jackson était sidéré.

— Pourquoi ne nous a-t-il rien dit ?

Crockie haussa à nouveau les épaules.

— Aucune idée. Lui as-tu expliqué la situation ?

Jackson réfléchit.

— Bien sûr. Enfin, presque. Je lui ai dit que tu étais mort.

Crockie soupira.

— Peut-être l'a-t-il cru ? Il aurait eu peur que le transpondeur t'attire des ennuis ?

Rufus aurait gardé le silence pour les protéger, lui et Henk ? D'un autre côté, n'avait-il pas compris que, avec Henk, il se démenait et cherchait désespérément le transpondeur ?

— À moins que le vieux se soit servi ? lâcha Scout. Tripler sa retraite jusqu'à ce qu'il casse sa pipe ? Joli coup. Tout le monde aurait fait pareil, à sa place.

— Où est Rufus ? coupa Lou.

Jackson haussa les épaules. Ils étaient entrés dans le kiosque par-derrière. Rufus n'y était pas. La serrure de la porte, qu'il avait fracassée lors de son précédent et récent passage, n'avait pas été réparée.

— Allez, bougez-vous, les spécialistes ! ordonna Scout. On n'a pas la journée.

Perchée sur l'échelle qui donnait accès à la petite pièce aveugle du sous-sol, elle tenait ouverte la trappe dans le plancher. Cette trappe était cachée sous le fauteuil miteux sur lequel Henk et lui aimaient se vautrer. Jackson le découvrait et s'étonnait. Il avait donc toujours eu le transpondeur presque sous les fesses ? Il aurait pu charger des années et des décennies sur son compte à tout moment !

Trois murs de ce sous-sol étaient couverts d'étagères qui montaient jusqu'au plafond. Contre le quatrième, à côté de l'échelle, s'adossait une armoire massive à l'ancienne. Crockie en avait ouvert les portes : elle était vide, mais la paroi du fond coulissait, révélant un mur tapissé par un faisceau de câbles. Un vrai réseau ! C'est dans cet enchevêtrement invraisemblable que Crockie avait caché et fixé le transpondeur.

Crockie tapait frénétiquement sur le petit clavier de l'appareil les numéros de compte qu'il lisait successivement sur un morceau de papier que Lou lui tenait sous le nez. Il distribua des jours, des semaines et des mois à chacun.

— Silence ! chuchota soudain Lou.

Tous se figèrent. Scout prêta l'oreille.

— Fausse alerte. Tu es sûr qu'on ne peut pas localiser ce truc quand tu le manipules, Freaky ?

Elle regarda Crockie d'un air grave. Celui-ci lui adressa son sourire si typiquement Crockie.

— Affirmatif. Le transpondeur ne peut *jamais* l'être. La technique n'envoie pas de signal. Même avec une commande ping, on n'obtient rien. C'est seulement au moment du contrôle trimestriel que quelqu'un se rendra compte de quelque chose : en gros, dans 3 semaines.

— Dans ce cas, donne-moi une rallonge de 1 année, Freaky !

Scout sourit et lui tendit son décodeur, mais elle leva la main et se figea. De nouveau, tous écoutèrent. Jackson n'entendait rien. Mais pas Scout, sur l'échelle.

— Soit tu as tort et on peut repérer le transpondeur, soit on nous a dénoncés, murmura Scout. Parce qu'on va avoir de la compagnie, les gars.

Jackson entendit des voitures, puis des pas et le grincement de la porte de devant. Et enfin, des voix.

— Ouvrez ! Contrôle de sécurité !

— Vite ! Scout, descends nous rejoindre !

— Jackson, replace le fauteuil sur la trappe à l'aide de la corde, ordonna Crockie.

— Super, maintenant on est dans une souricière, objecta Scout. Moi je dis qu'il faut au contraire monter sur le toit !

— Fais-moi confiance, coupa Crockie.

Jackson attirait déjà Scout dans la cave. Cette dernière, qui se méfiait de tout et de tout le monde et discutait les moindres décisions, faisait, étonnamment, confiance à Crockie. Elle sauta de l'échelle, ferma la trappe, aida Jackson à remettre le fauteuil dessus à l'aide de la corde. Ils terminaient quand ils entendirent la porte sortir de ses gonds.

Une voix impérieuse s'éleva :

— Fouillez tout ! Partout ! Ordre de Meier ! Ils doivent être là.

D'autres voix, étouffées, leur parvinrent dans le minuscule sous-sol à peine éclairé par la lampe torche de Lou.

— Bon, et maintenant ? On fait quoi ? chuchota Scout.

Crockie sourit et lui fit signe d'avancer. Il écarta les vieux câbles en fibre optique comme on ouvre les pans d'un rideau. Et il disparut dans un conduit derrière.

Une voix de femme s'éleva au-dessus de leur tête. Schmidt ?

— Tu mets cette bicoque à sac. Tu la retournes jusqu'au plus petit morceau de bois, s'il le faut, je m'en fous. Je veux des résultats.

Scout suivait déjà Crockie. Jackson sentit la main de Lou se glisser dans la sienne tandis qu'elle leur emboîtait le pas.

— Viens vite, chuchota-t-elle.

Jackson entra dans la vieille armoire. Et, à la lueur de la lampe torche de Lou, il en ferma la porte de l'intérieur.

— Pour essayer de garder notre avance, murmura-t-il, franchissant à son tour le mur de câbles.

Se mouvoir dans la canalisation n'était pas très aisé. Maître Chang aurait adoré l'expédition. Cette canalisation longeait la rue. Au début, ça descendit un peu, puis il y eut une ramification. Ils progressaient lentement.

— On prend la première sortie, leur signala Crockie.

Lou éclairait avec sa lampe de poche, mais ce n'était pas nécessaire. Ils devaient aller tout droit dans ce conduit si étroit qu'ils durent bientôt ramper. Ils avançaient avec une lenteur désespérante. Jackson crut entendre du bruit derrière lui. Les services secrets avaient dû découvrir la cave.

— Plus vite ! lâcha Jackson dans un murmure.

Lou transmit l'ordre à Scout et à Crockie.

— On y est. On remonte, dit enfin Crockie.

Il avait atteint une niche comportant de nombreux pupitres de branchement, si obsolètes et si rouillés que c'était un miracle si la technologie de la Cité fonctionnait encore ! songea Jackson. De là, une échelle en fer donnait accès à la surface.

— C'est pour les techniciens, expliqua Crockie.

Scout sourit.

— On le sait, Crockie. On est au courant.

— La beauté du kiosque de Rufus, c'est qu'il est situé exactement sur un ancien pupitre de branchement.

— Tu nous raconteras tout ça quand on sera au sommet, intervint Lou.

Jackson jeta un coup d'œil derrière lui. Pas de lumière. Apparemment, la cachette n'avait pas encore été découverte. Crockie grimpa sur l'échelle, souleva la trappe qui fermait le trou en haut et regarda autour de lui.

— Et voilà : nous sommes au coin de l'avenue Romantic, annonça-t-il.

L'avenue Romantic se trouvait à deux pâtés de maisons du kiosque, loin des agents lancés à leurs trousses.

— Dépêche. Bouge-toi les fesses, Crockie ! s'écria Scout.

Crockie disparut à la surface. Scout et Lou suivirent. Jackson fut le dernier à sortir. Dès qu'il émergea, on le saisit aux épaules.

— Et voilà le numéro quatre ! Merveilleux. Bonjour, Jackson !

Jackson sentit qu'on lui liait les mains dans le dos et, la surprise passée, fit volte-face.

Ambrose di Gallo lui souriait.

Di Gallo poussa les quatre adolescents devant lui. Ils étaient assez loin du kiosque du vieil homme, mais un commando motorisé de la Section Z n'allait pas tarder à surgir et à boucler la zone.

La fille au crâne rasé traversé de motifs colorés ressemblant à des tatouages était la seule inconnue. Il se souvenait plus ou moins de Louise Clermont, la lycéenne qui avait remplacé Crockie Fleming à Kellington High, mais il ne lui avait pas prêté attention au cours de son enquête. Il eut du mal à reconnaître Crockie Fleming. Parce qu'il n'avait plus ses dreads, mais surtout à cause de son regard autrefois rayonnant, du moins sur les photos qu'il avait eues en main. Meier et Schmidt avaient dû être sans pitié pendant les interrogatoires. À cette pensée, un goût âcre de bile envahit la bouche du policier, et il cracha. Ces méthodes le dégoûtaient.

— Crockie Fleming, tiens donc… murmura-t-il.

Le garçon hocha la tête.

— J'avais raison.

— Raison ? demanda Jackson Crowler.

— Sur le fait que ton pote était vivant, Crowler. J'en avais l'intuition, et aussi quelques indices, mais cette harpie a nié.

Les adolescents sourirent. Ils savaient qui était la harpie en question.

Di Gallo les poussa tous les quatre sur la banquette arrière de son vapo de fonction, se mit au volant et partit. Il s'amusa des mines consternées de ses jeunes passagers quand, après avoir descendu l'avenue Romantic, il roula jusqu'au carrefour où s'élevait le kiosque.

— Petit conseil d'expert : ne jamais s'éloigner de la scène de crime. Au contraire, s'en rapprocher tranquillement et attendre. Se faire remarquer, c'est la meilleure façon de se cacher.

Il se tapa sur la cuisse et rit.

— Et réciproquement.

Personne ne rit.

Des vapos de la Section Z roulaient à leur rencontre. Banalisés et discrets mais, pour un expert, identifiables et reconnaissables.

— Baissez la tête, les jeunes, ordonna di Gallo.

Ses quatre passagers s'accroupirent instantanément. Di Gallo sifflota la chanson qui passait à la radio et continua sa route. Un présentateur interrompit le programme, en signalant qu'il avait une information urgente à transmettre. L'enquêteur monta le son.

« … la Secrétaire générale a disparu. On l'a vue pour la dernière fois avec son assistant personnel James O'Reilly, dont aucune trace n'a encore été trouvée… »

— Oh là là, commenta di Gallo. Ils se seraient enfuis ? Quel scandale. La femme la plus puissante de la ville aurait une liaison amoureuse avec son assistant personnel ?

« ... la police présume qu'il s'agit d'un enlèvement... »

Di Gallo éteignit la radio, entra dans la cour arrière d'une laverie et se gara derrière deux fourgonnettes Propre & Propret. Puis se tourna vers ses passagers toujours muets et consternés.

— Bon. Maintenant, racontez-moi ce qui s'est passé, demanda-t-il, espérant que les quatre adolescents avaient compris qu'il n'était plus d'humeur à se laisser balader.

— On voulait seulement créditer quelques jours de congé sur le compte des parents de Crockie. On avait envie qu'ils s'offrent de belles vacances pour fêter leur mariage, l'informa Jackson. Rien de plus, c'est la vérité.

— Ahaaaaaa. « Rien de plus ».

Il ne put contenir un sourire ironique.

— Oui, c'est la vérité, renchérit Crockie Fleming.

— Quelques jours et peut-être 1 heure par-ci, par-là ? Pour impressionner ces deux demoiselles ?

Les garçons secouèrent la tête.

— Vous me prenez pour un imbécile ? Vous pensez me faire avaler cette histoire stupide ? s'écria di Gallo. Je vais vous en raconter une, d'histoire. D'abord, un certain Crockie Fleming trouve la mort dans des conditions tragiques et une certaine Lydia Tremont s'intéresse personnellement à cette affaire. Puis le mort ressuscite.

Il regarda la tête rasée de Crockie.

— Et le ressuscité meurt de nouveau. Ensuite, Lydia Tremont disparaît avec son assistant personnel. Et Crockie Fleming ressuscite encore. Avec une bande d'amis. Enfin, de complices.

Il donna une légère tape sur l'épaule de Lou et de Scout.

— Bas les pattes ! lâcha Scout d'une voix sifflante.

— Écoutez, monsieur, commença Jackson. On va tout…

— TOI, LA FERME ! lui crièrent les deux filles. Pas un mot !

— Pas un mot sur quoi ? demanda gentiment di Gallo.

— Je te jure que tu es mort si tu l'ouvres, Crowler ! s'exclama Scout.

— Waouh, elles sont charmantes, ces demoiselles, persifla le policier.

Jackson avait compris que le policier n'était pas complice de Tremont. Il avait été baladé. Ça le mettait en colère. C'était leur chance.

Scout et Lou tentèrent de l'empêcher de parler jusqu'à ce que di Gallo les exhorte au silence.

— Je ne peux pas tout vous dire parce que j'ai promis à mes amis, dit Jackson, regardant tour à tour Lou et Scout.

Aucun des deux ne réagit.

— Mais mes parents, ma sœur, les parents de Crockie ont été arrêtés, reprit Jackson. Et il paraît qu'ils seront bientôt expulsés sur le Continent.

— Ils sont innocents. Ils n'ont rien à voir avec tout ça, intervint Crockie. Jackson et moi, nous sommes les seuls responsables.

— Vous savez ce qui les attend là-bas ! s'exclama Jackson.

Lui ne le savait pas précisément, mais il était certain que ses parents, ceux de Crockie et sa sœur n'y avaient aucune chance de survie.

— Nous devons les sauver !

— Comment ? demanda di Gallo.

Un homme en combinaison blanche avec l'inscription Propre & Propret s'approcha de la voiture.

— Bonjour. Vous ne pouvez pas vous garer ici, vous gênez les…

— Dégage, coupa le policier.

— Mais…

— J'ai dit dégage.

Di Gallo sortit sa carte de service. L'individu obtempéra sans discuter.

Jackson réfléchissait à toute vitesse. Tout le monde l'observait avec perplexité. Même le regard de Crockie exprimait l'incertitude. *C'était fichu, personne n'y croyait plus.*

Pourtant, di Gallo ne les avait pas livrés aux agents de la Section Z. Il ne les avait pas non plus conduits au poste de police. Et où étaient Poil de carotte et son collègue le putois ?

Di Gallo aussi avait ses doutes. Au point de faire cavalier seul. Il y avait eu la façon dont il avait parlé de Lydia Tremont. En persiflant. Et il l'avait traitée de « harpie ». Il la détestait et la méprisait.

Ces conclusions faites, Jackson respira profondément, prêt à abattre son unique atout. Il avala sa salive, toussota, mais, quand il reprit la parole, sa voix lui sembla rauque :

— Vous nous laissez partir et, en échange, on vous livre Tremont. Ça devrait donner un vrai coup de pouce à votre carrière.

Scout poussa un cri d'horreur. Lou rentra la tête dans les épaules en gémissant.

— C'est donc vous qui avez Lydia Tremont, déclara le policier.

Son regard pensif en disait long. Il ne s'y attendait pas. Jackson acquiesça.

— Oui. Elle est entre nos mains.

— Oh, mec, chuchota Crockie, Jackson Crowler, tu es encore plus cinglé que moi. Ne me traite plus jamais de Freaky Crockie.

Mais son large sourire prouvait à Jackson que Crockie trouvait son idée géniale.

24

Lydia Tremont était en sueur. Elle transpirait depuis que cet ingrat de James O'Reilly l'avait ligotée, bâillonnée et jetée dans le transport funéraire destiné à ce Crockie. Maudit Crockie. Il lui causait plus de problèmes que toute cette bande de terroristes ! Ce Crockie était manifestement indestructible ! Par deux fois, on lui avait annoncé sa mort et, par deux fois, il avait miraculeusement ressuscité !

Maudite transpiration. Une femme de son calibre ne perdait *jamais* son sang-froid, ni n'était la proie du doute, de l'hésitation, enfin ce genre de choses, et *surtout* ne transpirait pas quand elle bouillonnait de colère ou paniquait.

Lydia Tremont n'avait pas encore atteint le point culminant de sa carrière, mais ces petits révolutionnaires pouvaient la lui saboter ! Secrétaire générale de la Banque centrale d'Ocean City, elle avait un dernier échelon à gravir pour avoir le contrôle. Clark Kellington III avait accompli beaucoup pour la Cité au cours de sa vie. Aucun de ses ancêtres n'avait dirigé Ocean City avec cette maestria, mais, après la mort tragique de sa fille, il n'avait aucun héritier. Et elle, Lydia Tremont, voulait lui succéder et régner. C'est pourquoi elle voulait et devait s'en sortir vivante. Bien coiffée. Parfumée. Impeccable.

Elle espérait que les médias ne seraient pas présents au moment de sa libération. Son premier espoir, c'était de rester en vie, et le second, d'éviter les photographes et les journalistes tant qu'elle serait en sueur et échevelée.

Quant à O'Reilly ? *Une vipère qu'elle avait réchauffée dans son sein.* O'Reilly aurait pu initier un vaste coup de filet qui, avec sa complicité, aurait fait d'elle une héroïne. Personne n'aurait su qu'elle avait failli. Une manœuvre brillante qui aurait servi ses buts. Mais cet imbécile l'avait trahie au profit de ces rebelles. S'il avait été dans son camp, elle l'aurait nommé Secrétaire général de la Banque centrale dès qu'elle aurait accédé à la plus haute fonction d'Ocean City.

Au lieu de ça, elle allait l'anéantir !

Elle le mettrait en pièces, détruirait de ses propres mains James O'Reilly, Crockie Fleming, Jackson Crowler. Et les autres dont elle ne connaissait que les prénoms : Lou et Scout ; Gricha et Fiodor. Ces deux-là étaient probablement des migrants. Elle n'aurait pas été étonnée s'ils avaient réussi à entrer illégalement sur la Cité.

Vous n'aurez pas ma peau, j'aurai la vôtre ! jura-t-elle. Encore fallait-il qu'elle s'en sorte. Depuis un bon moment, le calme était revenu. *C'était inquiétant.*

Ces terroristes l'avaient abandonnée à son sort pour qu'elle meure de faim et de soif ? Puis elle tressaillit. Il semblait y avoir du grabuge, non loin.

Un coup de feu tout proche. Des cris. Des imprécations. Une détonation. Proche. À coup sûr, la Section Z venait à la rescousse. Meier et Schmidt allaient arrêter ces criminels.

Une voix s'éleva derrière la porte :

— Lâchez vos armes !

Nouveaux échanges de coups de feu.

— Ne bougez plus. Mains en l'air !

Une voix familière. Elle dut encore patienter avant que cette porte s'ouvre et qu'on lui retire le bandeau qui couvrait ses yeux. Un gros homme en imperméable froissé était devant elle. Ambrose di Gallo en personne.

Il ne manquait plus que ça, pensa-t-elle, mais elle n'allait pas faire la difficile.

— Madame Tremont, quel sort vous a-t-on fait subir ! s'exclama le policier.

Il avait l'air sincèrement désolé. Mais ses mots suintaient l'ironie.

— Comment avez-vous retrouvé ma trace ? interrogea Lydia Tremont quand le policier lui eut retiré son bâillon.

— Travail d'enquête.

Di Gallo haussa les épaules.

— À l'ancienne. Avec des indices et des déductions. L'intuition.

— Avez-vous supprimé ces barbares ? coupa Lydia Tremont.

Elle tressaillit d'horreur à ses propres paroles.

— Malheureusement, non, madame. Ils ont fui. J'ai privilégié votre sauvetage. Question de priorité.

Il sourit. Lydia Tremont n'aima pas ce sourire. Elle allait être obligée de promouvoir Ambrose di Gallo une fois cette affaire terminée.

— J'ai besoin d'un coiffeur, d'une esthéticienne et de vêtements propres. Ensuite, vous pourrez informer les médias de la situation. Nous raconterons une très belle histoire de laquelle nous serons les héros, dit-elle. Nous deux. Vous et moi.

Tous tapèrent dans la main de Jackson. Même James O'Reilly.

— Donne m'en cinq ! s'exclama-t-il.

Il reprit son sérieux.

— Si j'avais été présent, tu n'aurais pas osé.

— Alors tant mieux ! répliqua Lou. Jackson a de l'intuition, il comprend la mentalité de ces gens-là.

Jackson eut des picotements partout. Lou était géniale. Peut-être le lui dirait-il. Bientôt.

— Lou, enlève tes lunettes roses, par pitié ! grogna Scout. On a eu de la chance, c'est tout. C'était cinquante-cinquante.

— Di Gallo a tenu sa promesse, nous nous sommes débarrassés de Tremont, enchaîna Crockie. Jackson a toujours eu un instinct très sûr. Seuls ses goûts en matière de boisson sont épouvantables !

Il montra la canette de Hubackle de Jackson.

Ils occupaient un appartement vacant déniché par Scout. Bientôt, ce ne serait plus possible, parce que Scout figurerait sur la liste des personnes recherchées, comme Crockie et les autres. La Section Z les traquerait impitoyablement et Ambrose di Gallo ne pourrait certainement pas les égarer avec un deuxième tour de magie, comme il l'avait fait pour la libération soi-disant héroïque de Lydia Tremont.

Au moins, pour le moment, ils étaient en sécurité. Di Gallo avait parfaitement fait illusion en tirant des coups de feu et en hurlant alors que le groupe était déjà dans sa cachette. Maintenant, ils attendaient Gricha et Fiodor pour se rendre sur le port, embarquer et prendre la mer.

— Regardez, là ! s'écria soudain Lou en montrant un des écrans géants de l'appartement. Monte le son, Scout !

Lydia Tremont apparut. À ses côtés, di Gallo, souriant et très satisfait de sa personne. Tremont portait un tailleur impeccable, sa coiffure était parfaite. Seule une petite mèche rebelle retombait sur son visage et une blessure à sa tempe saignait à peine.

Scout bondit.

— On n'a pas porté la main sur la vieille ! C'est quoi, ce cinéma !

— Et ses cheveux étaient sens dessus dessous quand on lui a bandé les yeux.

— Quelle super menteuse ! siffla Scout.

Un journaliste expliqua que la Secrétaire générale avait courageusement résisté à un groupe de criminels et pris la fuite grâce aux efforts et à l'implication personnels du commissaire de police di Gallo.

— Commissaire de police, holà ! Il a sauté d'un coup deux échelons. Eh bien, notre stratagème a fonctionné, commenta O'Reilly.

Conformément aux prédictions de Jackson. Aider Tremont ferait de di Gallo un héros, ce qui lui ouvrirait toutes les portes. Ils lui donnaient la Secrétaire générale de la Banque centrale, le policier leur donnait une longueur d'avance pour prendre la mer et la fuite.

— Espérons qu'il ne célébrera pas ce succès en arrêtant Matt Fuller à son retour, grogna Scout. Excusez, mais moi, je ne lui fais pas confiance.

Jackson trembla quand il vit les photos suivantes, qui les représentaient, lui, Crockie et Jimmy.

« Ces individus sont activement recherchés par la police, expliqua la journaliste. Ils sont soupçonnés d'être impliqués dans l'enlèvement de Lydia Tremont. Vous pouvez vous adresser au commissariat de votre district, au poste et aux antennes de police de votre quartier pour toute information pertinente. Une récompense d'un crédit-temps de 50 000 minutes sera accordée à toute personne susceptible de contribuer à l'enquête criminelle. Attention, ces individus sont armés et extrêmement dangereux ! »

— Super, maugréa Crockie. Il y a 3 semaines, nous étions des élèves modèles dans le meilleur lycée de la ville et, maintenant, nous sommes de dangereux kidnappeurs armés jusqu'aux dents. Quelqu'un peut me montrer son arme ?

Les autres rirent.

— Reposez-vous tous un peu, recommanda Jimmy. Les jours à venir vont être difficiles. On n'aura peut-être pas la possibilité de dormir.

Lou et Scout s'installèrent dans une chambre, Jackson et Crockie dans la nursery. Quand ils y entrèrent, l'estomac de Jackson se contracta. Ça aurait pu être la chambre de sa sœur. *C'était un enfer Jayjay-Jellyfish.* Comme celle de Céline à la cité Parkfield.

Il sentit la main de Crockie sur son épaule.

— Si tu préfères, on va aller roupiller dans la baignoire de la salle de bains.

Jackson secoua la tête.

— Laisse. Ça ira.

Crockie s'allongea sur le petit lit, Jackson prit le pouf décoré d'énormes méduses. Rose et rouge, avec de grands yeux écarquillés et un sourire radieux presque inquiétant.

— Ça te va au teint ! s'exclama Crockie.

Quand Jackson se fut installé, il sentit dans sa poche la vieille montre de Crockie qu'il avait gardée en souvenir. Il la lui rendit.

— Elle vaut plus que nos décodeurs super sophistiqués. En tout cas, une montre dure plus longtemps.

Son ami prit la montre et eut une réaction inattendue. De grosses larmes coulèrent sur ses joues pâles.

Ils restèrent silencieux. Peu après, Jackson s'assoupit. Il fut réveillé par le signal convenu à la porte d'entrée. Gricha entra dans l'appartement.

— On est prêts, on y va, annonça-t-il.

Tout le monde empaqueta ses quelques affaires.

— On part, dit Jackson, mais il retint Crockie.

Dans la nursery, il avait réfléchi et ses inquiétudes avaient grandi.

— Écoute, je ne sais pas si…

Crockie le coupa :

— Moi non plus. Mais sans eux on est coincés. On a besoin d'eux.

La voix de Lou s'éleva :

— Vous venez, les gars ?

1 heure plus tard, tous atteignaient le môle central sur le port du district le plus excentré de la Cité. Fiodor les y attendait. Dans le bassin de gauche étaient amarrés les énormes yachts de luxe et les bateaux de plaisance du programme Soin & Oint pour les familles aux comptes horaires dans le rouge. Dans le bassin de droite se trouvait la Flotte de la pêche du plastique, dont les embarcations s'alignaient sur deux à trois

kilomètres. Au bout, de vieux chalutiers appartenant à des individus qui détenaient encore un permis de pêche en haute mer.

— Nous devons aller vers la droite. Quai 17, numéro de place 435, annonça Fiodor. J'ai réussi à me procurer les gilets de sauvetage. Par sécurité. On n'est jamais trop prudents.

Il les leur montra. Crockie leva les yeux au ciel.

— J'espère que tu vas apprendre à nager ! dit Jackson.

Le cotre de pêche amarré à la place 435 avait déjà bien vécu. Seul son nom avait été récemment peint sur la proue : *CK 1.*

— Ce truc est en état de naviguer ? demanda Jimmy, sceptique.

— Tu peux aussi rester dans la Cité et envoyer tes CV partout, dit Lou en souriant. Peut-être même postuler au QG des Agences de Temps ? Tu as des chances, crois-moi.

Gricha entra dans l'un des hangars sur le quai. Là attendait une silhouette voûtée dans un imperméable avec un suroît dont la visière était rabattue, si bien qu'on ne distinguait pas ses traits.

Les uns après les autres, ils embarquèrent par une planche entre le bateau et le quai. Jackson fut le premier à sauter sur le pont et y glissa.

— Outch ! s'écria-t-il. C'est une vraie patinoire !

Non seulement le pont glissait, mais il puait le poisson pourri.

— Kilroy est pêcheur, expliqua Fiodor, montrant du doigt des caisses en plastique à bord.

Elles débordaient de viscères et de têtes de poissons aux yeux vitreux à l'odeur putride. Le dernier Hubackle qu'il avait bu lui remonta dans la gorge.

Jackson se ressaisit, il tendit la main à Lou, puis à Crockie. Scout refusa son aide.

Des éclats de voix leur parvinrent du quai. Paniqués, ils regardèrent dans la direction de Gricha puis au-delà, vers le môle et le port. Marins, agents maritimes et portuaires vaquaient à leurs occupations, et personne ne s'intéressait au *CK 1*.

Gricha s'approcha.

— Qu'est-ce qui se passe ? lui demanda Jackson.

— L'égorgeur est gourmand : il en veut plus ! gronda Gricha.

— Je pensais que c'était réglé ! fit Jimmy, en colère. Si on ne s'occupe pas de tout soi-même…

— Ne fais pas le malin, le coupa Gricha. Si on t'avait laissé faire, on aurait ta cheffe à bord. Enfin, ton ex-cheffe !

Il montra l'homme en imper et suroît.

— Je dois lui donner des heures en plus.

Jackson sauta à terre sans laisser Jimmy objecter.

— Je m'en occupe…

— Clarence Kilroy, se présenta ce dernier quand ils furent à sa hauteur. Propriétaire de cette précieuse embarcation.

Kilroy tendit la main à Jackson sans le regarder.

— Tu as assez de temps sur ton décodeur ? lui demanda-t-il.

— Ce n'est pas ce qui était convenu, coupa Jackson.

Du bruit s'éleva de l'intérieur du hangar.

— Il y a quelqu'un là-dedans ? interrogea Jackson, méfiant.

Il était crispé. Gricha tremblait.

— Non. Personne, grommela l'homme. Je n'ai jamais accepté de me rendre complice de la fuite de criminels recherchés dans la Cité, *Jackson Crowler*.

— Merde, siffla Gricha. Comment connaît-il ton nom, Crowler ?

— Tout le monde à Ocean City le connaît, désormais. Vous croyez que je ne regarde pas les infos ? Montre ton décodeur : on va effectuer le virement sans faire d'histoires, reprit Kilroy froidement. Allez. Vite.

Jackson obéit. La transaction fut rapide. Après, l'homme leur tourna le dos et jeta une clé par-dessus son épaule. Jackson l'attrapa avant qu'elle ne tombe dans l'eau. Son intuition lui soufflait de se méfier de Clarence Kilroy. Il le suivit des yeux, intrigué.

Mais il n'y avait plus de temps à perdre, et il courut avec Gricha vers le bateau. Tous deux franchirent la planche et sautèrent sur le pont. Fiodor mit immédiatement le moteur en marche et longea le quai. Ils furent bientôt à la hauteur du hangar portuaire devant lequel Kilroy se tenait, immobile. Il fit signe de sortir à quelqu'un qui se trouvait à l'intérieur.

C'était un enfant. Enveloppé dans un ciré jaune un peu trop grand, avec sur sa tête un suroît de la même couleur. L'homme qui se faisait appeler Clarence Kilroy retira son suroît et sa perruque postiche. Il dit quelques mots à l'enfant, qui retira à son tour son suroît.

Alors Jackson eut un vertige. Il allait hurler « Stop ! On revient à quai ! » mais son cri s'étrangla dans sa gorge, car l'homme pointait un index vers la petite fille et mettait l'autre sur ses lèvres.

Jackson, au désespoir, obéit. Il les avait reconnus tous les deux. L'inconnu n'était autre que Rufus Gainsbourgh.

Et, l'enfant à côté de lui, c'était sa sœur Céline.

25

Clark Kellington poussa doucement la fillette dans le hangar. Céline courut vers sa mère et l'étreignit. Amelia Crowler ne put la serrer dans ses bras : elle avait les mains liées dans le dos. Tout comme son mari et M. et Mme Fleming.

— Tu es une petite fille très raisonnable, la félicita Rufus. Heather, libérez ces dames et messieurs de cette situation embarrassante. Retirez-leur le bâillon, je vous prie.

Heather Blue lâcha l'arme avec laquelle elle tenait en respect les quatre adultes. Elle n'aurait pas fait de mal à une mouche, même si tous les élèves de Kellington High auraient juré que la grande prêtresse de l'enregistrement du lycée était une vraie sadique. Le revolver n'en était pas moins très impressionnant dans ses mains.

Elle retira le bâillon des Crowler et des Fleming.

— Vous pouvez crier si vous voulez, mais vous ne réussirez qu'à devenir aphones, on ne vous entendra pas, leur dit-elle.

— Monsieur... commença Amelia Crowler. Monsieur ?

Elle se tut. Elle ne savait pas comment l'appeler.

— Kilroy, ma chère. Ou Gainsbourgh ? Le nom qui vous plaît, chère madame. J'ai beaucoup d'identités. Je préfère toutefois que vous m'appeliez Clark. En toute simplicité. Ne faisons pas de manières, nous sommes entre nous, n'est-ce pas ? Je suis sincèrement désolé de devoir vous causer, à vous et à vos enfants, autant d'ennuis, mais vous resterez là : c'est le destin d'Ocean City qui se joue. Son avenir, voyez-vous.

— Nous ne comprenons rien ! Vous êtes complètement fou ! s'écria Herb Crowler.

— Détrompez-vous, monsieur Crowler. Tout cela est très raisonnable. Votre fils est extraordinairement doué, comme le vôtre, monsieur et madame Fleming. Crockie est aussi un vrai combattant, particulièrement coriace. Je le sais depuis longtemps, car je surveille Jackson, Crockie et Henk Vermeulen depuis l'école primaire. Je sais tout sur eux. Croyez-vous que ces garçons auraient été admis à Clark Kellington High si je ne les avais pas sélectionnés en personne ? Toute cette histoire a... voyons, comment dire ? Disons que la situation a pris un tour très insolite. Jackson et Crockie sont moins prévisibles que je ne le pensais, mais c'est très satisfaisant.

— Que voulez-vous, à la fin ? s'écrièrent le père de Crockie Fleming et Amelia Crowler d'une seule voix.

— Eh bien, votre fils Jackson, madame Crowler...

Il se tourna vers le couple Fleming.

— … ou votre fils Crockie… héritera de mes parts d'Ocean City. C'est-à-dire 75,01 % des parts de notre communauté. L'un des deux sera à la tête de ce petit empire flottant librement sur l'océan. Ocean City. À une seule et unique condition.

— Laquelle ? demanda Herb Crowler.

— Qu'il survive aux épreuves.

Découvrez sans attendre
un extrait du tome 2
d'OCEAN CITY :
DANS LA CACHETTE DES REBELLES

DEMI-TOUR !

C'était la seule pensée de Jackson, sous le choc. Une idée fixe qui le privait de son sang-froid et lui comprimait les poumons. Il étouffait.

Le vieux cotre de pêche fendait la mer grisâtre. Il s'enfonçait dans la nuit, laissant derrière les installations portuaires et les lumières de la Cité. Fiodor, à la barre, dirigeait cette embarcation qui empestait le poisson vers une côte encore invisible et pour l'heure illusoire.

— DEMI-TOUR ! hurla Jackson, hors de lui.

À côté de lui, Crockie, blanc comme un linge, s'était accroché au bastingage comme si sa vie en dépendait. Le cotre balançait sur les vagues, le pauvre avait le mal de mer. Soulevé d'un spasme, il hocha sa tête à peu près rasée. De rares mèches de longueur inégale avaient été épargnées par la tondeuse de la prison.

— Dis pas n'importe quoi, Jackson… balbutia-t-il. On vient de leur échapper. Y a pas de retour possible. Sinon…

Il n'acheva pas. Chancelant, il alla à la poupe, sortit une boîte imperméable stockée sous un plancher amovible près de filets en désordre et de casiers à homards empilés. Il l'ouvrit. Dedans, des gilets de sauvetage. *Orange vif. Repérables, même de loin. Alors qu'ils devaient se rendre invisibles.* Super, songea Jackson, qui regardait. *En plus, il n'y en a que trois. Et on est sept. Génial…*

Crockie rabattit le couvercle.

— Si un jour j'ai de nouveau une vie normale, je jure que j'apprends à nager, murmura-t-il.

Les filles et Jimmy s'étaient repliés dans le minuscule poste d'équipage sous le pont afin de faire l'inventaire des lieux et du matériel de plongée qu'ils avaient acheté à prix d'or au propriétaire du cotre. Gricha, à la proue, surveillait les flots. Chaque fois qu'une vague montait, il donnait un signal à Fiodor, qui, du coup, diminuait l'appareil propulseur de plusieurs tours.

Jackson attrapa Crockie par les épaules.

— Il faut faire demi-tour, Crockie ! répéta-t-il avec force. Revenir à quai !

Et vite ! Les lueurs des gratte-ciel d'Ocean City, le halo jaunâtre du port de la mégapole flottante s'éloignaient toujours plus. Le cotre prenait son rythme de croisière, fendant sans cesse la crête des vagues.

— C'est lui qui l'a ! ajouta Jackson.

— Qui a quoi ?

Crockie s'écarta avec une grimace.

— Aïe, tu me fais mal, à la fin ! Ça va pas, non ?

— Kilroy, coupa Jackson à la hâte. Rufus. C'est lui qui l'a, je te dis !

Les mots se bousculaient sur ses lèvres. Sa panique montait, le submergeait en vagues plus puissantes et menaçantes que les rouleaux gris-noir à la proue du cotre. Il se fichait d'avoir l'air d'un illuminé. La vue de sa petite sœur aux mains du vieil homme l'avait mis dans tous ses états.

Non, il ne délirait pas ! C'était Rufus qui, souriant, serrait l'épaule de Céline. Il avait reconnu Rufus Gainsbourgh. Aucun doute là-dessus.

Rufus en qui il avait confiance. Rufus qui leur offrait, à lui, Crockie et Henk, un Hubackle (que lui seul buvait), leur refilait un disque optique d'époque et, le plus souvent, leur donnait de bons conseils. Rufus qu'il avait considéré comme un grand-père… conclut Jackson, la mort dans l'âme. Pourquoi s'était-il présenté comme « Clarence Kilroy », propriétaire présumé de ce cotre chalutier tout pourri ? Pourquoi le leur avait-il vendu aussi cher à eux, rebelles du commando Matt Fuller désormais recherchés par la police et les services secrets de la Cité ? Surtout : pourquoi Céline était-elle entre ses mains ?

Jackson n'avait pas de réponse, seulement une certitude : sa petite sœur était en danger. *Il faut faire demi-tour. Lui reprendre Céline. Pour qu'elle les accompagne dans leur fuite !*

— Il a Céline, répéta Jackson, se passant les doigts dans les cheveux avec agitation. Je dois aller la chercher ! Rufus !

Crockie le dévisagea avec étonnement.

— Qu'est-ce que tu racontes ? Rufus ? Quoi, Rufus ?

Le chalutier retomba de la crête au creux d'une vague. Crockie perdit l'équilibre, glissa sur le pont et heurta la caisse avec les gilets de sauvetage.

— Et merde ! s'exclama Jackson, à bout.

Il courut jusqu'au poste de pilotage, dont il ouvrit la porte à la volée. Fiodor avait les yeux rivés au compas et le visage crispé par la concentration. Il laissait tourner la roue de bois, la retenait, la laissait filer avec plus ou moins de souplesse, puis reprenait le mou pour remettre le chalutier au cap.

— Tu ne pourrais pas frapper avant d'entrer ? s'exclama-t-il, se déridant à peine. Sacrées vagues ! C'est de la folie de naviguer par gros temps !

Jackson le poussa, prit la barre, tourna. Le bateau vira à tribord. Du coin de l'œil, il vit Gricha qui, à la proue, agita frénétiquement les bras.

— Dégage, Jackson ! s'écria Fiodor.

— Non ! Demi-tour !

Jackson s'accrocha au gouvernail et, de nouveau, vira à tribord. Le chalutier abattit de vingt degrés sous le vent, gîta et glissa sur la lame pour se coucher sur les flots, si bien que des masses d'eau et d'écume inondèrent le pont. Crockie, déséquilibré, s'agrippa au bastingage pour ne pas passer par-dessus bord.

— Arrête, Jackson ! Tu as perdu la tête ? hurla-t-il.

Il entra, titubant, dans la cabine de pilotage, saisit Jackson par l'épaule gauche pendant que Fiodor posait une main de fer sur la droite. Jackson restait cramponné à la barre. Fiodor et Crockie unirent leurs efforts pour l'en arracher, après quoi Fiodor poussa Jackson hors de la cabine de pilotage, reprit le timon et revint au cap.

Crockie, lui, ne le lâcha pas.

— C'est quoi ces conneries, Jackie ? Ça veut dire quoi, « Rufus a Céline » ? Tu délires ! On a un plan, OK ? On s'y tient. On ne peut pas y retourner, tu sais bien ! On continue et c'est tout !

— Sans moi ! s'écria Jackson.

Il se dégagea d'une secousse, se précipita à la poupe, ouvrit la caisse renfermant les gilets de sauvetage. Il en sortit un, qu'il jeta dans le sillage du cotre, puis monta sur la caisse. Il était prêt à sauter, Crockie qui l'avait suivi le retint.

— Arrête ! hurla-t-il dans le vent. Tu es complètement fou ! Même toi, tu ne peux pas faire ça !

Jackson le repoussa, mais Crockie tenait bon. Le chalutier retomba de nouveau au creux d'une vague, vira à pic. Tous deux perdirent l'équilibre. Crockie heurta le chandelier du bastingage. Son cri de douleur et d'épouvante fut noyé par le rugissement du flot déferlant. Il se recroquevilla, rentra la tête dans les épaules, au même moment la violence de l'écume le bouscula et le fit vaciller. Jackson se retint au rail d'une main et, de l'autre, lui saisit la manche, qui lui échappa.

— Crockie ! s'exclama-t-il.

Crockie passa par-dessous le bastingage.

Une image traversa l'esprit de Jackson et se superposa à l'horrible réalité : les agents de la Section Z faisant feu sur eux, deux semaines plus tôt, Crockie basculant dans le canal puis coulant à pic. Jackson avait hésité à plonger et préféré prendre la fuite. *Crockie était mort. C'était fichu d'avance, il n'aurait pas pu l'aider…*

Son ami avait survécu. Super. Mais, aujourd'hui encore, Jackson s'en voulait toujours de ne pas l'avoir secouru.

Ce souvenir lui fit l'effet d'un électrochoc. *Non, pas cette fois ! Je préfère passer par-dessus bord avec lui !* Il réussit, dans un ultime sursaut d'énergie, à attraper le poignet de Crockie luttant contre la chute lourde des lames ruisselantes d'écume. Son épaule craqua. Une douleur aiguë le saisit. *Merde, démise.* Mais il serra les dents et retint Crockie de toutes ses forces.

— JACKSON ! hurla Crockie, dont la voix semblait venir de très loin.

Il se démenait, les bras en moulinet, battait des pieds et des jambes. Jackson, crispé, restait concentré. Lâcher ? *Plutôt crever !* Il noua ses chevilles au bastingage, dégagea son autre main et réussit à rattraper Crockie par l'encolure. Des cris lui parvinrent. Des bras se tendirent.

— C'est bon, on le tient ! entendit-il.

Enveloppé par le rugissement des vagues et du vent, Jackson vit un poing se rapprocher et vite s'écraser sur sa figure.

Ce fut comme si une bouche d'ombre l'avalait.

Jackson avait un goût de sang dans la gorge. Mal au nez. *Cassé ?*

Il voulut se lever. *Aïe.* Une douleur atroce à l'épaule le rejeta sur l'oreiller à l'odeur de moisi. *Zut.* Il était sur l'une des étroites couchettes du poste d'équipage. La nuit l'enveloppait. Des voix s'élevèrent du pont.

D'abord, celle de Lou :

— Franchement, vous exagérez, les gars !

— Écoute, je ne voulais pas l'assommer, grommela Gricha. Mais dans l'élan, tu vois…

— OK, c'est bon, reprit Lou. Le plus important, y a pas de casse.

Non, mais je rêve ! Et mon nez ? Mon épaule ?

— Ce crétin nous met en danger !

Scout, évidemment. Toujours prête à contredire Lou, si conciliante. Et puis, Scout se méfiait de lui depuis le début. Pas de Crockie. Elle était désagréable avec tout le monde, sauf avec son vieux pote. *Incompréhensible.*

— Jackson a perdu son sang-froid, ça peut arriver ! insista Lou.

— Non, justement, ça ne peut pas arriver ! objecta Jimmy, énervé. On commence à peine la mission. Si Jackson pète de nouveau un câble, il peut vraiment nous mettre en danger !

Jackson détestait la condescendance de James O'Reilly, enfin Jimmy. OK, c'était le plus âgé du groupe. L'ex-assistant personnel de la femme la plus puissante d'Ocean City. Surtout, c'était le seul à avoir les informations nécessaires pour retrouver Matt Fuller sur le Continent. Les autres n'en avaient que les grandes lignes, pour ne pas mettre leur mission en danger si l'un d'eux tombait entre les mains de la Section Z. Crockie avait fait l'expérience des interrogatoires des « services secrets des services secrets », qui n'avaient aucun scrupule à torturer leurs suspects.

— Hé ho ! appela Jackson.

Le capot de descente au-dessus de l'échelle verticale en bois s'ouvrit avec un grincement. On venait.

— Ressuscité d'entre les morts, mon vieux Jackie ! plaisanta Crockie.

Jackson ne réussit pas à sourire. Le moindre mouvement de ses muscles faciaux lui causait une douleur lancinante, surtout au niveau du nez. Il avait l'impression d'avoir la figure en bouillie.

Lou, Scout et Jimmy suivirent Crockie dans ce poste d'équipage exigu. Jackson eut le temps de voir, par le capot de descente, un ciel noir d'encre perforé d'étoiles. Le rugissement des vagues qui lui parvint gonfla et noya le rythme infernal des pulsations dans son crâne. Le capot se referma, la nuit redevint épaisse jusqu'à ce que Jimmy allume une lanterne.

Jackson fit une nouvelle tentative pour se redresser. *Impossible*.

— Luxée, l'épaule, lâcha froidement Scout.

Avant que Jackson n'ait le temps de réagir, elle exerça une traction dans l'axe du bras, coude en extension complète, avec un contre-appui par le pied sur son aisselle, et appuya afin que la tête de l'humérus réintègre l'articulation. Une douleur infernale le traversa et un gémissement mourut sur ses lèvres.

— Si c'est merci, de rien, je t'en prie, lâcha Scout.

Jackson effectua un mouvement de rotation avec son épaule gauche, puis avec sa droite.

OK. Ça faisait encore mal, mais c'était mieux. Il parvint à s'asseoir.

Lou secoua la tête. Son regard n'exprimait ni reproche ni colère, seulement de la tristesse.

— Jackson, qu'est-ce qui ne tourne pas rond chez toi ? Tu nous as tous mis en danger ! Tu en es conscient ?

Jackson croisa les yeux de Crockie, derrière Lou. À quoi pensait son vieil ami ? Il avait tellement changé, depuis son arrestation… Plus de dreads. Et ce tremblement convulsif… Amoindri depuis sa libération, mais toujours présent.

— Je suis désolé, Crockie…, chuchota-t-il.

— Oublie ça, répondit ce dernier d'un mouvement de main. Je mourais de chaud, faire trempette m'a rafraîchi, ajouta-t-il, essayant de plaisanter.

— Je te jure, c'était Rufus sur le quai… murmura Jackson. Rufus Gainsbourgh. Avec Céline.

Jackson raconta la scène dans les détails. Clarence Kilroy alias Rufus Gainsbourgh. Le suroît qu'il avait retiré, avec la perruque qu'il portait dessous. Il l'avait bien reconnu. *C'était Rufus.*

Crockie hocha la tête.

— Impossible, Jackson. Tu as dû te tromper. Il faisait sombre. Il n'y avait qu'une loupiote sur le quai.

— Ça n'a pas de sens, intervint Lou à la hâte. Rufus vous a toujours aidés. Pourquoi est-ce qu'il agirait de la sorte ?

— Je ne sais pas. Mais nous devons…

Jackson hésita

— … *Moi*, je dois y retourner. Pensez ce que vous voulez, mais j'ai reconnu ma petite sœur. Il la tenait par la main.

— Personne ne fait demi-tour ! objecta Jimmy, implacable. Précision utile : aucun d'entre nous ne *peut* plus retourner sur Ocean City. Pour plusieurs raisons. Tu sais lesquelles, Crowler ? On a la police et les services secrets aux trousses, mais ce n'est pas tout…

Jimmy tendit son bras et tira sa manche, révélant son décodeur. Il ouvrit le fermoir, le retira et montra son poignet à Jackson. Sous la peau, la puce sous-cutanée qui indiquait qu'il était résident et Partenaire à part entière d'Ocean City.

— Nos identités sont cramées, d'accord ? continua Jimmy. Je pourrais aussi bien arracher cette puce de ma chair que ce serait pareil. Il n'y a pas de retour possible sur Ocean City, du moins pas avant d'avoir trouvé Matt Fuller. C'est lui qui a la technologie pour construire ces foutus décodeurs fantômes afin d'envoyer en enfer Lydia Tremont, le QG des Agences de Temps ainsi que la Section Z. Si tu veux revoir tes parents et ta sœur, respecte le plan. Fais ce qu'on te dit, Crowler. Tu mets le groupe en danger avec tes initiatives délirantes. C'est clair ? Tu as failli laisser ton meilleur ami passer par-dessus bord.

— Arrête ! interrompit Crockie. C'était rien, c'était un coup de malchance. Il m'a retenu. Sans lui, je serais au fond de l'eau.

Jackson était soulagé qu'il soit de son côté. Mais Jimmy avait raison. Il baissa la tête avec un soupir. *N'empêche, Céline était entre les mains d'un fou.* Et lui pendant ce temps ? Il prenait la mer avec un commando rebelle pour gagner ce foutu Continent. Sans Céline.

Crockie s'assit sur le bord de la couchette.

— Écoute, Jackson, pour l'instant, on n'a pas le choix. Il faut aller jusqu'au bout comme prévu. Si ce que tu dis est vrai…

— Ça l'est !

— OK. Si Kilroy est Rufus, nous découvrirons ce qui se passe. Si quelqu'un nous fait une énorme blague.

— Une blague ? répéta Scout, sinistre. Là, telle que vous me voyez, je suis morte de rire.

— Faut-il qu'on t'enferme et qu'on te ligote, Jackie ? Ou pouvons-nous te faire confiance ? enchaîna Lou, cherchant son regard.

Elle s'accroupit à côté de lui. Ses cheveux étaient retenus par un simple bandeau élastique, et, à l'oreille gauche, elle portait un bijou fantaisie, une longue plume perlée qui oscillait doucement.

— Oui, tu peux.

Le capot de descente s'ouvrit. Gricha les héla :

— Une patrouille ! Deux vedettes côtières !

CE ROMAN VOUS A PLU ?

Retrouvez tous les titres Hachette Romans sur notre site et nos réseaux :

LECTURE ACADEMY

Composition et mise en pages : Nord Compo

Achevé d'imprimer en Italie par Grafica Veneta Spa

PAPIER À BASE DE FIBRES CERTIFIÉES

hachette s'engage pour l'environnement en réduisant l'empreinte carbone de ses livres. Celle de cet exemplaire est de : 600 g éq. CO_2
Rendez-vous sur www.hachette-durable.fr

« Pour l'éditeur, le principe est d'utiliser des papiers composés de fibres naturelles, renouvelables, recyclables et fabriquées à partir de bois issus de forêts qui adoptent un système d'aménagement durable. En outre, l'éditeur attend de ses fournisseurs de papier qu'ils s'inscrivent dans une démarche de certification environnementale reconnue. »

Dépôt légal 1re publication : février 2020
14.6753.1 – ISBN : 978-2-01-711427-7
Édition : 01 – Dépôt légal : janvier 2020

Loi n° 49-956 du 16 juillet 1949
sur les publications destinées à la jeunesse